二見文庫

永遠《とわ》のキスへの招待状

カレン・ホーキンス／高橋佳奈子＝訳

How to Capture a Countess
by
Karen Hawkins

すばらしき詩人であり、ことばの紡ぎ人である
娘のキム・ホーキンスに

この本をあなたに
いつかそれに報いてくれるのをたのしみに

まえがき

『永遠《とわ》のキスへの招待状』は、第一代ロクスバラ公爵のために一七二一年に建てられた美しい城、フロアーズ城を舞台にくり広げられます。フロアーズ城はツイード川を見晴らす自然の段丘に建っています。川の向こう岸にはロクスバラ城の廃墟があり、それはかつて国境地帯でもっとも強固な要塞《ようさい》と考えられていた城でした。さらに興味深いことに、ロクスバラの領地にあったその古代の要塞は、アーサー王の物語の舞台となった場所のひとつではないかとも噂されています。

フロアーズ城はスコットランドで住まいとして使われているなかでもっとも大きな城です。美しく優美な城として有名で、現在は観光客に開放されています。一九七七年に観光客に開かれてから、百万人を超える観光客がその壮大な玄関を通り抜けました。

今日目にする城のほとんどは一八三七年から一八四七年にかけて行われた改修工事によって再現されたものです。エジンバラにあるヘリオットの病院からヒントを得た建築家のウィリアム・プレイフェアが城の改修を行い、小塔や丸屋根や尖塔を加え、すでに充分美しい建物におとぎ話に出てくるような雰囲気を与えました。

フロアーズ城についてさらに詳しく知りたい方は、わたしのホームページ（www.karenhaukins.com）をご覧ください。それから、〈Hawkins Manor〉をチェックするのもお忘れなく。ゲームをたのしんだり、賞品として本を獲得したり、摂政《せっしょう》時代の貴族や貴婦人の舞踏会での装いを手伝ったり、当時の人々の興味深い日常生活についての記述を読んだり、摂政時代の料理のレシピを見つけたりできます。

永遠《とわ》のキスへの招待状

登　場　人　物　紹　介

ローズ・バルフォア	園芸学者の娘
アルトン・シンクレア（シン）	シンクレア伯爵
マーガレット	ロクスバラ公爵夫人、シンの大伯母
シャーロット・モントローズ	マーガレットの友人
リリー・バルフォア	ローズの妹
ダリア・バルフォア	ローズの妹
マンロー	マーガレットの客人
キャメロン	マーガレットの客人
イザベル・スチュワート	マーガレットの客人
ミュリエラ・スチュワート	マーガレットの客人。イザベルの妹
マクドゥーガル	フロアーズ城の執事
ティモシー・ダン	シンの従者
アニー	ローズ付きのメイド

プロローグ

イタリア、ヴェネツィア
アルブリッツィ館にて
一八〇六年六月十一日

ロクスバラ公爵夫人の日記から

夫のロクスバラ公爵の勧めで、この日記を記す。後世の人間がわたしの名前にひどい批判を加えようとしても、この日記がそれを防いでくれるのではないかという期待をこめて。後世に伝わるなかには真実もあるが……真実ではないこともあるのだから。

たとえば、わたしが四人の夫に先立たれ、今は五人目の愛するロクスバラ公爵と結婚しているというのは事実である。過去のすべての夫がすばらしく裕福で、それぞれ前の夫よりも年が上というのも事実である。しかし、わたしが財産のために、財産のためだけに結婚をくり返したというのはけっして事実ではない。

非現実的と言われてもかまわないが、わたしは愛のない結婚は絶対にしない人間だ。

価値のある人生を送るには、愛情――と家族――が必要不可欠なのだから。

しかし、人生で唯一の悲しみは、何度も結婚したにもかかわらず、子供に恵まれなかったことだ。だからこそ、わたしはたったひとりの妹、シンクレア伯爵未亡人とその孫たちの幸せのために献身的につくしてきた。わたしにはイングランドやスコットランドの各所で暮らす三人のハンサムな大甥がいて、そのうちふたりは無事に結婚させることができた。

ただ、残念なことに、最年長のシンクレア伯爵が心配の種となってしまった。理由は定かではないが、シンは結婚というものを忌むべきものと考えているらしい。かつてはただ意固地になっているだけだと思っていたが、最近では、彼が社交の場でつまらなそうな顔をしてばかりいる陰には、それ以上の何かが隠されているのではないかと思うようになった。ほんとうに退屈しているだけなの？　それとも、誰にも見せない心の傷のせいで、ひややかでさげすむような態度をとるようになったの？

悲しいことに、彼は自分の心の内を見せてくれる人間ではなく、世間が自分の世界に踏みこんでこないように、どんどん社交界から非難されるような行動をとるようになってしまっている。今朝も妹からとても心乱される手紙を受けとった。愛する大甥のシンがなんらかの騒動に巻きこまれたと知らせる手紙。

妹は冷静な女性として知られているが、手紙では動揺して助けを求めていた。そこでわたしは急いでスコットランドに戻らなければならなくなった。すぐに戻れたらよかったのだが、帰り道の安全を確保し、馬車を見つけ、トランクをつめ――ああ、やることは無数にある。

スコットランドの家に戻るのに一カ月はかかってしまう。そのあいだに大甥の評判に瑕《きず》がつくようなことになってしまうかもしれない。それが永遠につづくものでないことを祈るしかないが……

その二週間前

レディ・マッカリスターの邸宅で年に一度開かれる狩猟パーティーの舞踏会にて

シンクレア伯爵はマッカリスター家の舞踏場の端に立ち、心の底から来なければよかったと思っていた。その晩は失望に次ぐ失望の連続だったからだ。まず、舞踏会までいっしょに行ってほしいと祖母に言われて馬車に同乗したのだったが、驚いたことに、祖母は結婚相手を探している未婚女性をひとりならずふたりも伴っていた――ミス・マクドナルドという女性と、もうひとりはすでに名前すら覚えていない。そのふたりは舞踏会までの道中、交互に彼を見つめては忍び笑いをもらしていた。それだけでシンは胃がむかむかする気がした。

もうひとつがっかりだったのは、スロックモートン子爵がその舞踏会に来ていなかったことだ。シンが舞踏会に参加することにしたのは、子爵を説得して先週エジンバラの街なかで見かけた元気のよい鹿毛《かげ》を譲らせるためだった。どうやら、スロックモートンは予定を変更したらしく、舞踏会のどこにも姿が見えなかった。

舞踏会を開いたレディ・マッカリスターにもがっかりした。スコットランド人のあいだでもけちで有名な女性だったが、今回の舞踏会でも用意する飲み物の量をだいぶ抑えたらしく、シンが到着したときには、ポートワインもウイスキーもすべてなくなっており、胸がむかつくほど甘いシェリーと舌が痛くなるほど辛《から》いシャンパンしか残っていなかった。

しかし、何より屈辱的だったのは、ふだんことばを交わしているしゃれた連中が賢明にもレディ・マッカリスターの舞踏会は無視し、おそらくは真にたのしい催しのほうに参加しているにちがいないということだった。さらに最悪なことに、舞踏場はシカのような目で花婿《はなむこ》候補を探す若い未婚女性であふれていた。スロックモートン子爵がレディ・マッカリスターの舞踏会に参加するという噂を聞いたと祖母はなにげなく口にしたのだったが、それが祖母のたくらみだったことが明らかになりつつあった。〝結婚するにふさわしい若い女性〟であふれた催しに孫を参加させるための。

シンは人生のもっとも気の滅入《めい》る、重大な側面について――結婚ということについて――社会から押しつけられる期待を忌み嫌っていた。そう、愛についてはほかの連中に語らせておけばいい。それは悲しい真実をごまかすものでしかないのだから。愛など存在せず、あるのは子孫を作らなければならないという事実だけだった。

今夜舞踏会に参加している若いご婦人と会話を交わしたら、どういうことになるかはよくわかっていた。みなこびへつらい、笑みを浮かべ、彼の発するひとことひとことに興味津々《しんしん》の振りをするはずだ。しかし、彼にはほんとうのところがわかっていた。そういう女たちは、彼のことを望ましい爵位を持った札束のつまった財布と見てからみついてくる、生気のない顔をした蔓《つる》にすぎなかった。結婚相手として望ましい男たちをひとくくりにして飢えた目をした女たちでいっぱいの部屋へと放りこむ、こういう舞踏会は大嫌いだった。そこでは礼儀を示すために笑みを浮かべ、会話を交わし、ダンスをしなければならず、下手《へた》をすれば退屈な人生へと身をゆだねることになってしまう。

なんとも嘆かわしい状況だったが、聖職者ほどもしらふのまま、スロックモートンと馬の売買の相談をする機会すら奪われて、自分はここにこうしているわけだ。

シンは失望に駆られて歯ぎしりせずにいられなかった。祖母を無事壁際に居並ぶ付き添いの女性たちの群れにおちつかせたらすぐに、自分は大勢の独身男たちが隠れている図書室に逃げこむつもりだった。

なんとか多少のたのしみを見つけようと、彼は若いマクドゥーナンとカード遊びにふけった。二十分後、マクドゥーナンの上等のスコッチが半分はいった彫刻入りの銀のフラスクは、シンのウエストコートのポケットにしっかりとおさまっていた。シンは、祖母がそろそろ家に帰ろうと言い出すまでの暇つぶしとして、さらに三十分そこに留まったが、マクドゥーナンは潔《いさぎよ》く負ける人間ではなく、負けてとられたフラスクのことをひっきりなしにぼやいたため、シンはもうたくさんだと思った。うんざりして図書室をあとにし、飲み物や食べ物が置かれたテーブルへと歩み寄ったが、そこには多少の残り物と、悲しくしおれた花と、未使用のパンチ用のグラスが重ねて置いてあるだけだった。彼はグラスをかすめとり、ヤシの木陰で足を止めると、グラスにウイスキーを注いだ。

そうやって守りを固めてから、舞踏場へと戻ったが、グラスを唇へと持ち上げたところで、ピンクの舞踏会用のドレスに身を包んだ若い女性と偶然目が合った。目が合った瞬間、招かれたかのように、その女性は急いで近づいてこようとした。

ちくしょう、まるでヒルといっしょだ。

シンは近づいてくる女性に背を向けたが、同じようにぞっとするようなドレスに身を包んだふたりの若い女性が自分を見ているのに気づいただけだった。女性たちは彼を見て舌なめずりすることはなかったが、獲物を見るようなまなざしが、飼っているタカが太った雌鶏を襲うときの目を思い出させた。

もうこれまでだ。帰ろう。馬車を祖母に残し、自分の足には貸し馬車を頼めばいい。

顎《あご》を引きしめ、シンは振り返ったが、すぐそばにいたらしい小柄な若い女性をあやうく突き倒しそうになった。動揺して彼は貴重なウイスキーのはいったグラスを落とすまいとあたふたした。

グラスが無事両手におさまると、帰ろうとしていた自分の行く手をさえぎった娘をにらみつけた。ほっそりした体形の、並外れて日焼けした女性で、頬からつんと上を向いた鼻にかけてそばかすだらけの小さな顔を、たくさんのリボンを使ってもまとめきれない頑固な癖のある黒髪がとりまいている。なお悪いことに、その女性は大きすぎて野暮ったい白いドレスを身に着けていた。その色もスタイルも、彼女のしっとりした肌や細すぎる体形をよく見せる役にはあまり立っていなかった。

「は、はじめまして」女はこわばった笑みを浮かべながら、急いでお辞儀をした。

シンは毒づきたくなる衝動をどうにか抑えた。「失礼」と冷たい声で言うと、女の脇をまわりこんで行こうとした。

「あ、待って！」女の手が腕をつかんだ。

熱が全身に走る。

シンははっと足を止め、手袋をはめた女の手を見下ろした。あいだに三枚もの布があったにもかかわらず、裸の肌に指先で触れられたかのように電流が走ったのだ。

気がつくと、女の目をまっすぐのぞきこんでいた。濃い黒いまつげに縁どられた薄いブルーの目にも、やはり驚きの色が浮かんでいた。

女の目は彼の顔から自分の手に動き、また彼の顔に戻った。「ごめんなさい。まさかこんな――」彼女は首を振った。頬に赤みがさし、日に焼けた肌が、黒みがかった美しいバラ色に染まった。

胸の先も同じように黒っぽいバラ色なのだろうか？　そんなことを考えるとは驚きだったが、まるで口に出してそう言ったかのように、その声ははっきりと大きく頭のなかで響いた。

女はやけどでもしたかのように手を引っこめた。「こんなつもりじゃ――ごめんなさい。ただ、わたし――」女はみじめな様子で唾を呑みこんだ。

シンの心に苛立ちが戻ってきた。「すまないが、お知り合いですか？」

女は意気消沈した顔になった。「ほんの一週間前にダンフォード伯爵夫人の昼食会でお会いしましたわ」

「お話はしましたか？」

「え、いいえ」

「覚えてないな」いずれにしても酔っぱらいすぎていて、その日のことはほとんど覚えていなかった。

「一週間と一日前にメルトン家でのパーティーでもお会いしたわ」

その晩はほぼずっと図書室で男たちと翌日の狩りの計画を立てて過ごしたのだった。「すまないが、やはり――」

「ファーカーズ家の晩餐会《ばんさん》では？」

彼は首を振った。

「マッケニス家の舞踏会は？　ストラサム家の晩餐会では？」

どちらについても彼は首を振った。

女はさらに意気消沈した顔になった。それを見て彼はめずらしくわずかに罪の意識に駆られ、それから苛立ちを覚えた。くそっ、話しかけてきたすべての女を覚えていられるものか。そのすべてに同情を感じるのはもちろん。

しかし、袖に触れるだけでこれほどの反応を引き起こした女がこれまでいなかったのもたしかだ。

ひとりの給仕がそばを通りかかり、女は給仕のトレイからシャンパンのグラスを手にとった。シンが驚いたことに、女は深々と息を吸うと、グラスを大きく傾け、中身をごくごくと飲み干した。

彼の驚いた目に気づいて女は赤くなった。「淑女らしからぬ振る舞いなのはわかってますけど——」そう言って鼻に皺《しわ》を寄せ、空いたグラスに嫌悪の目を向けた。「あまりにひどい味だったので、ゆっくり味わいたくなかったんです」

シンは笑わずにいられなかった。苛立ちが消えた。この若い女は誰だ？　彼は自分のウイスキーを飲み、グラスの縁越しに彼女を見やった。「きみはシャンパンが好きなんだね。つまり、いいシャンパンが？」

「ええ、でも、ここにはいいシャンパンなんて一滴もないから……」恥ずかしがる様子をつゆも見せず、彼女は近づいてくる給仕に目を向けると、わずかに左に動いて空いたグラスを通りがかりの給仕のトレイに置き、別のグラスを手にとった。そして、最初の一杯と同じように中身をきれいに飲み干した。

「少なくとも冷えてはいるわ」彼女は事実を述べる口調で言った。

シンは噴き出した。そばかすだらけの鼻と黒い巻き毛と大きな青い目をしたこの無垢《むく》な見かけの女は、そんな外見に似つかわしくなく、社交界の礼儀の概念から言って少しばかり下品とされるほどに、グラスのシャンパンをあおっているのだ。これほどに魅惑されたのははじめてかもしれない。

最初にその姿を目にしたときには、まだ子供だと思ったのだった。多く見積もっても十六歳ほどと。しかし今、目が合って、その青い目に揺らがない光が浮かんでいるのを見ると、小柄なせいで判断を誤ったことがわかった。明らかにもっと年はいっている。そして、見た目よりもずっとおもしろそうな女だ。「教えてくれ、ミス――」

「バルフォアよ。ミス・ローズ・バルフォア」

彼は不躾《ぶしつけ》な目で彼女を眺めまわした。ふつうは豊かな曲線を持たない女には興味がないのだが、ローズ・バルフォアにはどこか惹《ひ》かれるものがあった。突如として、この舞踏会が退屈きわまりないものではなくなった。「きみにぴったりの名前だね」

「ほんとうの名前じゃないんです。母がギリシャ神話が大好きだったせいで、わたしをエウプロシュネって名づけたから」

「ああ、三美神のひとりか」彼女の驚いた顔を見て、彼は肩をすくめた。「ギリシャ神話は読んだからね。ただ、エウプロシュネが三美のうちどれを象徴する女神だったかは忘れたが。豊かさだったかな？　優美さ？　喜び？」

「喜びよ」彼女はひょうきんな顔を作った。「たぶん、わたしのユーモアって始末に負えないものだと思うけど」

手に負えない女なのか？　興味がさらに募《つの》る。

彼の心を読んだかのように、彼女は笑い声をあげた。そのかすれた魅惑的な響きが、かすかな興奮をもたらすのがわかった。さらに好ましさが増す。男を網にからめとるために無垢を装うことをせず、思ったことや望みをそのまま口に出す女なのだ。

シンはさらに女に近づいた。「ミス・バルフォア、どうしてこの舞踏会へ？　ここに来ている連中はぼくには合わないんだが、きみにも合わないように思えるよ」

シンのハンサムな顔をのぞきこみながら、ローズはその意見にはまるで賛成できないと胸の内でつぶやいていた。舞踏会の参加者は完璧だった。彼も完璧だった。禁断のシャンパンをまたお代わりしつつ——伯母のレティスはありがたいことにカードゲームが行われている部屋で忙しくしていた——ローズはシンの美しいシェリーブラウンの目に溺れてしまいそうだと思っていた。

その美しい目が今、自分だけに向けられていることが信じられなかった。この瞬間をあまりに長く待ち焦がれていたのだった。ハンサムで颯爽《さっそう》としたシンクレア伯爵がようやく自分に目を向けてくれ――ほんとうの意味で目を向けてくれ――互いが運命によって結びつけられていると気づいてくれるこの瞬間を。

それは愚かしい夢でしかなく、そのことはローズにもよくわかっていた。それでも、彼の姿を目にするたびに、そんな夢を抱かずにはいられなかった。彼にはどこか膝をがくがくさせ、鼓動を速くさせるものがあった。これほどに背が高く、肩幅が広いからというだけのことではない。彼が舞踏場にいる誰よりもずば抜けて大きいのはたしかだが。信じられないほどにハンサムだからというだけのことでもなかった。その額《ひたい》とたくましい顎はギリシャの彫像さながらではあったが。そして、彼が太陽にキスされたかのような、ところどころ茶色の混じった金色の髪をしているからということでもなかった。

唯一完璧と言えないのはかすかに曲がった鼻梁《びりょう》だった。おそらくは子供のころに鼻を折ったせいだろう。もしくは何かスポーツをしているときに折ったのだろうか？ ローズにわかるのは、その鼻のせいですでにかなり魅力的な彼の顔に、うっとりするようないたずらっぽい雰囲気が加わっているということだけだった。

概して、シンクレア伯爵はすべての女にとっての夢の男だった。とくにローズにとっては。

彼女は彼が自分に――自分だけに――じっさいに注意を向けてくれているこの貴重な機会を逃すまいと決心していた。

彼の笑みが若干薄れ、心臓の鼓動が重くなった。動揺を覚えながら、自分が彼の質問に答えていないことに気がついた。どうしてこの舞踏会へ来ることになったのか。彼を退屈させるわけにはいかない。さもないと、彼はこの場を去ってしまい、親しくなる機会も失われてしまう。でも、なんと言えば興味を惹くことができるの？　彼が馬と賭け事とボクシングを好む人間であることは知っていた。それから、ウイスキーとロブスターのクリームソース煮を好むことも。彼のウエストコートはほとんどがブルーであることから、それが彼の好きな色であるのもまちがいない。

彼がワルツは踊るが、カントリーダンスは絶対に踊らないことや、踊る相手も既婚者か、彼女よりも少々年上の女性ばかりということもたしかで、彼が部屋にはいってくると、自分の十六歳の心臓が鳥籠にとらわれたばかりの小鳥のように激しく騒ぐのもたしかだった。

心臓については今も同様だったが、びくびくしていることを彼に気づかせてはならない。シン伯爵が話しかけるのは、たいていもっと年上で、もっと世慣れた女性ばかりだ。冷静で遠慮会釈《えしやく》がないせいで、ほかの女性たちからは眉をひそめられるが、彼のような男性からは称賛される女性。

ふいに、そういう女性に自分はなりたくてたまらないのだとローズは思った。彼女は空《から》のシャンパングラスで舞踏場全体を示し、うんざりした口調を作って言った。「ひどく退屈なパーティーですわ」そう言って彼に目を戻す。「まあ、ついさっきまでは」

シャンパンのせいで自分が自信を持てたことは驚きだったが、彼はそれを喜んでいるようで、目を細めてさらに身を近づけてきた。彼の胸が彼女の腕をかすめるほど近くに。妙な熱が全身で揺らめき、ローズは自分の指がきつくシャンパンのフルートグラスをつかんでいることに気がついた。グラスの脚が折れてしまわないことが不思議なほどにきつく。ローズは指の力をゆるめた。グラスも慎みも放り出して彼の首に腕をまわしたくてたまらなくなる。その思いは飲んだ二杯のシャンパンのせいでより強まっていた。「今、こんな舞踏会に参加しているなんて最悪ですわ。お互い、ほかにいくらでもやることがあるのに」たとえば、公園で馬に乗るとか。彼と同じく彼女も馬が好きだった。もしくは、伯母の抜け目のない監視を逃れられれば、庭に忍び出てキスをしてもいい。そう考えると心が浮き立った。

「ほかにやることがあるだって、ミス・バルフォア？」彼は目に妙な光を宿して笑みを返してきた。「ぼくもそっちのほうがいいな」

ローズは完全にぼうっとなって彼の目をのぞきこみ、にっこりした。これまでお互い顔を合わせたときのことを彼は覚えていないかもしれないが、彼女は覚えていた。彼がほほ笑んだときのことも、額に落ちる濃いブロンドの髪や、笑うときに皺の寄る目も。彼の太い声がどれほど深く響き、その声のせいで自分の心臓がハミングバードさながらに震えることもよくわかっていた。

「ミス・バルフォア、シャンパンがなくなっているようだ。お代わりをとってこようか？」

「あら、だめよ、伯母さん――」ローズはことばの途中で口を閉じた。世慣れた女性は伯母の言いつけを守ったりはしない。「つまり、その、ええ、もう一杯シャンパンを飲みたいわ」

彼は彼女の頭越しに目をやり、部屋を見まわした。「給仕はどこだろう？　ほんの少し前には近くにふたりほどいたんだが」

ローズはその機に乗じて彼をまともに見つめた。たくましい顎の形や、貴族然とした鼻梁、口が官能的に動く様子は――

彼の目が彼女の目に落ち、しばしふたりのまなざしがからみ合った。

ローズはごくりと唾を呑みこんだことを隠すようにそっけなく部屋を手で示した。「今夜はずいぶんと人が多いですよね？」

彼は肩をすくめた。その顔にちらりと失望の色が浮かび、そのことがナイフのようにローズの心に突き刺さった。「舞踏会だからね」と彼は短く答えた。

なんとかしなければという思いが湧き起こる。どうしよう。退屈させたら、この人は離れていってしまう。ローズは話題にできそうなものを探してまわりを見まわした。「こういう集まりは大嫌いだわ」

「それはどうしてだい？」

その質問には正直に答えることができた。「みんなたくさんのリボンやらボタンやらで着飾って、しばりあげられたタラみたいに見えるんですもの」

彼はまた笑った。その太い声が彼女の体のなかに響き、心が歌った。「タラ？」

彼を笑わせたことでローズは文字どおり顔を輝かせた。

「こういう催しのときにはどうやってたのしみを見つけるんです、シン様？」

彼の顔から笑みが消えた。「シン様？」

ローズは目をぱちくりさせた。「みんなにそう呼ばれてらっしゃるわ」

「たぶん、知り合いはそうだな」

ローズはまつげ越しに彼の顔をのぞき見た。一度どこかの未亡人が彼に対してそうやっているのを見たことがあったのだ。「わたしがシン様とお呼びするのがおいやなら、やめますわ。でも、〝罪《シン》〟のように、つい口から出てしまうことばはあまりありませんから」

自分の大胆な発言に思わず口をぽかんと開けそうになるのをこらえなければならなかった。

なんてこと！　いったいどこからこんなことばが――？

どこから出てきたにせよ、彼は気に留めるだけの価値のあることばと思ったようで、突然、真剣なまなざしになった。「きみは〝罪〟をたのしむ人間なのか、ミス・バルフォア？」

「たのしまない人間がいまして？」彼女は言い返した。自分の大胆さにどんどん酔ったようになっていた。前の日曜日に伯母のレティスと行った教会の礼拝で耳にしたことばを拝借して言う。「誰しもなんらかの罪を犯しているものでしょう?」

「そうだね、かわいいローズ」彼の笑みが夢見ていたのと同じだけ、誘うような危険なものに変わった。「ところで、ぼくの名前はアルトンだ。でも、シンのほうがよければ――」彼は小さくお辞儀をした。すぐそばにいたため、目と目が間近で合った。「シンと呼んでくれてかまわない」

「でしたら、シン様で」彼をアルトンと名づけたのが誰であれ、その熱い茶色の目が女にどんな影響をおよぼすことになるか、予想できなかったのだろう。シルクやレースを透かしてなかが見えるかのように体をなぞる目。妙な震えが体に走って肌がちくちくし、シャンパン以上にローズの頭をくらくらさせた。

彼の目が空のグラスをとらえた。「きみのシャンパンを忘れるところだった」

「あら、そんなの全然――」

「ほら」彼は手を伸ばして給仕のトレイからシャンパンのグラスをつかみ、それを彼女の手に押しつけた。

「ありがとう」ローズは当惑の目をグラスに向けて言った。

「どういたしまして」彼は空のグラスをとりあげてそばのテーブルに置いた。

これ以上シャンパンは要《い》らなかった。自分の大胆さと飲み干した二杯でかなり酔っぱらっていたからだ。しかし、シンのまなざしから、最初の二杯同様、それも飲み干すものと期待されているのは明らかだった。そして今、彼の注意――と称賛――を得るためだったら、なんでもするつもりでいた。ローズは乾杯というようにグラスを掲げ、中身を一気にあおった。

彼がなんとも愉快そうな顔をしたため、不安は即座に消え去った。

シャンパンが全身にまわると、自分の行いについての最後のばかげた懸念は強い風を受けて飛ばされるうるさいハチのように消えてなくなった。そしてそれに代わって、これが伯爵への思いを現実のものにする唯一無二の機会だという認識が突然湧き起こってきた。彼がここにいて、わたしに注意を向けてくれている今。さらに驚くべきことに、今このときを台無しにするであろう伯母のレティスの姿がどこにも見あたらなかった。

ローズにはそれも長くはつづかないことがわかっていた。三十分もたたないうちに、シャンパンによって得た自信は消え去り、シンは退屈し、伯母のレティスが〝救い〟に現れることだろう。救ってほしくなどなかった。望みは……ああ、わたしは何を望んでいるの？　ローズは唾を呑みこもうとしたが、喉が絞められたようになっていた。目が彼へとさまよい、唇へと降り、そこに留まった。ふいに望みのものがはっきりした。キスでなければいや。本物のキス。今この瞬間の記憶を魂にはっきりと刻みつけ、たとえ二百年生きたとしてもけっして忘れられないものとするキス。

ローズは舞踏場を見まわした。シャンパンの泡に満ちた頭にその悩みへの答えがはっきりと浮かんだ。庭へと出るテラスの扉。世慣れた女なら、シンクレア伯爵を庭へ誘うはず。そしてそこでなら、大胆に彼にキスできる。

ローズは唇に誘うような笑みを浮かべた。「シン様、あなたがいらしたとき、わたしはドレスの破れを直しに行くところでしたの」

シンは彼女の破れたところなどないドレスを見下ろした。「きみのドレスが破れているって？」

「あなたからは見えない後ろ側が。すぐに直さないと足を引っかけてしまうわ。庭で腰かけるところを見つけてピンで留めようと思うんですけど、そこまで連れていっていただけます？」

目と目がからみ合い、ふたりのあいだに何かが流れた。ローズにはそれがなんであるかはわからなかったが、ふいに肌がうずき、息ができなくなった。ひどく神経質になったときにはいつもそうだが、ローズは小さな笑い声をあげた。

シンは声を殺して毒づき、彼女の手から空のグラスをとり上げて近くのテーブルに置いた。それから彼女の手を自分の肘にかけさせ、すばやくテラスの扉へと導いた。

簡単だったわ！　世界を牛耳っているような気分で、ローズは彼に導かれるままに歩いた。すぐにもふたりはテラスの扉を通り抜け、舞踏会のざわめきをあとにして涼しい夜の空気のなかへ出ていた。ローズの心臓は鼓動を速めた。自分の大胆さに脅威とともに誇らしさも募り、幸福感に心が高揚した。手に重ねられたシンの手はあたたかく、彼のコロンのかすかな香りがランタンで照らされた庭に咲くジャスミンとユリの香りと入り交じった。こんなに完璧な夕べがあり得て？

シンは石段から色とりどりの紙のランタンでほのかに照らされた小道へと彼女を導いた。そこここで男女のふたり連れとすれちがったが、シンは注意深くはっきり姿を見られないように気をつけていた。

より広い小道へと折れ、しまいにふたりは低く水を吐き出す大きな噴水の前の広い空間へとたどり着いた。噴水の中央には水差しから水を注いでいるアフロディーテが立っており、その足もとに小さなキューピッドがいた。一面にハスが浮かんでいて、水面には光る紙のランタンが色とりどりの星のように映っていた。「きれいだわ」とローズは言った。はじめてのキスにぴったりの場所。

そんな彼女の内心の思いを読みとったかのように、彼は噴水へと彼女を導いた。頭上の赤い紙のランタンがシンの顔に魅惑的な光を投げかけた。ローズは自分がそこに彼とふたりきりでいることが信じられなかった。彼のあたたかい両手が腰へとすべり、きつく引き寄せられる。

夢見ていたとおりだわ。鼓動が速まるのを感じつつ、ローズは手を彼の胸に置き、顔を彼の顔へと近づけた。シャンパンのせいで少しふらつきながら、目を閉じ、唇を差し出す。

シンはローズのほっそりした腰をきつく抱いた。舞踏会から帰ろうとしていたとは。体はこの小さく魅惑的な女への欲望で火がついたようになっている。この女を自分のものにしなければ。彼は首をかがめて彼女の口をとらえ、やわらかい唇が開くまでいたぶった。それから舌で彼女の歯をなめた。彼女は口づけたままあえぎ、身もだえした。

そんな官能的な反応を得て、シンは安堵のあまりうなり声を発しそうになった。その反応だけで充分だった。両手で彼女の尻をつかんで自分を押しつけ、彼女が自分にどんな影響を与えているか知らせるために硬くなったものをこすりつける。彼女がどれほど――

彼女の目がはっと開いた。凍りつくようなその一瞬、ふたりの目が合った。それから、彼女は小さな声をあげ、力のかぎりに彼を押しのけた。

あとずさった足首が噴水の低い縁に引っかかり、シンは水しぶきを上げて噴水に落ちた。

押しやられた驚きによってあふれるほどの欲望が消え失せていなかったとしても、冷たい水によって奪われていたことだろう。シンはあえぎ、水にむせながら彫像につかまって立ち上がろうとした。つかまれたアフロディーテは目の前でくり広げられた情景にうんざりしたらしく、水差しから水をシンの頭に直接注いでいた。

怒り狂って水を吐きながら、シンは彫像から離れてローズをにらみつけた。

彼女は目をみはって指で口をふさぎながら噴水の縁に立っていた。その口はあんぐりと開いている。しかし、即座におちつきをとり戻し、片手を上げた。「動かないで！」

「くそっ、ここにこうしているわけにはいかない」彼は目から濡れた髪を払いのけ、上着の裾をしぼろうとした。

「噴水から出るのに誰かに手を貸してもらわなければならないわ——誰か見つけてくる」彼がぎょっとしたことに、彼女は顔を上げ、大声で叫んだ。「助けて！　誰か、助けてください！」

「やめろ！」彼は彼女のところへ近づこうと噴水のなかを急いで進んだ。「みんなの注目を集めてしま——」足がハスの葉に引っかかり、またからみ合う葉のなかに倒れこむことになった。

シンはぬるぬるした蔓《つる》をつかんで顔や首から引きはがし、毒づきながら立ち上がった。

「くそっ！」水と何か緑色のものが顔からしたたり落ちる。それを手でつかむと、頭にハスの葉が載っているのがわかった。胸がむかむかする思いでそれを水のなかへ放ったときには……そこにローズと自分だけではなくなっているのがわかった。

十人あまりの女性たちとその連れが彼をぽかんと見ながら立っていた。彼の夜会服からは水がしたたり、手には別のハスの葉がにぎられている。集まった面々はみな驚愕《きようがく》と衝撃の表情で、どの顔にもおもしろがるような表情が浮かびつつあった。

シンは歯ぎしりしてローズのほうに顔を向けた。彼女は見るからに驚愕した顔で、手袋をはめた手を口に押しあてていた。

ローズは彼の肩を指差した。「ごめんなさい、ハスの葉が——」彼女のキスで腫れた唇からかすかな笑い声がもれて、シンは無念さと怒りを覚えた。すぐにローズの笑いは乾いた小枝に火が燃え移るように集まった人々のあいだにじょじょに広がり、やがて大きな笑い声となった。

その波が凍りかけた水のように彼を打ち、歯が折れるのではないかと思うほどに顎がこわばった。ローズの笑いは今やその場にいるすべての人に伝染していた……たったひとりをのぞいて。彼の祖母はまったくおもしろがっていなかった。それどころか、孫をハスの葉のなかへ押し戻し、溺れさせたいと思っている顔だった。

銀のフラスクを失ったことから気をとり直したらしいマクドゥーナンが愉快そうに言った。

「おい、シン、自分の格好を見ろよ！」

シンはローズに悪意に満ちた目を向けた。目が合うと、彼女の笑いが消えた。一瞬、その顔に何かちらりとよぎるものがあった……後悔か？　恐怖か？　なんであれ、そんなものでは足りなかった。

「シンクレア」祖母が怒り狂った顔で呼びかけてきた。「噴水から出なさい！」

暗褐色のドレスを着て、白髪におかしなほどに花を飾りつけた小柄な女性が急いで近づいてきた。「ローズ！　なんてこと！　ここで何をしているの？　あちこち探しまわっていたのよ――」女性はシンに目を向け、沼に棲《す》む怪物でも見たかのように息を呑んで飛び上がった。「ああ、なんてこと！」顔を真っ赤にして女性はローズをつかまえた。「来なさい。すぐに帰るわよ」

「でも――」ローズは言いかけたが、クマの見せ物師ほどもたくましい腕をしているらしい小柄な女性の力にはかなわなかった。

「さあ」女性はローズを連れてじょじょに大きくなる人垣を離れ、小道を遠ざかっていった。

「でも、レティス伯母様、少なくともシ――」小道を遠ざかるローズの声は小さくなっていった。

彼女が行ってしまってからも、その笑い声がまだ耳を刺すなか、シンは噴水の端に寄って外へ出た。よくも笑ったな。絶対に――

「シン伯爵様!」この最悪の舞踏会へとやってくる馬車のなかで、懸命にシンを魅了しようとしていたミス・マクドナルドが手で口を覆って忍び笑いをもらしながら言った。「ポケットに何かはいってますわ」

シンは目を落とした。上着のポケットがわずかに動いている。見ていると、小さな魚がポケットから飛び出して足もとの水たまりに落ちた。

「どうやら、噴水から逃れた水浸しの生き物はひとりだけじゃなかったようですわね」ミス・マクドナルドは意地悪く目を光らせた。「そうは思いません、フィン様?」

彼女の皮肉に無遠慮な大笑いが広がった。

シンは客たちのひとりひとりに冷たいまなざしを向けた。すぐに笑い声がおさまり、気まずい沈黙が広がった。

シンは祖母にぎごちなくお辞儀をすると、踵《きびす》を返してその場を離れた。こともあろうに、この自分が大きな青い目とそばかすだらけのつんと上を向いた鼻にたぶらかされるとは信じられなかった。まったく、たいていの男よりは物のわかっている自分がどうしてこんなことを許したのだ？ ちくしょう、あの小柄な女にだまされたのだ。弱いところを突かれ、ユーモアでたぶらかされ、ぼくは市場へ引かれていく羊のようにあの女のあとについてきてしまった。どうしてこんな目に遭わされたのか、理由はわからなかった。何かの機会にすげなくしたか、酔っぱらっているときに鼻であしらったか、そうでなくても、何かとるに足りない理由だろう。しかし、理由はどうあれ、ローズ・バルフォアに衆目の前で恥をかかされたのはたしかだ。

手をこぶしににぎり、水をしたたらせながら、シンは庭の門から邸内路へ出ると、目を丸くしている従者に馬車を呼べと短く命令した。覚えていろ、ローズ・バルフォア！ 今夜の行いを後悔させてやる。これだけはたしかだが、容赦はしないからな。

1

フロアーズ城
一八一二年九月十二日

ロクスバラ公爵夫人の日記から

この六年、大甥のシンクレア伯爵は祖母をやきもきさせるような行いしかしてこなかった。そう、あの一件がある前から彼には手に負えないところがあると思っていたけれど、それはまちがいだった。あれ以降の彼は〝手に負えない〟というのがほんとうはどういうことか、はっきりと示してくれている。今では彼の放縦な生活について日々新しい情報がもたらされる気がするほどだ。

もちろん、悪いのは妹だ。十七歳という感じやすい年頃に両親を馬車の事故で亡くしたシンは、爵位と領地を受け継ぎ、弟たちの面倒を見なければならなかった。彼がそれなりの年齢になるまで、代理人を指名したほうがいいとわたしたちが忠告したにもかかわらず、妹はそうしたすべての責任を彼の肩に背負わせた。妹に悪意はなく、責任を負うことで年若い彼が成長するだろうと思ってのことだった。もちろん、成長はしたが、それには大きな代償がついてきたというわけだ。

導いてくれる両親も、いっしょに重荷を背負ってくれる配偶者もなく、たったひとりで弟たちの面倒を見なければならなかった彼は、傲慢にも自分が誰の指図も受けない人間だと思いこむようになってしまった。すべての女性が夫に求める資質を備えている人間ではあっても――生まれもよく、外見はハンサムで、（自分がそうしようと思えば）物腰も魅力的で、尊敬される爵位と増えつづける財産を持っている人間ではあっても――彼は高貴な生まれの女性に関心を寄せるのを拒み、望ましくない悪名高き女たちとおおっぴらに浮き名を流して、わたしの愛する妹を苦しめている。

そろそろわたしが手を差し伸べる時期が来たようだ。かわいそうな妹が前にわたしから受けた助言に耳を貸さなかったことを悔い、助けてほしいと懇願してきたのだから。

そして、思いきった手段に出る差し迫った時期が来たというわけだ……

執事の穏やかなノックに犬の大合唱が応えた。けたたましいキャンキャンという声を圧するように、〝おはいり〟と女性の声が聞こえてきた。マクドゥーガルは自分の磨きこまれた靴とアイロンをきちんとかけたズボンに悲しそうな目を向け、それから居間の大きなオークの扉を開いた。

キャンキャンと鳴くパグの一団が彼を出迎えた。茶色と銀色の毛が入り交じった、平らな濡れた鼻と巻いた尻尾《しっぽ》の犬たちだ。犬たちは彼に飛びかかり、その小さな爪できちんと折り目のついたズボンやよく手入れされた靴の革を台無しにした。

それでも、自分に釘付けになっている大きな茶色の目の魅力には抗《あらが》えなかった。「よし、よし、おちびさんたち、鳴くのはおやめ。私だよ。今朝ベーコンをやらなかったかい？　それでこの大歓迎ってわけか？」

六つの巻いた尻尾が一斉に大きく振られた。ロクスバラ家のパグはエジンバラとそのまわりの地域で有名だった。それは悪名高きロクスバラ公爵夫人も同様だった。六十を大きく超えた（しかし、どのぐらい超えているのか誰も知らなかった）鋭い目をした女性で、この十年ほど、フロアーズ城を牛耳っている女主人。

犬たちにズボンと靴のにおいを嗅がれながら、マクドゥーガルはこの広い洞窟のような部屋に数多く敷かれている絨毯《じゅうたん》の上を、部屋の奥にある暖炉の前にふたりの女性がすわっている場所へと向かった。歩く彼の足を止められず、パグたちは獲物を追うように彼を追い、荒い息をしながら駆けたり転がったりすることで満足しなければならなかった。

マクドゥーガルが小さく弧を描くように置かれたソファーのところまで来ると、レディ・シャーロットが編み物から目を上げた。すばやく静かにと身振りで示すと、彼女は向かい側のソファーに身をあずけ、ラヴェンダー水をしみこませたハンカチで目を覆っている公爵夫人を指差した。

ああ、そうだ。奥様は昨晩ホイストに興じ、司祭が訪ねてきたときにはいつもそうであるように、深夜の酒を少々たのしみすぎたのだ。それは公爵夫人が陽光から目を隠していることだけでなく、しゃれたブルーのモスリンのドレスに皺がより、赤いかつらがわずかに曲がっていることからも明らかだった。

レディ・シャーロットは身を前に乗り出してささやいた。「レディ・ロクスバラは今朝、あまりご気分がよくないのよ」

「ええ、そのようですね」執事はやさしい笑みを浮かべながらささやき返した。故アーガイル伯爵の末娘で、公爵の遠縁であるレディ・シャーロット・モントローズは小柄でどちらかと言えばさえない女性だった。フランス式にレースの室内帽をかぶっていたが、それは丸々とした彼女の顔には似合っていなかった。マクドゥーガルは家政婦のケアネス夫人から今朝そのことを教えられたばかりだった。ひそかに流行に敏感なケアネス夫人は——家政婦らしく糊《のり》のきいた黒いドレスに身を包んでいないときには——公爵夫人よりもしゃれた装いをすることも多かった。

「たぶん、一時間ほどしてからまた来てくれたほうがいいわ」レディ・シャーロットはささやいた。「公爵夫人が昼寝を終えたころに」

マクドゥーガルはうなずいた。レディ・シャーロットはここ八年ほどフロアーズ城を住まいとしていたので、たいていの人よりもよく公爵夫人を理解していた。彼女が遊び人の夫との見合い結婚に破れてから、遠縁のロクスバラ公爵の城で暮らすようになったのは広く知られたことだった。理由はなんであれ、彼女はこの城を離れることはなく、今や公爵夫人同様、フロアーズ城の主のような存在となっていた。

マクドゥーガルはレディ・シャーロットのほうに身をかがめた。「たぶん、奥様あての郵便をここに置いていくのが一番ではないでしょうか。お目覚めのときに読めるように。奥様がお待ちかねの書状だと――」

「ああ、まったく――」公爵夫人は自分で発した声が頭に響いたというようにうめいた。ハンカチで覆っている目に手をあてると、指にはめているたくさんの指輪が光った。「そうやっていまいましいひそひそ話を交わすのはやめてちょうだい。修道女たちが殺人でも計画しているように聞こえるわ」

マクドゥーガルは笑みを押し隠した。「すみません、奥様。たった今手紙が届いたばかりなんですが、お読みになりたいのではないかと思いまして」

公爵夫人はラヴェンダー水をしみこませたハンカチの隅から大きな鉤《かぎ》鼻と片方の鮮やかなブルーの目をのぞかせた。「彼から返事が来たの?」

「ええ、奥様、みんなずいぶんと驚いております」ほんの小僧のころから(彼女がロクスバラ公爵と結婚して公爵夫人になるずっと前から）公爵夫人に仕えている利点のひとつに、ときおり個人的な感想を述べる特権を与えられているということがあった。とはいえ、マクドゥーガルはその特権をあまり使いすぎないように気をつけてはいた。公爵夫人と自分の今の立場を非常に気に入っていたからだ。

公爵夫人は布を放って元気よく身を起こし、慣れた手つきでかつらを正しい位置に戻した。マクドゥーガルはほかのカードや手紙の束から抜き出しておいた小さな書きつけが載った銀のトレイを差し出した。「シンクレア様からです、奥様」

「ありがとう」彼女は書きつけを開いた。

レディ・シャーロットは目を輝かせてそれを見守っていた。小さな銀色のパグにバスケットにはいった毛糸の玉を攻撃されたときに一度目をそらしただけだった。「やめなさい、ミーニー」レディ・シャーロットは警告を発した。「わたしの毛糸にさわらないで――」

「まったく！」公爵夫人が書きつけをくしゃくしゃに丸めた。

レディ・シャーロットは丸い顔に失望の色を浮かべて目を上げた。「来ないのね」

「ええ、困ったことに」公爵夫人は書きつけを暖炉にくべた。「わたしの大甥はうちのハウスパーティーにも〝冬の大舞踏会〟にも参加しないそうよ。それで、ほんのわずかな良心の呵責《かしやく》をなだめるために――それを良心の呵責と呼べるとしたらだけどね――ハウスパーティーが終わってほぼ一カ月もたってから、どこぞに滞在した帰り道に訪ねると言ってきたわ」

「それは残念ね」

「無礼よ！　きっと何か下品なおたのしみから帰る途中に寄るって言ってきたにちがいないもの。とんでもない！」公爵夫人は目を怒りに燃やしてソファーに背をあずけた。「訪ねてきても追い返してやるわ。わたしの招待を断るとはどういうことか教えてやるのよ」

シンクレア伯爵については知らないわけでもなかったマクドゥーガルはそれはどうだろうと思った。

レディ・シャーロットも同感だったようで、小声でこう言った。「彼の場合、きっと肩をすくめてそのまま帰ってしまうだけでしょうね。シンクレア伯爵のことを悪く言うつもりはないんだけど、彼は誰かの言いなりになるような男性じゃないもの」

「ええ、そうね。ただばかだってだけよ、まったく」公爵夫人はハンカチを顔に戻してぬいぐるみのように力なくソファーに寝そべった。

シンクレア伯爵が大伯母の招待を受けないのは非常に好ましくないことではあったが、マクドゥーガルは誰かがその場をおさめなければならないと感じ、せき払いをして言った。

「奥様、シンクレア様のお返事が不都合なものであったのは残念ですが、おそらくお忙しいのでしょう。領地を管理するのに山ほどお仕事を抱えてらっしゃるはずですし――」

「ふん！」公爵夫人は声を発し、その息が顔を覆っているハンカチの端を持ち上げた。彼女はハンカチを顔からとって床に放った。四匹のパグがその上に飛び乗り、取っ組み合いをはじめた。犬たちのうなり声は無視して公爵夫人は言った。「たしかに大甥は忙しいでしょうよ——イングランドの既婚女性全員と寝るのにね。わたしがはしたない格好のオペラ歌手をパーティーに招くか、けばけばしい娼婦で家をいっぱいにすれば、きっと大甥も参加したことでしょうよ——」

「マーガレットってば」レディ・シャーロットが息を呑むようにして言い、マクドゥーガルにすばやく目配せした。彼は賢くもそれに気づかない振りをした。「たぶん、シンクレア伯爵の欠点を嘆いて感情を無駄にしないほうがいいわ。いくら欠点が膨大にあるからといって——」

「海の水ほども膨大にね」と公爵夫人が小声で言った。

「広大な海ほども」レディ・シャーロットも言った。「でも、シンクレアの欠点ばかりをあげつらうよりも、どうしたら彼を舞踏会に参加させられるか、その方法を考えたほうがいいわ。とくにこのあたりの花嫁候補を全員招いているわけなんだから」

「あの子は頑固なのよ」公爵夫人は顔に考えこむような表情を浮かべて指でソファーの肘をたたいた。「シンがただ忙しいせいで舞踏会に参加できないんだと思えたらどんなにいいでしょう。でも、彼も領地の責任をひとりで負うようになって十五年以上になるわ。日々の仕事の荷の重さも、ウエストコートを選ぶほどのものよ。とくに弟たちが成長して結婚した今は。残念ながら、彼は自由の身でいることをあまりにたのしみすぎているんだわ」

「若いころに心配事が多すぎたせいじゃないかしら？」

「わたしも妹にそう言ってやったのよ。妹が彼に重荷を全部背負わせると決めたときに――でも、昔の決断をあらためて責めるつもりはないわ。そんなことをしても意味ないもの。シンがわたしの舞踏会に来ないほんとうの理由は、ここへ来させようとするわたしの目的に気づいたからよ。ぴったりの妻を見つけて身を固めさせようという目的にね」

レディ・シャーロットは舌打ちした。「いくら考えても堂々めぐりよね。ちょっと午後のお茶でもいただければ、今の状況の打開策を思いつくのに役に立つかもしれないわ」

「そうね」公爵夫人はうわの空で言い、手を伸ばして小さくて丸々としたパグをすくい上げると、膝に載せた。子犬は膝の上で丸くなった。「マクドゥーガル、お茶のトレイをお願い」

「かしこまりました。ほかの手紙は机の上に置いておきましょう」マクドゥーガルは小さなシタンの机のところへ行き、手紙をきちんとそろえて机の片隅に置いた。彼は机の前で足を止め、手紙をそろえるのに時間をかけた。

公爵夫人はソファーに背をあずけ、片手でパグを撫でながら、考えこむようにソファーの肘を長い指でたたいた。「人を雇って彼を拉致《らち》させて、舞踏会の日まで食料品庫に閉じこめておこうかしら？」

食料品庫に伯爵がひっくり返せないほど頑丈なものが何かあっただろうかとマクドゥーガルは考えた。伯爵は六フィートを何インチか越える背丈で、数多くのスポーツに興じるせいで、たくましい体つきをしている。

「そうね」レディ・シャーロットが無頓着に同意した。「彼を説得するよりもずっと簡単かもしれないわ。ただ、誰かがけがをするんじゃないかと不安だけど」

「おとなしく連れてこられるはずはないわよね？」公爵夫人は残念そうに沈んだ声で言った。

「それに、シンクレアはとんでもなくボクシングが強いし」

「銃のあつかいも上手よ。決闘で負けたことがないもの」

「そのとおりよ、まったく」ふたりの女性は黙りこんだが、公爵夫人の指はソファーの肘をたたきつづけていた。

レディ・シャーロットが編み棒のあたる小さな音を立てながら言った。「彼が女性じゃなくて残念だわ。女性だったら、お茶に招いて内々に言い聞かせれば、すべて解決するのに」

「まあ、女性じゃないんだから、そんなことを想像してもしかたないわ。あの子は父親と同じぐらい頑固なのよ。父親は愚か者でもあったけど」公爵夫人は運よく膝をひとり占めしているパグの耳をかいてやった。パグは耳をかかれて体を伸ばし、それからまた身を丸めて寝息を立てた。「亡くなった伯爵は思いあがった放蕩者《ほうとう》だったわ。その堕落した気性が息子に受け継がれたのよ」

「でも、昔はシンもあそこまで行状がよくない人間じゃなかったわ」

そのことばを聞いて、公爵夫人の表情が暗くなった。表情豊かな顔に悲しみの影がよぎる。

「ええ、あの出来事以来、変わってしまったのよ——」

レディ・シャーロットがせき払いをし、マクドゥーガルにちらりと目を向けた。彼は急いで机の上から手紙の束をわざと下に落とし、身を折り曲げて集める振りをした。レディ・シャーロットは声をひそめたが、その声はマクドゥーガルの耳にもはっきりと聞こえた。「シンクレアは変わってしまったわ」

「そう、六年前に……」公爵夫人はことばを途切らせ、ゆっくりとソファーの上で身を起こした。強い光を宿した目は見えない何かに釘付けになっている。

マクドゥーガルは息をつめ、身を前に乗り出した。公爵夫人のその目には見覚えがあった。

ああ、かわいそうなシンクレア様。

レディ・シャーロットは編み物の手を止め、目を見開いた。「何か思いついたのね！」あえぐような声になっている。

「シンクレアを冬の大舞踏会とその前の三週間のハウスパーティーに参加させる方法があるかもしれないわ」

「その両方に？」

「ええ。うまくやれば、彼は自分の意志で参加したんだと思うはずよ」公爵夫人は見るからに上機嫌で手をこすり合わせた。「シャーロット、これはうまくいくかもしれないわ！」

マクドゥーガルは公爵夫人の家系には毒婦ボルジアの血がどこかでまぎれこんでいるのか

もしれないと思った。それに一カ月分の給金を賭けてもいい。

「聞かせて」レディ・シャーロットが身を前に乗り出して言った。

公爵夫人はにっこりし、膝の上で眠っているパグを撫でた。「シンが変わったのは六年前よ。その前にも行状の悪さでは有名だったし、賭け事も好きだったわ。すでに家族の言いなりになって結婚することはしないとはっきり宣言もしていた。でも、ならず者ではなかった」

「あの出来事が起こるまでは」

「あのときから、彼はイングランドじゅうで放蕩のかぎりをつくしているわ。まるで自分に対する批判が正しいことを証明してみせると決意したみたいに」

「噂にもなっているしね」

「どうして噂せずにいられて？　以前の彼はイングランドで誰よりも望ましい独身貴族なのに、誰に対しても横柄で、競馬と懸賞のかかったボクシングの試合に忙しくて、挨拶《あいさつ》を交わすことも、社交の催しに参加することもほとんどなかったわ。誰かの舞踏会に出ようという気になったときでも、めったにダンスもせず、会話を交わす人もかぎられていて、ほかの人が帰るずっと前に帰ってしまうのがふつうだった」

「我慢ならない態度だわ」

「ええ。だからこそ、彼がどこかの馬の骨のせいで愚かなところを見せたときには、みんなが喜んだのよ。ほかの人だったら、あそこまで噂されなかったでしょうに、ひどい噂の的になってしまったのもそのせいよ。そのせいでシンはどこか変わったわ。それは噂のせいだと思っていたけど、もしかしたら……」

公爵夫人はマクドゥーガルに目を向けたが、彼は急いでハンカチをとり出し、机の上にほこりを見つけた振りをした。

公爵夫人はシャーロットに身を寄せた。「あの出来事のあと、シンは全力をつくして自分に恥ずかしい思いをさせた娘を探したわ。復讐しようと思ったんじゃないかしら。でも、その子は見つからなかった。彼女の家族がどこかに隠してしまったのよ。しばらくすると、シンは探そうとするのをやめてしまった」公爵夫人は唇を引き結び、やがて、考えこむような口調でつづけた。「シンの手から逃れた女性はその子だけよ。そして彼は冒険を好む男性だわ……」

レディ・シャーロットは湧き上がる尊敬の念に目をみはった。「マーガレット、それで何か思いついたのね」

「その女性がわたしのハウスパーティーに参加するとなったら、彼も考え直すんじゃないかしら。きっとそうよ。わたしたちはその女性の身元を調べて招待状を送ればいいだけだわ」

公爵夫人の笑みが薄れた。「その人がちゃんとした女性ならね」

「ちゃんとした女性よ」レディ・シャーロットは言った。「それどころか、とても立派な女性だわ」

公爵夫人は友に苛立った視線を送った。「あなた、予言者になったの？」

「もちろん、ちがうわ。でも、わたし――いえ――あなたはその女性と長年手紙のやりとりをしているから。じっさい、彼女が生まれたときからね」

公爵夫人は目をぱちくりさせた。「わたしが？」

「もちろんよ。彼女には聖ミカエル祭には贈り物を送り、誕生日にはすてきな手紙を送っているわ」シャーロットの編み棒が音を立てた。「彼女の名前はローズ・バルフォア。アバディーンシャー郊外のケイス・マナーに父親と住んでいる人よ」

公爵夫人はぎょっとした顔になった。マクドゥーガルも同様だった。「どうしてそれがわかったの？」

「だってあなたは彼女の名づけ親ですもの」

マクドゥーガルははっと声をあげそうになったが、どうにかそれを呑みこんだ。

公爵夫人はレディ・シャーロットを凝視した。「わたしが？」

レディ・シャーロットはうなずいた。レースの帽子が耳の上ではためいた。「ええ、そうよ。ただ、あなたが知らなかったとしても意外ではないけどね。あの出来事があったとき、あなたと公爵は海外にいて、戻ってきたときには、誰もあなたの前でそのことを話題に出そうとしなかった」

「でも、あなたの前では話題に出たのね」

「頻繁にね。そのときに、聞いたことのある名前だなと思ったんだけど、どこで聞いたのかはわからなかったわ。何カ月かたって、聖ミカエル祭の手紙を書いているときに、あなたの名づけ子のリストに名前があったのよ。ミス・ローズ・バルフォア」

「どうして教えてくれなかったの?」

レディ・シャーロットはフクロウのように目をぱちくりさせた。「だって、その子の名前は永遠に聞きたくないって言っていたから」

マクドゥーガルは今度は忍び笑いをこらえきれなかった。そのせいで公爵夫人から鋭い目を向けられた。彼は急いでせきこむ振りをした。

彼女はシャーロットに目を戻した。「それでも教えてくれるべきだったわ」

「ごめんなさい」レディ・シャーロットは穏やかに言った。

「でも、それって願ってもないことね」公爵夫人は膝を指でたたき、目を細めた。「つまり、わたしはミス・ローズ・バルフォアの名づけ親なのね」

「あなたはバルフォア家の三姉妹全員の名づけ親よ」

「全員の? ああ、名づけ子が多すぎるわ」

マクドゥーガルはうなずきそうになった。毎年、彼自身、大勢いる公爵夫人の名づけ子に数多くの贈り物や手紙を送る際にレディ・シャーロットの手伝いをしていた。毎年その数は二倍、三倍と増えていた。

「昔からそう言っているでしょう」シャーロットは少々辛辣《しんらつ》な口調で言った。「今では名づけ子があまりに大勢になってしまっているわ——ほら、リストを見せてあげる」レディ・シャーロットは編み物を脇に置いて立ち上がり、居眠りしているパグたちのあいだを抜けて書き物机へ向かった。

マクドゥーガルは近くにあった脇卓のほこりを払いはじめていた。幸い、レディ・シャーロットがそばを通り過ぎるときには多少ほこりが立っていたため、彼女は彼に鋭い目を向けただけで、机のふたを開け、五十もの名前が書かれた紙をとり出した。それを公爵夫人のところへ持っていき、二枚目のなかばあたりを指差す。「ほら」

公爵夫人は手を伸ばして紙を掲げ、斜めに傾《かし》いだ字をじっと見つめた。「ああ、ローズ、リリー、ダリア・バルフォア」彼女はリストを下ろした。「なんなの、花なの、女性なの?」

「サー・バルフォアは有名な園芸学者だから、たぶん、娘たちにこういう呼び名をつけたのは彼でしょうね」

「呼び名? だったら、本名が別にあるの?」

「覚えてないけど、かなりすごい名前のはずよ」

「もう一度教えて——どうしてわたしが彼女たちの名づけ親になったの?」

「名前の下に理由が書いてあるわ」

公爵夫人はまた手を伸ばして紙を持ち上げた。「彼女たちの祖母が――」そう言って目を細めた。「ミス・モイラ・マクドナルド。ああ、モイラ！　もう何年も思い出しもしなかったわ。寄宿学校でいっしょで、仲良しだった人よ」公爵夫人は紙をレディ・シャーロットに返し、少々罪の意識に駆られた顔になった。「わたし、いい名づけ親だったかしら？」

「ええ、もちろん。さっきも言ったけど、毎年聖ミカエル祭と区切りの年の誕生日にはささやかな贈り物を送ってきたもの」

「シャーロット、あなたがいなかったら、わたしは途方に暮れていたわね」

レディ・シャーロットは穏やかな笑みを浮かべ、名前の書かれた紙を机に持っていって引き出しのなかにおさめると、ソファーに戻ってまた編み物を手にとった。「それで、ミス・バルフォアを餌《えさ》にシン伯爵を罠にかけて、ハウスパーティーと冬の大舞踏会に来させるつもり？」

「罠にかける？　そんないやな言い方をしなくてもいいじゃない。それよりは〝手助けする〟と言うほうがいいわ」公爵夫人は首を傾げ、背をソファーに戻した。「さて、あとはこの女の子がわたしの名づけ子であることをシンにそれとなく知らせる方法を見つけるだけね」

「それでどうするの？」

「あとは彼にまかせるわ」

レディ・シャーロットは納得した顔にはならなかった。「どうしてそんなに確信を持てるの？」

「だって、挑戦されたら引き下がれない人間だってわかるぐらいには大甥のことを知っているから。それにこの女の子が誰であれ、すでにその子からは挑戦を受けたわけだし」

「それで、彼が挑戦を受けて立たなかったら？」

公爵夫人の眉が下がった。「受けて立つはずよ。伯爵ですもの。いい相手と結婚して跡継ぎを作るのが彼の責任よ」

マクドゥーガルはほこりをはたく作業に注意を集中しようとしたが、むずかしかった。富と爵位を持った人間が家族の名前を受け継ぐために結婚することが重要であるのは理解していたが、シンクレア伯爵には同情を覚えそうになるほどだった。

「シンクレア伯爵が更正できるといいんだけど」レディ・シャーロットの口調は、それは無理かもしれないと語っていた。

「まったく、シャーロットったら！　何よ、その否定的な言い方は？」

「ごめんなさい」シャーロットは謝った。「わたしはただ、シンクレア伯爵とミス・バルフォアはお互いに憎み合うことになるかもしれないって――」

「ちょっと、そんなこと考えるのはやめて。頭痛がするわ！　シンとミス・バルフォアが仲良くできるかどうかなんてどうでもいいわ。わたしは大甥を舞踏会に参加させたいだけよ。

彼がここへ来たら、わたしが招待した望ましい女の子たちの誰かが彼の気を惹いてくれて、妹の問題が解決すればいいと思うだけ」

「あら。ミス・バルフォアとシンクレア伯爵の仲をとりもつつもりでいるんだと思っていたわ」

「いいえ、もしかして彼らがもっとましな状況で出会っていたら、どうなっていたかは誰にもわからないけれど……」公爵夫人の目の焦点がぼやけ、彼女はまた誰にも見えない何かを見つめているような顔になった。

「マーガレット?」レディ・シャーロットが訊いた。

「ええ。ちょっと考えごとをしていただけよ。ハウスパーティーに招待するお客様を少し変えたほうがいいかもしれない」

「でも、どうして? 考えつくかぎりの元気のいい若い男女を招待したって言っていたじゃない」

「ええ、そうよ」公爵夫人はソファーに背をあずけた。「でも、できることをしなければならないから」彼女の目がマクドゥーガルに向けられた。「マクドゥーガル、お茶のことは忘れて。ポートワインのデキャンタを持ってきてちょうだい」

「でも、奥様、まだ午前十一時で、医者の言いつけでは――」

「ドクター・マックリーディーの言いつけはわかっているけど、ポートワインが必要なの。

レディ・シャーロットとわたしはとても大事な手紙を書かなきゃならないし、招待客のリストを作りかえなきゃならないのよ。刺激が必要だわ」

「ええ、そうね」レディ・シャーロットはもつれた毛糸を直した。「刺激はうんと必要よ」

マクドゥーガルはお辞儀をして扉へと戻った。パグたちがそのすぐ後ろを走ってついていった。彼は部屋の扉を閉める前に強引な何匹かを部屋に押し戻さなければならなかった。

玄関の間でマクドゥーガルは首を振った。「奥様は亡くなって葬られるその日まで、何かをたくらむことをおやめにならないだろうな。おそらくは葬られてからも」

「何か言いましたか？」マクドゥーガルが廊下に出てきたのに気づいた従者のひとりが訊いた。「奥様は今朝、ご機嫌斜めなんですか？」

「ああ、何かたくらんでらっしゃる。それにかかわる人間に神のご加護を。奥様は容赦はなさらないだろうから」再度首を振ると、彼はポートワインをとりに向かった。


第六代シンクレア伯爵は鏡に目を向け、器用な手つきでクラヴァットを直した。何も言わずにじっと眺めると、うなずいた。「これでいい」

銀髪できびきびした物腰のダンという小柄な従者はほっと安堵の息をついた。ダンは主人の衣服を自分以外の誰にもさわらせなかった。アイロンをかけるのも、繕《つくろ》うのも自分でやるのを好んだ。シャンパンや蜜蠟など、秘密の材料を混ぜて作った特別な靴墨を使い、主人のブーツを黒く光らせることにはとくに気を遣った。階下《した》では敬意をこめて〝着る物にうるさいミスター・ティモシー・ダン〟と言われていた。

彼は主人のために掲げて持っていた糊のきいた二本のクラヴァットをベッドの上に置き、伯爵が結んだクラヴァットに目を向けた。「すばらしい結び目です、旦那様。今夜ごいっしょに賭けトランプをたのしまれる紳士のどなたもそれにはかないません」

「おまえに褒《ほ》めてもらわないと自信が持てないからな」シンはそっけなく言った。

「褒めてさしあげますよ、旦那様」ダンはシンの皮肉には気づかずに言った。「これまでで一番うまく結べたクラヴァットです。それを見せるに足るお方がいないのは残念です」

「何が不満なんだ？」シンは小ぎれいな装いの従者におもしろがるような目を向けた。「今《こ》宵《よい》集まる連中はおまえには物足りないというのか？」

ダンは鼻を鳴らした。

シンはにやりとした。「ダルトン卿のところにもひとりかふたり、それなりの人間も来るはずだ」とくにきれいなレディ・ジェイムズトンが。彼女の夫は多くの貴族がそうであるように、ロンドンで摂政皇太子からの面倒な質疑に対応しているはずだった。そういう夫たちが留守にしているおかげで、お遊びの機会が数多《あまた》あった。

「旦那様、こんなことを言うのをお許しいただきたいんですが、ダルトン卿もそのお仲間も物足りない方たちです」

シンは肩をすくめた。「彼は少々品のない人間だが、家に誰でも喜んで迎え入れてくれるからな。太っ腹なもてなしをしてくれる」

「太っ腹なもてなしというのは、賭け事で客人のポケットから金を全部巻きあげることではありません」

シンはそれを認めるように笑みを浮かべると、ドレッサーの上に置かれた銀のトレイのほうを振り返り、クラヴァットのピンを選んだ。選んでいるあいだにドレッサーの片側に置かれていた二通の手紙が床に落ちた。

ダンが即座に手紙を拾い上げた。「すみません、旦那様、お伝えするのを忘れるところでした。今日の午後、狩りにお出かけのあいだに届いた手紙です。ひとつはレディ・ロスからで、もう一通は大伯母様のロクスバラ公爵夫人からです」

「ありがとう」シンはクラヴァットのピンを留めることに注意を戻した。「ドレッサーの上に置いといてくれ」

「旦那様、お読みにならないんですか？」

「どうして読まなきゃならない？　なんて書いてあるかはもうわかっているのに。レディ・ロスはエジンバラでエスコート役を務めてほしいと言ってきているんだ。夫のロス卿が外交使節として海外へ派遣されているからと」

「ああ、つまり、レディ・ロスには飽きられたわけですな」

シンは肩をすくめた。サラとは過去二年ほど互いに利となる関係を結んでいたが、最近は彼女のことも、ほかの何もかもと同様に、退屈に思えてきたのだった。ありあまるほどだと飽きるというのはつまらないことだが、シンはなぜかその感覚を振り払えなかった。ここ二週間ほどエジンバラの喧騒から離れ、狩りをたのしんだり、ボクシングの試合を見たりしていたのだが、それでも物憂い気分は抜けなかった。シンは髪を手で梳《す》き、従者のとがめるような目は無視した。くそっ、今の暮らしに満足してしかるべきなのに。これほどに恵まれているのだから――仲の良い立派な弟たちや、欠点は多いがいつも愛情を与えてくれ、支えてくれる祖母がいて、年々利益を増やしている領地があり、由緒正しい爵位を持ち、考え得るありとあらゆる類《たぐ》いの宝にあふれた邸宅があり、友人知人も多い――じっさい、めったにひとりになれないほどに多かった。望み得るかぎりのすべてを自分は持っていた。それでも……それなのに、何かが欠けていた。

シンは鏡のなかの自分と目を合わせた。いつも何かが欠けている気がするのだが、それはなんだ？

いつもながら答えは返ってこなかった。シンは鏡の自分に顔をしかめて見せた。感傷にひたったことがいまいましかった。「そうだな、ダン、レディ・ロスには飽きたわけだ。もううんざりするくらいに」

ダンはうなずいてレディ・ロスの手紙をドレッサーの上に置いたが、もう一方の手紙は手に持って掲げた。「それで、大伯母様からの手紙は？　何を書いていらしたと思います？　わざわざお訊きするまでもないですかね？」

「おまえはどう思う？」

ダンはため息をついた。「毎年そうですが、公爵夫人は旦那様に舞踏会とハウスパーティーに参加し、花嫁候補として大勢招待した若いご婦人のなかの誰かと恋に落ちて結婚してもらいたいと思ってらっしゃるのでしょう」

「つまり、おまえにもぼくがわざわざ大伯母からの手紙を読まない理由はわかっているわけだ」

従者は唇を引き結んだ。「公爵夫人はとても親切でいらっしゃいますよ、旦那様」

シンは答えなかった。

「少なくとも、お手紙を読んでも害はありますまい」ダンはそこで間を置いた。「身支度を整えられるあいだ、お読みしましょうか？」

シンは鏡のなかで従者と目を合わせた。「いやだと言ったら、そのことでぼくを責めつづけるつもりなんだろう？」

「ええ、旦那様」

「だったら、さっさと読んで終わりにしてくれ」

「かしこまりました」ダンは手紙を開いた。「大伯母様はこうお書きです。〝シンクレア、この手紙が無事に届くと――〟」

「ダン、手紙を読んでもいいと言ったが、声に出して読みあげてくれとは言わなかったぞ」

従者の薄い唇が承服しかねるというように引き結ばれた。「少なくとも、お手紙の内容を要約しましょうか？」

「その内容が結婚とか、冬の大舞踏会とか、ハウスパーティーとかに関することじゃなければそうしてくれ。マーガレット伯母さんがほかのことを書いてよこしたとしたら驚きだが」

従者はため息をつき、しばらく声を出さずに唇を動かして手紙を読んだ。それから口を開いた。「公爵夫人は旦那様が招待を受けなかったことを残念にお思いですが、頑固な拒絶を受け入れて、洗練された客人たちとたのしむつもりだとおっしゃっています」

「よかった。親戚のなかでも、マーガレット伯母さんは怒りっぽい人間だからね」

「すがすがしいほどに率直でいらっしゃいます」

「厄介なほどにね」

「舞踏会やハウスパーティーに参加しなくても別にいいが、エジンバラへ戻る前に領地で狩りをさせてほしいという要望には応えかねると書いてあります。というのも、計画を変更して、名づけ子たちのためにおたのしみを企画しているからとのこと」

「名づけ子？　名づけ子がいるなんて知らなかったな」

「大勢いらっしゃるにちがいありません。第一陣としてフロアーズ城に招く予定の名づけ子として七人の名前をあげてらっしゃいますから」

「第一陣? すごいな」

「まったくです、旦那様」ダンは光を求めて手紙を窓のほうに傾けた。「お手紙によると、あなたのために名づけ子をもてなさざるを得なくなったそうです」

「え?」

「そう、あなたが結婚も、猫かわいがりできる子供を作ることもしそうにないので、血のつながった家族ではかなわない夢を、名づけ子たちのやさしさに頼ってかなえなければならなくなったそうです」

「猫かわいがりする? そんなことがほんとうに書いてあるのか?」

「ええ、旦那様。猫かわいがりするとあります」

「ばかばかしい。弟たちはどうなんだ? どちらも大伯母のおせっかいで最近結婚したばかりだから、そのうちどちらかに家族が増えるかもしれないじゃないか」

「どうやら弟様たちのことは忘れてらっしゃるようですね」

「どこかの頭が空っぽな女にぼくをくくりつけようとするのに忙しいからさ」

「公爵夫人は固い決意でいらっしゃるようですが」

「今度ばかりはがっかりすることになる。名づけ子を何百人でも招待するといいさ。狩りならスターリング郊外に弟が新たに手に入れた領地でできるしな。ストーモントからはもう何カ月も訪ねてきてくれと言われ続けているんだ」シンは上着を拾い上げて袖を通そうとした。「旦那様！」ダンが手紙をベッドに落とした。「どうか、私にやらせてください。そんなふうにはおったら、皺になってしまいます」ダンはシンのところへ近寄って、体にぴったりした上着をはおるのを手伝った。

上着がシンの肩にぴたりとおさまると、ダンは豚の毛のブラシを手にとって、ごく小さなほこりも逃さないというようにブラシをかけた。されるままになっていたシンはうわの空で目を下に落とした。その目が大伯母の手紙へとただよう。手紙のなかほどに右肩上がりの字で書かれた名前に目が釘付けになった。もう二度と目にすることも、耳にすることもないだろうと思っていた名前――ローズ・バルフォア。

即座に顎がこわばる。「ちくしょう！」

ダンがぎょっとした目をシンのほうに向けた。「旦那様？　どうなさいました？」

シンはこぶしににぎった両手をゆるめ、手紙を拾い上げた。

あなたが家族の勧めに逆らって跡継ぎを作ろうとしないので、わたしは子供を膝に乗せて猫かわいがりしたいという望みを、名づけ子たちの世話をすることで満足させなければなりません。こんな方法をとるのは胸の痛むことですが、あなたのせいで選択肢はなくなりました。恒例の狩猟パーティーは延期してもらわなければなりません。

その週、わたしはお気に入りの七人の名づけ子を招待することにしたからです。その七人とは、エジンバラのレディ・マーガレット・スチュワート、マル島のミス・ジュリエット・マクリーン、アバディーンシャーのケイス・マナーのミス・ローズ・バルフォア……


シンはダンのほうを振り返った。「荷づくりしてくれ」

従者は目をぱちくりさせた。「今ですか？」

「そうだ。すぐに出発する」

「理由をお訊きしてもいいですか？」

「だめだ」

「では、どこへ？」

「フロアーズ城だ」

「公爵夫人をお訪ねになるんですか？　でも、ハウスパーティーにも舞踏会にもお出にならないとおっしゃったはずでは」

「気が変わったんだ。大伯母が招待客のリストを書き直してくれるなら、どちらにも参加する」シンは手のなかでなかば丸めた手紙に目を落とした。

ダンはさらに当惑顔になった。「旦那様、わけがわかりませんが」

「わからなくていい。階下《した》へ行ってダルトン卿にあてた詫びの手紙を書いてくる。マーガレット伯母さんの手紙を言い訳に使って、家族に問題が起こったと言うつもりだ。馬車を表にまわさせたら、すぐに出かけるぞ」

「かしこまりました。三十分以内に旅行鞄とトランクの用意をいたしましょう」

「よし」シンは大伯母の手紙をポケットにつっこむと、部屋を出て急いで廊下を渡った。血管のなかを勢いよく血が流れていた。新たな事のなりゆきのおかげで、先ほどまで感じていた物憂さはなくなったばかりか、忘れ去られていた。六年もたって、ようやく見つけたぞ。ローズ・バルフォア、きみが報いを受けるときがやってきたのだ。

2

ロクスバラ公爵夫人の日記から

思った以上にうまくいった。シンは手紙に自分で返事を書いてよこしたばかりか、ミス・バルフォアをハウスパーティーと冬の大舞踏会の両方に招待するようにと求めてきた。

当然ながら、わたしはその娘のことはあまりよく知らず、つい最近名づけ子であると知ったばかりなので、それには反対だと言ってやった。人前に出していい娘ではないかもしれないとかなんとか、あれこれ屁理屈をつけて。しかし、彼は耳を貸さなかった。「招待してください」と言い張る。「今日すぐに」

わたしは渋々同意した。じっさいはすでにミス・バルフォアのことは招待しており、招待を受けるという返事ももらっていたのだが。もちろん、それも驚くことではなかった。シンとのささやかな出来事以降、彼女の評判は地に堕《お》ちてしまっており、今度のことは評判をとり戻すまたとない機会だったのだから。当然、送った手紙でそのことをほのめかしはしたが、きっと彼女が招待に応じることにした一番の理由もそれだったのだろう。返事の熱心な文面からもわかる。

これまでのところ、わたしのささやかな計画は非常にうまくいっている。シンが熱心に主張してきたことには見こみがあると思えたし、シャーロットといっしょに招待するお客様を変更したことにも満足している。たぶん、それによってすべていい方向に進むことだろう。

バネのよくきいた馬車は厩舎へと去り、ローズは足もとに置いた傷だらけのトランクと使い古しの旅行鞄とともに残された。特徴のあるユニコーンとシミタール刀を持つ恐ろしげな腕を描いたロクスバラ家の紋章をつけた馬車が邸内路を遠ざかっていくのを見守っていると、荷物を運びにお仕着せを着た従者が現れた。いよいよね。やってきたわ。

城の主棟が目の前にそびえたっていた。その両側を囲むように翼棟が延びている。四階建ての建物は装飾のある美しい石造りで、大きな敷石を敷いた前庭にある装飾をほどこした前廊は、ゆうに十台の馬車がはいれるほど大きかった。

ローズはおとぎ話の世界にはいりこんでしまったような気分になった。まだなかにはいってもいなかったが、この城にケイス・マナーのように、煙のもれる暖炉や、すり切れた絨毯や、きしむ階段や、すきま風のはいる窓や、傾いた床がないのはたしかな気がした。

喉がしめつけられた。城がどれほど美しくても、ローズの望みは厩舎係に馬に鞍《くら》をつけてもらい、胃が縮むような感じがなくなるまで、荒野を早駆けすることだけだった。

しかし、そうもいかない。着やすい乗馬服以外の服を身に着けるのは大嫌いで、いつもは髪も編んでピンで結い上げてばかりだったが、これからの三週間は流行を追うご婦人のように着飾り、食べ、笑みを浮かべていなければならないのだ。

ローズはため息をついた。選択の余地はなかった。公爵夫人の親切な招待を受けてそれをうまく今後につなげることを妹たちに約束していたのだから。どうなろうとやりとげるだけ。リリーとダリアのために、この予期せぬ好機を利用しなければならない。

たしかに予期せぬことではあった。おそらく少女のころには祖母の親友だったのだろうが、公爵夫人はあまり親しい名づけ親というわけではなかった。長年名づけ親の義務として、ローズと妹たちに聖ミカエル祭には手紙とささやかな贈り物を、誕生日には短い決まり文句のお祝いのカードを送ってきてくれてはいたが、それだけだった。公爵夫人の手紙はあまりに型どおりで、ケイス・マナーでは冗談の種となっているほどだった。毎年誕生日や聖ミカエル祭の手紙がお茶の席で読み上げられるときには、リリーは衝撃を受けた振りをし、ダリアは読み上げられる前に文面を真似て口を動かしていた。

先週、お仕着せを着た従者によって招待状が届けられてから、どうして公爵夫人が自分を招待する気になったのだろうかとローズは何度となく自問した。しかし、そんなことはどうでもいい。再度社交界に顔を出すための数少ない機会を与えられて喜ぶべきなのだ。あの晩以来、そんなことは想像すらできなかったのだが。

あのときのことは〝あの晩〟と考えるほうが、伯母のレティスがいつも言うように「あなたが引き起こしたとんでもない出来事」として思い出すよりも心の痛みが少なかった。ありがたいことに、少なくとも公爵家でのハウスパーティーまでの一週間、伯母と顔を合わせることはなかった。伯母のことは好きだが、あれほど何度も悲しいため息を聞かされ、陰鬱な顔を見せられては、こっちがすっかりまいってしまいそうだった。

それよりは別のもっとよい思い出にひたりたかった。たとえば、物事がおかしなことになる三十分前に、これまで会った誰よりもハンサムな男性に関心を寄せられる幸せにひたっていたときのような。今も目を閉じれば、彼が首をかがめて口づけてきたときのあのシェリー色の目とハンサムな顔がまぶたの裏に浮かぶ。全身に震えが走った。こんなことを考えてはだめ！　考えるべきはハンサムなろくでなしのことではなく、リリーとダリアのことよ。

六年前の自分の軽率な行動とその後の悪い噂のせいで、自分が子供っぽい情熱のために愚かにも無駄にしたすべてを妹たちは享受できずにいた。ロンドンでの社交シーズン、数多くの招待、そして、リリーとダリアにとってはとくに重要なことに、望ましい男性と知り合う機会が失われていたのだ。

妹たちは美しい女性に成長していたが、望ましい男性と知り合う機会などほとんどない田舎で時間を無駄にしていた。潑剌《はつらつ》としたダリアは隣人の十五歳年上のむっつりとした寡黙《かもく》なやもめに目を向けはじめてすらいた。魅力的な物腰とハンサムな笑顔を備えたもっと若い男性と出会う機会があれば、ダリアもそんな男性で満足するはずはなかったのに――

「ミス・バルフォア？」従者がお辞儀をし、装飾をほどこした前廊の下にある大きな両開きの扉を身振りで示した。

ローズは深々と息を吸いこんでほほ笑んだ。「ええ、そうね。ありがとう」そう言って大きな扉へと歩を進めた。

お仕着せを着たふたりのよく似た従者が扉を開け、それぞれ脇に退《の》いた。

ローズは気を引きしめて敷居をまたいだが、そこで驚きに目をみはった。こんな玄関の間を目にするのははじめてだったからだ。高い天井には、繊細な青、金色、緑で地球創世をモチーフとした美しい天井画が描かれていた。金色と緑の花々が描かれた壁には緑がかった青の上質のシルクがかけられ、金の燭台が飾られている。床はおもしろいだまし絵のような模様になっている寄せ木張りで、そのすべてがみごとに調和して息を吞むほどに美しい内装となっていた。

黒いフロックコートを着た背の高い厳粛な顔の男性が近づいてきてお辞儀をした。「ミス・バルフォア、フロアーズ城にようこそ。私は執事のマクドゥーガルです。マントとボンネットをおあずかりいたしましょうか？」

「ええ、ありがとう」ローズは手袋を脱ぎ、それをポケットに入れてから、マントのボタンをはずし、ボンネットとともに執事に手渡した。

「ありがとうございます」執事が彼女のマントとボンネットを控えていた従者に丁重に渡すあいだ、ローズは近くにあった鏡のほうを向いて、多少しゃれて見えるよう、ぼさぼさの巻き毛を撫でつけようとした。

少しして、彼女は顔をしかめて鏡から顔をそむけた。「今のところ、これが精一杯だわ」

「もちろんです。ここまでの馬車の旅は大変ではありませんでしたか？」

「とても快適だったわ」

執事は馬車の旅が快適だったのは自分の――自分だけの――おかげとでもいうようににっこりした。「ああ、それは幸いです。馬車の旅にぴったりのいいお天気だったのでは？」

「これ以上はないほどにたのしい旅でしたわ」嘘だった。豪華な馬車は乗り心地はよかったが、それをちゃんとたのしむには心があまりに揺れ動いていた。

「それはすばらしい。こちらへどうぞ。奥様がご挨拶したいとおっしゃっておられます。レディ・シャーロットと居間においでです」

「あら。まずは顔と手を洗おうかと思っていたんだけど」それと、乱れた髪を多少なりともしゃれた形に整えるのだ。

執事の笑みが消えた。「おふたりがお待ちです」そのことばはとくに不穏な調子で発せられたわけではなかったが、それでもその口調には有無を言わさぬものがあった。

ローズはどうにか笑みを浮かべた。「だったら、お待たせするわけにはいきませんね?」

執事は笑みを浮かべた。「ええ、お嬢様」

ローズは玄関の間から両開きのどっしりとした扉の前へ導かれた。執事がドアノブをまわすと、即座ににぎやかに吠える声が聞こえてきた。

執事は磨きこまれた靴に悲しそうな目を向け、耐えるような声を出した。「奥様のパグたちです」そう言って扉を開けると、きゃんきゃん鳴くパグの一団がもつれ合うように飛び出してきた。

ローズは忍び笑いをもらしながら、身をかがめてパグたちを撫でた。

「お嬢様、私なら用心しますね」執事は警告するような声で言った。「引っかかれますから。こいつらにそのつもりはなくても」

「この子たちの名前は?」

「えっと……」執事は順繰りにパグたちを指差した。「これはミーニーです。あっちはウィーニー。尻尾の先が銀色で茶色の毛のがティーニーで、耳が一部欠けているのがフィーニーです。このあたりの農家の猫とひどいけんかをしたもので。今は奥様も付き添いなしには犬たちを家の外に出さないようにしておいでです。それから、ひどく太った銀色のパグがビーニーです。足のある大きな銀色の豆のように見えると思いませんか？」

「ええ、そうね」ローズはパグたちの耳をかいてやり、毛だらけの小さな顎をこすってやった。一番小さなパグが彼女のドレスの裾を思いきり嗅いでくしゃみをすると、忍び笑いをもらした。それから、脇に立っている一匹の犬に気がついた。白濁した目の年寄りの犬だ。

「それでこっちは？」

「ああ、そいつはランドルフです」

「かわいそうに！　おまえは目がよく見えないのね？」ローズは小声で言い、ゆっくりと手を差し出した。太ったパグは近くに来て恐る恐る彼女の指のにおいを嗅いだ。「いい子ね」とローズはささやくように言った。

そのパグは太く短い尻尾を振り、彼女の膝のところにいるほかのパグたちに加わった。

「なんていい子たちでしょう」ローズはそれぞれをまた軽く撫で、立ち上がってドレスの皺を伸ばした。

執事は開けた扉を押さえて片端に寄った。パグたちは自分たちのために執事が扉を押さえてくれていると考えたらしく、部屋のなかへと駆け戻った。ローズはそのあとに従った。

居間は玄関の間よりもさらに広かった。窓は納屋の扉ほども大きく、天井が高すぎて、そこからつり下げられているシャンデリアは照明というよりも、飾りのように見えた。ふたつある暖炉（部屋の両端に暖炉があった）はそのなかに二頭の大きな牛が楽々おさまるほども大きかった。

部屋は最新流行の内装をほどこされていた。すべての椅子やソファーがストライプ模様でタッセルのついた上等のヴェルヴェットとブロケードで覆われていて、そこにほどこされた金色の刺繍が光っている。木製の家具調度には金メッキがされるか浮き彫りがほどこされており、濃い金色のサテンで覆われた壁も光り輝いていた。

執事がせき払いをし、ローズははっと物思いからさめた。執事にやわらかいスコットランドなまりで「ミス・ローズ・バルフォアがおいでです」と言われ、ローズは前に進み出た。居間の一番奥にある大きな暖炉のそばにふたりの女性がすわっているのがわかった。執事がお辞儀をすると、ローズはそちらへ向かって歩き出した。

パグたちはあとを追いながらはしゃぎまわり、ケイス・マナーの家畜小屋にいる豚さながらに鼻を鳴らしたり、ぶうぶう鳴いたりしていた。

暖炉の近くまで行くと、どちらの女性が公爵夫人かはすぐにわかった。あり得ないほどの鉤鼻と生き生きとしたブルーの目をした小柄でほっそりした女性だった。頭につけた嘘のように大きな赤いかつらがあぶなっかしく片側に傾いている。

公爵夫人の澄んだブルーの目がローズの全身をくまなく見まわした。ローズは時間をとって髪を直せばよかったと思わずにいられなかった。

顔をほてらせながら、ローズは急いでお辞儀をした。「レディ・ロクスバラ、お会いできて光栄です」

公爵夫人は首を傾げた。目には当惑の色が浮かんでいる。「あなたがローズ・バルフォア?」

「ええ、そうです」

「ミス・ローズ・バルフォアね」

ローズはふたりの女性に順番に目を向け、しっかりした声で答えた。「ええ、そうです」公爵夫人のブルーの目がきらりと光った。ローズはなぜか自分が公爵夫人をがっかりさせたような気がしてスカートの皺を伸ばした。パグたちは彼女のそんな気まずい思いを感じとったかのように足もとで跳ねまわっていた。「長旅のせいでドレスが残念なほどに皺だらけですが、ご親切にもお招きくださったことにすぐにお礼を申し上げたほうがいいと思ったんです」

公爵夫人は笑みを浮かべたが、どう見ても歓迎している顔ではなかった。「そんなに急いで会いに来てくれてうれしいわ」そう言って反対側のソファーにすわってお芝居でも見るようにローズを眺めている女性を手振りで示した。「こちらはレディ・シャーロットよ。わたしの友人なの」

その女性に顔を向けたローズは女性があたたかい笑みを浮かべ、目をきらめかせているのを見て即座に力づけられた。

「お元気？」レディ・シャーロットのやさしい声はあたたかいクッキーを思わせた。

ローズはお辞儀をした。「元気です、ありがとうございます。あなたもお元気だといいんですが」

「ええ、元気よ」レディ・シャーロットは編み物を脇に置いてソファーの自分の隣をたたいた。「お部屋へ引きとる前に少しここへすわって」

「ええ、そうね」と公爵夫人も言った。「お話が終わったら、マクドゥーガルにお部屋へ案内させてお風呂を用意させるわ。長旅のあとに熱いお風呂につかるのは気持ちいいから」

「それはありがたいですわ」ローズがレディ・シャーロットの隣に腰を下ろすやいなや、ウィーニーとビーニーが膝に飛び乗ってきた。膝の上は一匹乗るのがやっとだったので、ローズは二匹を抱えなければならず、もぞもぞと身動きする子犬を抱えてローズは笑わずにいられなかった。

「あら、悪い子たちね」公爵夫人は言った。「お行儀の悪い！　ウィーニー、ビーニー！　お客様の邪魔をするのはやめなさい」

「あら、大丈夫ですわ」ローズは忍び笑いをもらし、犬たちに向かって言った。「膝を貸すのにどちらか一匹を選ばなければならないようだけど、選ぶのはむずかしいから、両方に降りてもらわなければならないわね」そう言ってそっと犬たちを一匹ずつ床に下ろした。

公爵夫人はかすかな笑みを浮かべた。それによって表情がかなりやわらかくなった。「犬たちは大歓迎のようだわ。ふつうは知らない人は歓迎しないのにね、マクドゥーガル？」

「ええ、奥様。私が覚えているかぎりでは」

公爵夫人はビーニーの頭を撫でながらローズを見ていた。犬はうれしそうに鼻を鳴らしている。「ミス・バルフォア、招待に応じてくださってうれしいわ」

「あら、お断りなど絶対にできませんでしたわ」ローズは唇を笑みの形に保とうと努めながら嘘をついた。

公爵夫人のマーガレットはそれが嘘だと見抜き、驚きに駆られた。この子はフロアーズ城に招待されたことよりも犬に会えたことのほうがうれしいようね。おもしろい。たぶん、社交界で成功をおさめようと考える人間ではないんだわ。マーガレットは客人をさらにじっと見つめた。これほど地味な女性だとも予想していなかったけど。

ミス・バルフォアは想像もつかないぐらい、たいていシンが関心を持つ女性とはほど遠かった。言うことをきかない黒い髪を数多くのピンでまとめようとしていたが、その半分はほつれて飛び出していた。あとの半分はどうにかまとまろうとしつつ、悲しく失敗していた。肌の色も社交界で好まれるミルクのような青白い肌とはちがって浅黒い。体つきも最近の流行であるたっぷりドレープをきかせたドレスを着るには細すぎる。そうしたドレスはもっと胸や腰がふっくらした女性に似合うからだ。そう、この子は針金ほどもやせた子供のような体つきの娘にすぎない。シンがふつう付き合う浮ついた女たちとはかけ離れた女性だ。

深まる沈黙をシャーロットが破った。「それで、ミス・バルフォア、あなたのことをもっと聞かせて」

「どんなことを?」

「すべてよ」マーガレットがきっぱりと言った。

ミス・バルフォアは目をぱちくりさせたが、レディ・シャーロットがやさしい笑みを浮かべて付け加えた。「何をするのが好き? つまり、家にいるときには何をしているの?」

「よく乗馬をします。それと読書も。母がいないので、家にはわたしとふたりの妹と父だけです」

「お父様は園芸学者ね」

「ええ、そうです。父がちょっと浮世離れしていて、ほとんどの時間を温室で過ごしているので、家にはあまりお客様がいらっしゃることもないんです」ミス・バルフォアはそこでためらった。「わたしの振る舞いに首を傾げられることがないといいんですけど。ケイス・マナーではあまり堅苦しい社交をしないので――」

「大丈夫よ」シャーロットが力づけるようににっこりし、編み棒を手にとってまた編み物をはじめた。「わからないことがあったら、わたしたちのどちらかに訊いてもらえばいいわ。わたしたちが正しい振る舞い方を教えてあげるから。そうでしょう、マーガレット?」

「もちろんよ」とマーガレットも言った。ミス・バルフォアの並外れて率直な物言いがどんどん好ましく思えてくる。「きっと正しい振る舞い方を教えてあげられるわ——」

ウィーニーが空いているミス・バルフォアの膝に飛び乗り、彼女は忍び笑いをもらして犬を撫でた。犬のせいでドレスに皺が寄ることなどまるで気にしていないように見える。

「犬が好きなようね」この変わっているとしか言えない若い女性をどう判断していいかまだ考えながら、マーガレットが言った。

「ええ、とても。廊下でマクドゥーガルさんにこの子たちみんなの名前を聞きましたわ」ローズは足もとに集まっているほかのパグたちに目を向けた。「ランドルフ以外のみんなの名前が韻を踏んでいるのはどうしてですか？」彼女は少し離れたところにいる年寄りの犬を指差した。階段をのぼってきたばかりというような荒い息をしていた犬は自分の名前を聞いて尻尾を振った。

「あの子は飼って十二年になるの。ほかのパグはもっとずっと最近手に入れたのよ。たぶん、十二年前には韻を踏む気分じゃなかったのね」

ミス・バルフォアはうなずいた。また髪がひと束ピンからはずれた。

マーガレットとシャーロットは目を見交わした。ミス・バルフォアは自分が値踏みされていることには気づかない様子で、膝の犬を抱いてうわの空で言った。「動物が好きなんです。じっさい、人間よりも好きなくらいですわ」

そう言ってしまってから、彼女はマーガレットに気まずそうな目を向けた。「人が嫌いっていう意味じゃないんです。ほんとうに嫌いじゃないし。とてもよくしてもらっていて、たぶん、みんな――」彼女はぴったりのことばを必死で探すような身振りをした。

「誰しもたまにそういうふうに思うものよ」マーガレットが言った。「でも、ハウスパーティーのことは心配しないで。今年は小ぢんまりやるつもりなの。これまでで一番小ぢんまりした会よ」

「そうね」シャーロットも言った。「レディ・ロクスバラは今年はごく内輪の会にしようと決めたの。とても親しい人だけで、何より――」

「親しいとは言えないわね」マーガレットはきっぱりとそう言い、シャーロットに警告するような目を向けたが、シャーロットはそれに気づかない様子だった。マーガレットは客人に目を戻した。「ロクスバラと結婚したばかりのころには、舞踏会の前の数週間のあいだに四十組のご夫婦を招待したものよ。でも、年をへるごとに数を減らしてきて、今年はロクスバラも舞踏会の前の晩まで戻ってこないから、さらに招待するお客様を減らすことにしたの」

「公爵様はここにいらっしゃらないんですか？」

「残念ながらいないわ。そう、政治にかかりきりなんですもの。摂政政治の問題が切迫しているので、すぐには家に戻れないのよ」マーガレットは若い客人にほほ笑んでみせた。「レディ・シャーロットとわたしはもっとあなたとお話ししていたいけど、きっとあなたは夕食前にゆっくりしたいでしょうね」

か？」

「少し疲れていますから」ローズも認めた。「ほかのお客様たちはもういらしているんです
「大甥以外はみんないらしているわ。大甥は今日の午後に到着予定よ」

レディ・シャーロットは編み棒をかちかち言わせながらやさしい笑みを浮かべた。「ここで過ごすのはたのしいわよ。フロアーズ城ではやることがたくさんあるから。ホイストや、クロケットや、ビリヤードや、川沿いの乗馬——きっととても忙しく過ごすことになるわ」

「とてもね」マーガレットもそう言って入口のところにまだ立っていたマクドゥーガルに目を向けた。「ミス・バルフォアを青の間へお連れして」

マクドゥーガルはお辞儀をした。

マーガレットは客に目を戻した。「夕食のときにもっとお話しするのをたのしみにしているわ。それと、ここの滞在をたのしんでくださるといいんだけど。厩舎にはすばらしい馬がそろっているし、ロクスバラは読書家だから、図書室には山ほど本もあるわ。お好きなだけ借りてくださっていいのよ」

ミス・バルフォアの顔が明るくなり、一瞬、彼女はとてもきれいに見えた。「あら、ありがとうございます！」

マーガレットはすぐに胸の内でつぶやいた。ああ、かわいいシン、あなたがそこまで魅惑されたのはこの顔？　それとも、彼女にはこれ以上の魅力があるの？　マーガレットはにっ

こりした。「どういたしまして。マクドゥーガル、お部屋にお連れする途中に図書室の場所を教えてさしあげて。夕食前の暇つぶしに本を借りたいかもしれないから」

ミス・バルフォアはウィーニーを床に下ろして立ち上がると、お辞儀をし、執事のあとから扉へ向かった。

マーガレットは手に鼻を押しつけてきたランドルフの灰色の頭をうわの空で撫でながら彼女が出ていくのを見守った。

扉が閉まるやいなや、シャーロットが言った。「さてさて。おもしろかったわね」

「ええ、とても」マーガレットは椅子に背をあずけ、ランドルフを膝に引き上げた。「とてもやせていて浅黒かったわ」

「きっと乗馬のせいよ。目は充分きれいだったけど、髪の毛は——」シャーロットは首を振った。「ちょっと乳搾《ちちしぼ》りの女みたいだったわね。シンがいちゃついた相手ならきれいな人だろうと思っていたんだけど」

「そうね、きれいとは言えないわね」マーガレットも言った。「よく言ってかわいい人だわ。シンが乗馬好きの女性に関心を寄せたとは知らなかった」

「あまりおしゃれでもなかったわね。あのドレス——」シャーロットは鼻に皺を寄せた。

「歩くのも大股だし」

「そうね。女らしさなんてまるで気にしないという感じだったわ」マーガレットは椅子の肘を指でたたき、それからランドルフを見下ろした。「おまえはどう思う、ランドルフ?」ランドルフは小さな尻尾を激しく振った。

「おまえは気に入ったのね? ミーニーもそうだったわ」彼女は足もとに寝そべっているミーニーに目を向けた。マーガレットと目が合うと犬は顔を輝かせた。「おまえもふつうは知らない人になついたりしないのにね」

ミーニーはくんくんと鼻を動かした。うなずいているように見える仕草だった。

「ミス・バルフォアが動物を手なずけるやり方を知っているのはたしかね」シャーロットも考えこみながら同意した。

マーガレットは笑った。「たぶん、それが鍵なんだわ」

「たぶん、そうね。誰が動物に近いかと言ったら、それはシンだもの。このローズという子は獰猛《どうもう》な獣をなだめるやり方を知っているのよ。ふたりがいっしょにいるのを見るまではわからないけど——そう考えると、これからの三週間がたのしみでしかたないわ」

「彼のせいで彼女が道を誤らなければね」

マーガレットの顔がくもった。「道を誤る?」

「ミス・バルフォアはあまり世慣れた女性という感じじゃなかったわ。シンのほうは……彼がどんなかはわかっているでしょう」

「賢そうな娘だから、そんなことにはならないと思うけど、目は配《こ》っておきましょう。あのかわいそうな女の子がこの家でしつこく迫られるなどということは許さないわ」

「ほんとうに？」シャーロットはわずかに驚いた声で言った。「あなたはシンがそうするのを望んでいるんだと思っていたわ」

「ある程度まではね。でも彼女の純潔が奪われるようなことは許さないわ。そう、わたしは名づけ親なんだから。それでも、ふたりがそれなりの時間、いっしょに過ごすようにはしましょう。おそらくはふたりが思っている以上にね」マーガレットはランドルフを絨毯の上に下ろした。「さあ、シャーロット、犬たちを庭で散歩させましょう。使用人たちが聞き耳を立てていないところで今の状況を話し合えるように」

3

ロクスバラ公爵夫人の日記から

愛する家族の恋愛に助け舟を出す役目を負わされた場合、その家族の望みを知っておくのは重要だ。それは慎重にやらなければならないことでもある。とくにより物のわかった人間が秘密裏にそれをしなければならない場合は。

シンはローズ・バルフォアのせいで、これだけ長いあいだ倫理的に脇道にそれることになったわけだが、彼女にどんな魅力を見出したのか、まだはっきりとはわからない。それでも、その魅力とやらを見つけられるかもしれないという感じはする……

すぐそこなのに、まだ全然手が届かない。ローズははしごの手すりをつかみ、前に身を乗り出した。爪先立ちにならなければならなかったが、棚の上のとろうとしている本にどうにか――ようやくどうにか――手が届いた。

その薄く小さな本はやわらかい赤い革の表紙で、日誌のように見えた。それは、はしごの下の段にいて、本がぎっしりつまった棚がずっと上まで連なっているのを圧倒されながら見上げているときに目を惹いたのだった。派手な色の背表紙には題名が記されておらず、中身を見たくてたまらなくなった。そこで、ローズははしごを動かし、スカートをたぐり寄せてはしごのてっぺんまでのぼった。

はしごに腕をかけて体を支えると、小さな本を開いてみた。ああ、お気に入りのシェイクスピアの戯曲だわ！『お気に召すまま』。ローズは笑みを浮かべて本を持ち上げると、革と古い紙のすばらしいにおいを深々と吸いこんだ。これにまさるものがあるかしら？

すぐに読みたくなり、ローズは暖炉の前に置いてあるクッションのきいた青いヴェルヴェットの椅子にすわって見つけた本をたのしもうと決めた。風呂の用意ができるまで三十分かかるとマクドゥーガルは言っていた。待つあいだ、本の世界に没頭するのはすてきなことだ。ローズは降りる前に小さな本をポケットにすべりこませようとした。そうすれば、手でスカートを持ち上げて――

「ここにいたか」

低い男の声が聞こえてローズはその場で身を凍りつかせた。知っている声だった。ごくりと唾を呑みこむ。激しく鼓動する心臓に気づかれなければいいがと思いながら、彼女はゆっくりと首をめぐらし、二度と会うこともないだろうと思っていた男のほうへ顔を向けた。

アルトン・シンクレア伯爵はさまざまな理由から、社交界ではシン伯爵として知られていた。その理由のどれも、上品な女性が口に出すべきものではなかった。彼は以前と変わらず長身で肩幅が広く、濃い金色の髪をしていた。濃い褐色のまつげが目をけだるく魅惑的なものに見せていたが、真に目を惹くのは、顎の強く直線的な線と、ローマ皇帝を思わせる鷲鼻だった。

彼は図書室の入口に立ち、地獄に堕ちろとでも言いたげな目で彼女を見つめていた。ローズの顔と首が熱くなった。彼の髪は以前より伸びていて、顔は放蕩生活のせいで以前の美しさを多少失っていた。シェリーブラウンの目だけが最後に見たときとまったく変わらず、怒りに燃えている。

ローズはこわばった唇を笑みの形に曲げた。「シンクレア様、お会いできて光栄ですわ。ここへいらっしゃるとは知りませんでしたが」

「もちろん、来るさ。ここは大伯母の家だからね。じっさい――」彼はネズミを追いつめた猫のような笑みを浮かべた。「ぼくが大伯母に頼んできみを招待してもらったんだ」

ローズは身をこわばらせた。「公爵夫人があなたの大伯母様ですって？　そしてわたしの名づけ親でもあると？」

「どうやらそうみたいだな」

それで予期せぬ招待があったというわけ？　かすかな失望が心に浮かんだ。彼のことばを聞くまでは公爵夫人をかなり好きになっていたのに。あのやわらかい話し方をするレディ・シャーロットもこのたくらみに一枚嚙んでいるのかしら？

シンは不気味な笑みを浮かべて歩み寄ってきた。「それで、こうして会えたというわけさ、ミス・バルフォア。幸運だとは思わないかい？」

礼儀を考えれば、はしごから降りるべきだったが、部屋を横切って近づいてくる男性が沸々と怒りをたぎらせていることを思えば、こうして上にいるほうが安全に思えた。ローズはなにげない口調を保とうと努めた。「お元気ならいいんですけど。最後にお会いしてからずいぶんとたちますから」

「六年だ。まさに試練の六年だった」

彼が燃え立たせている怒りが神経を揺さぶり、ローズははしごをさらにのぼりたくなる衝動と闘わなければならなかった。「試練の日々だったとはお気の毒ですわ」

彼の眉根がさっと寄った。「そうならないと思っていたなんて振りはやめてくれ」

ローズは目をしばたたいた。「最後にお会いしてから、あなたがどう過ごされていたのか、どうしてわたしに知りようがありまして？　あれからお会いしてないんですから」

彼の口はきつく引き結ばれ、今や目はさらに熱く燃えていた。「ぼくに関して自分に罪のない振りはやめてくれ。きみがどういう人間かはわかっているんだ」

ああ、いったいどういうことなの？　自分が自分自身と家族にかなりの屈辱をもたらしたのはたしかだが、遊び人である彼は悪い噂になど慣れっこになっていたはずだ。男性は——異母妹と寝たバイロン卿のように——社交界で最後の一線とみなされるものを超えないかぎり、その名に瑕《きず》がつくことはほとんどない。一方女性は、キスのような罪のない行為でも評判に瑕がついてしまう。

何もかもがあまりに不公平で、シン伯爵がその事実を気に留めていないことには不満を覚えた。しかし、彼に反論しても無駄だろう。見るからに、穏やかで理にかなった話ができそうな雰囲気ではない。

おそらく、六年前にしたかった謝罪を今すべきなのかもしれない。少なくとも、それによって自分の気も楽になるだろう。謝罪すべきではあるのだから。

ローズはせき払いをした。「シンクレア様、あなたがここにいてよかったわ」そう言ってはしごを降りだした。「最後にお会いしてからずっと謝りたいと——」

「そこにいろ」今や彼ははしごの下に来ていて、彼女が足を下ろしたはしごの段に大きな手をかけていた。左手につけたエメラルドの指輪はクラヴァットのピンと同じ輝きを放っていた。

「そこにいろ？　このはしごの上に？」

「そうだ」彼は一番下の段に足をかけた。

「あら、その必要はありませんわ。わたしはひとりで——」

シンはもう一段上にのぼった。肩が彼女のふくらはぎに触れた。

ローズははしごにきつくしがみついた。「シンクレア様、お願い！　この上で話なんてできませんわ――はしごにのぼっているんですよ！　たぶん、夕食の席でお話しできますわ。ふたりとも――」

「いや、だめだ。こうして会えたんだから、一秒たりとも先延ばしにはできない」彼は彼女に目を据えたままさらに一段上にのぼった。ひとつひとつの動きが脅しのようだった。

口のなかが乾き、ローズははしごを一段のぼった。胸がしめつけられて息ができない気がした。「シンクレア様、床に降りてくださったら、暖炉のそばですわって話ができますわ。そのほうがここでつりあいをとろうとするよりずっと居心地いいはず――」

「だめだ」シンは険しい顔のまま、また一段のぼった。ローズが必死に逃げようとしても逃げられないように、両手で彼女の膝のそばの手すりをしっかりとにぎりしめている。

「こんなのばかばかしいわ！」ローズは今や狂ったように鼓動を速める心臓をおちつかせようとした。「シンクレア様、お願い。こんなこと、異常すぎますわ」

彼は低くいやな笑い声をあげた。「無垢な振りをするんじゃない。きみはなんとも気に障《さわ》る人間だ。ぼくのことをロンドンじゅうの物笑いの種にしてくれたわけだからな」そのことばは怒りのあまりかすれた声で発せられた。

ローズはびくびくと唇を湿らせた。「そんなの誇張だわ」彼をあざ笑うなんてこと、誰にできるというの?

「いや、誇張じゃない」

ローズは気をおちつけて考えようとした。彼の顔が脚のすぐそばにあるのでなければ、それもずっと容易なのだが。ぎらついた目も不安になるほど近くにあった。彼女は目をそらす勇気がなかった。しっかり目を合わせることで、ほんの少しではあったが、気持ちをおちつかせることができたからだ。

それ以上彼が近くに来ないようにしようと、ローズはすぐ近くの段に片腕をくぐらせ、少し体をひねった。彼がそれ以上のぼろうとしたら、彼女の肩が彼の胸に直角にあたるように。ささやかな防御だったが、はしごの上でできる精一杯のことだった。「シンクレア様、六年前のことをあなたがどう感じていようと、わたしたち以外の誰もそのことを覚えていないと思いますわ」

シンはまるで信じられないという顔をした。ミノタウルスを散歩させたというほうがまだ信じられるという顔だ。「そんなことばは信じられないな」

「六年前の舞踏会でのつかのまの出来事を誰がわざわざ覚えています? もちろん、わたしは覚えているわ。自分で自分を笑いものにしたんだから。わたしの若さとひどく衝動的な性格のせいであなたが被害をこうむったことはほんとうに申し訳ないと思っています。あの晩の自分の行動をなかったことにできたならと何度思ったことか、口では言えないほどですわ」

彼の顔に驚きの影がよぎった。「謝っているのか」

「そうよ。謝ってほしいわけでしょう?」

彼は顎をこわばらせた。「謝るだけじゃ不足だな」

ローズはしっかりと彼の目を受けとめた。「あの晩起こったことはすべてわたしの責任だけど、今となっては変えようがないわ。わたしたちにできるのは、過去を過去のものとして、先に進むことだけよ」目を合わせたまま何も答えない彼にローズは眉根を寄せた。「シンクレア様、あの晩すぐに手紙を書いて説明したはず――」

彼はあざけりに満ちた笑い声をあげた。「ああ、そうだった、きみの手紙。社交界でも最悪の噂好きの連中の前でぼくに恥をかかせて、何行か書きなぐっただけの手紙を送ってよこした。それで事足りるとでもいうように」

「そのときには終わったことだったから――」

「終わったこと? ミス・バルフォア、悪い噂は広がりはじめたばかりだった。きみはそれに直面せずにただ逃げたんだ。きみが行ってしまったあとで、噂好きの連中はタカのように群がり、一度にぼくの名前を地に落としてくれたよ」

「でも、あなたは何も悪いことはしてないわ」

「みんなはそうは思わなかった。われわれのささやかなあいびきでぼくが攻撃的だったせいで、きみがひどく動揺してしまい、恐怖のあまり、ぼくといっしょには一瞬たりとも過ごせないとばかりに、田舎に逃げ出したと思っている」

「でも、わたしが田舎に帰ったのはそのせいじゃないわ！　あなたをさらに困った状況に落としたいなんて思ってなかった。その後不愉快なことになるのを避けるのにそうするのが一番だと思っただけよ」

「最悪の行動だったね。その後不愉快なことはおおいにあったさ、親愛なるミス・バルフォア」シンは身を前に乗り出し、彼女の脚に胸を押しつけるようにした。「ぼくにはね」

ローズは標本箱にピンで留められた蝶になった気分だった。「ああ、なんてこと」

「みんな目にしたことを噂し、目にしていないことはでっちあげた。二週間もたたないうちに、ぼくがきみにキスしようとしたという噂が、無垢なきみを穢《けが》そうとしたという話になっていた。そしてどうやらぼくは望まれていないのにきみに荒々しい欲望を押しつけ、無理やりきみを穢そうとしたらしい」

「そんなのばかばかしいわ！」

「そう、話はひどくなる一方だった。あの晩から何週間かたつころには、詳細についても噂が出まわるようになっていた――きみのドレスは破れ、髪のピンははずれ、きみが逃げ出そうとしたときに靴は片方失われていて、ぼくはきみの意志に反してきみを抱きしめていたとね。その後はどれほどぼくの家族や財産とつながりを持ちたいと思っていても、ぼくと話ができる距離に自分の娘を近づけようと思う紳士はいなくなった。公衆の面前と言ってもいい場所で無垢な娘に荒っぽく襲いかかるほど腐った根性の男にはね」

「冗談でしょう。そんなのひとことも真実じゃないわ！　あそこにいた人はわたしがなんの被害も受けていなかったことを見てとったはずよ。ドレスも破れていなかったし、靴もなくなってなかった——そんなの全部大嘘じゃない」

「それでも、彼らはあそこに居合わせて目撃したんだ。それから、何度も話をくり返すうちに、考えつくかぎり、ぼくの罪を重くするような事柄を付け加えたわけだ。自分の話をもっとおもしろくするためにね」彼は彼女にひややかな目を向けた。「きみがあそこに留まっていたら、そこまで噂がひどくならないようにできたかもしれない。でも、きみはいなかった。きみが逃げ出したせいで、どんどんひどくなる悪い噂にぼくはひとりで対処しなければならなかった」

「そんなこと思いもしなかったんですもの！　噂がおさまるまで街を離れるべきだと伯母が言い張ったから。わたしはただ、自分のしてしまったことの被害を最小限にとどめたかっただけなのに——」

シンは次の段にのぼった。彼の胸が彼女の太腿の脇に押しつけられる。

ローズの心臓は鎖骨にあたるほど大きく鼓動していた。荒々しいうずきが全身を駆けめぐり、シャンパンほども彼女を酔わせた。あの晩、あんな最悪の事態におちいったのも、この感覚に襲われたからだった。その理由はローズには今でもわからなかったが、シンクレア伯爵のそばにいると、なんとも奇妙でおちつかない思いに駆られ、ふだんは穏やかに抑えられている感覚が揺さぶられてしまうのだ。それは今このときですらも最高に気持ちよく、最高に恐ろしい感覚だった。

その感覚のことはよく覚えていたが、それがここまで激しいものであることは忘れていた。彼がそばにいるだけで全身が燃えるようになることも。それは狂気としか言えないものの新たな兆《きざ》しに思えた。

「一応言っておくが――」シンが言った。「ぼくはあの晩の出来事はきみと同じだけきみの伯母さんにも非があると思っている」

「伯母は庭にすらいなかったわ」

「たしかに。しかし、きみがちゃんと監督されていたら、あの晩の出来事は起こらなかったわけだからね」

ローズはかっとなった。「あのときのことに伯母はなんの関係もないわ」

シンはあざけるような目を彼女に向けた。「きみの伯母さんもきみと同じだけ無節操な人間というわけだ」

本で彼の頭をなぐらないようにするのに、持てる自制心のすべてを働かせなければならなかった。よくもそんなことを言ったわね。「あなたの弱さを――わたしのもそうだけど――

かわいそうな伯母のせいにしないで。あなたの評判なんてはじめから無瑕だったとは言えないじゃない、シン様」

「あの一件の前にもぼくは女たらしと噂されていたが、無垢の乙女を誘惑する人間とは思われていなかった」

ローズはすでに口を開きかけていたが、彼のことばを聞いて口をつぐんだ。たしかにそこにはちがいがある。それを受け入れることで、ローズはあの晩の出来事をちがう目で見ることができた。心が沈みこむ。ああ、たしかにわたしが誘惑されていたように見えただろう。結婚相手として理想的ながら、誰にもつかまえられない男性としてエジンバラでもっとも有名な独身貴族が噴水に落ちていて、そのそばでデビューしたての若い女が赤い顔で身を震わせながら手をもみしぼっていたのだ。

そしてそれから、噂に直面するのを彼にまかせてわたしは姿を消したのだ。ローズは唇を噛んだ。この六年、あの出来事の噂がより早く忘れ去られるように姿を消したのだと自分に言い聞かせてきたのだったが、正直に言って、街を離れるのが待ちきれなかった理由はほかにもあった。シンのキスへの自分の反応に衝撃を受けたからだ。

そうして逃げたのは臆病なやり方で、シンがその代償を支払うことになったのは明らかだ。

ローズは大きく息を吸った。「そうできたらよかったんだけど、戻って過去を修復するにはもう遅いようね。でも、それについては謝ったわ。心の底から悪かったと思っています。

こんなことを言うのは残念だけど、起こってしまったことについてはもうどうすることもできないわ」

シンは目を細めた。「そんな謝り方じゃ全然足りないし、謝るのが遅すぎたな」そう言ってはしごをもう一段のぼった。不安になるほど親密な形で彼の胸が彼女の腰に触れた。

ローズは脇の手すりをにぎる手に力を入れ、本を盾のように胸に抱きしめていたが、言うことを聞かない体は不安になるほどにうずいていた。ローズはごくりと唾を呑みこむと、びくびくと一段はしごをのぼり、六フィート二インチの魅惑的な体から遠ざかろうとした。

シンはひるまずについてきた。「あの晩じっさいに何があったのか知ったら、世間は衝撃を受けるとは思わないかい、ミス・バルフォア？」そう言ってもう一段はしごをのぼった。

突然、顔が彼女の顔と同じ高さに来た。胸は肩にあたっている。

ローズは彼の目をのぞきこんだ。自己弁護のためのことばは口に出されることなく失われた。彼の目には金色の筋がはいっていて、彼に少しばかりライオンのような雰囲気を与えていた。その目をのぞきこみながら、ローズはふたつの望みに心が引き裂かれる思いだった。できるかぎりすばやく彼から離れたいという思いと、さらに身を寄せ、触れるだけでもたらされる、震えるような悦《よろこ》びを思いきりたのしみたいという思い。

そばにいるだけで今もなお自分がそんな影響をおよぼされることは驚くほどだった。ローズは彼に身を押しつけ、もう一度彼の唇を自分の唇に感じたいという衝動と闘わなければならなかった。

こんなことを考えちゃだめ。彼女はみずからに厳しく言い聞かせた。自分の想像の大胆さに顔が熱くなる。もう一段はしごをのぼれたら――しかし、今や彼の腕に両脇を押さえつけられていた。

身動きできないまま、ローズはせき払いした。「みんなに無視されるようになったわけじゃないでしょう?」

「完全に避けられるということはなかった。ぼくには爵位や社会的立場もあれば、財産もあるからね」

「だったら、どうして気にするの――」

「ばかにされたからさ、ミス・バルフォア。その後何カ月も、ぼくはフィン様と呼ばれていた」

その瞬間、ローズの脳裏に噴水から這い上がろうとする彼の姿が浮かんだ。ハスの葉が頭に載り、顔からは水がしたたり落ちていた。ぞっとしたことに、胸の奥から忍び笑いが湧き起こってきた。

笑うつもりはまったくなかったのだが、緊張するといつも笑わずにいられなかった。このたくましく、魅惑的な男性がそんなばかばかしい名前で呼ばれていると考えると、全身の骨が揺さぶられる気がした。

忍び笑いがもれると、〝フィン様〟のまなざしがいっそう険しくなった。ローズはさらに緊張し、笑いもいっそう大きくなった。

「ああ、いいさ、笑えよ、ミス・バルフォア」シンが鋭い口調で言った。「あの晩と同じように笑うといい。ああやって笑われたおかげで、きみが計算高い女だとわかったからね」

そのひやややかな口調のおかげで、声をあげて笑いそうになるのを抑えることはできたが、いつまでも笑いの虫は鎮まらなかった。「そんな呼び方をされたなんてほんとうにお気の毒だわ、フィンさ——」ローズは手を振った。また笑ってしまうのではないかと不安で、その名前をみなまで言うことはできなかった。「ほんとうに、そんなこと、夢にも思わなかったのよ」

シンは自分が何に一番腹を立てているのかわからなかった。彼を噴水に突き落としておいて、目の前で思いきり笑ったローズ・バルフォアが、後始末を無頓着に彼に押しつけてその場を去ったことか。それとも、その後彼が直面せざるを得なかった不名誉な状況を知って、彼女が今ここでずうずうしくもまた笑っていることに対してか。

「思ったとおりだ」彼は怒って嚙みつくように言った。あっさり彼女の首を絞めて事を終わりにできたらどんなにいいだろうと思いながら。「きみはわざとあんなことをしたんだ。ぼくひとりをさらし者にして去ったときに、きみは自分が何をしているのかちゃんとわかっていた。自分がいなくなることによって最悪の憶測が出まわるのがわかっていたんだ！」

笑いはおさまったようだったが、彼女はまだ目をきらめかせながら、怒りをにじませた声で言った。「そんなことわからなかったわ！　そんなたくらみをして、わたしにいったいなんの得があったというの？」

「復讐さ、ミス・バルフォア。きみは自分の子供っぽい誘惑にぼくが応えなかったことに腹を立てていたんだ」

「なんてばかなことを――シンクレア様、大げさに考えるにもほどがあるわ。わたしは誰かに恥をかかせようなんて思ったこともない。あのときはただあなたにキスしたかっただけなのよ。それは認めるわ。こんなことを言ってもあなたの気がまぎれるかどうかわからないけど、あのときのことはずっと後悔していたのよ」

シンは鼻を鳴らした。後悔していた？　それで、ぼくのほうはそれを大げさに考えすぎていたと？　怒りのあまり、なんと言っていいかわからないほどだった。これまでずっと彼女に過ちを認めさせたらどれだけすっきりするだろうと想像してきたのだったが、彼女の反抗的な態度のせいで、すっきりすることさえできずにいる。

ちくしょう。こんなに腹の立つ女ははじめてだ。腹立たしく、理解不能な女。あのときもそうだったが、この女をどうしていいかわからないほどだ。大胆で官能的な女と、現実的で良識にあふれた女が共存し、ときおり息を奪うほどに無垢な女が顔を見せる。シンはどうしようもなく混乱せずにいられなかった。

まずもって、どうして庭へ誘い出されたのだったか考えながら、シンは皮肉っぽい目を彼女に向けた。濃い黒いまつげに縁どられ、生き生きと輝く青い目は今でも〝美しい〟と言える唯一のもので、その他は月並みな女だった。顔はハート型だったが、口は大きすぎ、肌は浅黒いだけでなく、つんと上を向いた鼻にかけてそばかすが散っている。やせ型で、かなり小さな胸と、女にしてはあまりふくらみのない腰など、とりたてて言うところのない体つきだ。何よりひどいのはぼさぼさの髪の毛だった。

平凡で、目立たず、記憶に残る女ではない。だからこそ、そばに寄るたびに彼女がアフロディーテであるかのように自分の体が反応してしまうことがいまいましかった。

今も、熱く純粋な欲望が湧き起こり、彼女の体にもっと触れようと身を乗り出さずにいられないでいる。くそっ、これはなんなんだ？　外見にしても、行動にしても、性格にしても、ぼくが関心を持つような女ではない。多少なりとも分別を持ち合わせていたら、このままここを去り、自分の安全な寝室へと戻っているはずだ。それなのに自分はうずくほどに彼女を求めながら、腕で彼女の動きを封じているというわけだ。

彼がそれほどに心乱される思いでいるというのに、彼女のほうはまったく影響を受けていないようで、彼に眉を上げてみせた。「もうこれ以上近づいてくださらなくていいわ。これだけは言っておきたいんですけど、あのささやかな出来事の前だってあなたはひどいあだ名をつけられていたはずよ。あなたがシン様と呼ばれていなかったら、誰もフィン様なんてあだ名は思いつかなかったはずだもの」

シンは答えようと口を開いたが、彼女はひるむことなくつづけた。「それに、社交界からそっぽを向かれて気落ちしているなんて嘘よ。以前だってあなたが社交の集まりにめったに顔を出さなかったのはたしかですもの。大伯母様のハウスパーティーにいらっしゃったのも驚きだわ。だって、あなたがいつもたのしんでらっしゃるものに比べたら、ずっとつまらない催しでしょうから」

シンは顔をしかめた。「それ以上ぼくを怒らせないほうがいいな、バルフォア。愚かしいにもほどがあるぞ」

「怒らせようなんてしてないわ。あなたの意見に同意できないだけよ。でもたぶん、あなたはあなたの言うことになんでも賛成する従順な女性のほうがいいんでしょうね」ローズは持っていた本を祈禱書《きとうしょ》でもあるかのようにさらにきつく抱きしめ、慎み深い態度を装ってわざと作った裏声で言った。「ええ、シンクレア様。あなたのおっしゃるとおりね、シンクレア様」彼女の忍び笑いを聞いてシンは歯がうずく気がした。「ああ、シンクレア様、あなたってとってもおもしろいわ！　でも、あなたってこの世でもっとも賢いお方ですものね！誰よりも――」

「やめろ。これ以上きみが愚かな真似をする前に言っておくが、きみを大伯母の家に呼び寄せたのは目的があってのことだ。特別な目的がね」

彼女の青い目に警戒するような色が宿った。「あら？　それはどういう目的ですの？」

彼の足は今や彼女の足のすぐ下に置かれており、両手は彼女の体の両脇の手すりをつかんでいた。彼は身を寄せ、誘うように声をひそめた。「あのキスのことはよく覚えているよ、ミス・バルフォア。きみはどうだい？」

鳥籠のなかで小鳥が羽ばたきするように、鼓動に合わせて首の繊細なくぼみが震えた。

「もちろん、覚えているわ」

「それがきみにどんな影響をおよぼしたかも覚えているよ」

ローズは赤くなった。「影響？　わたしは――つまり、とてもすてきだとは思ったけど――」

彼の唇が彼女の淡いピンク色の繊細な耳たぶをかすめると、ローズは身震いした。「どうせきみを誘惑したと非難されるなら、その誘惑によって苦悩するだけでなく、悦びも得たいものだね」

「よ、悦び？」ローズはあえぐような声を出した。

シンは笑みを浮かべた。その日はじめての心からの笑みだった。彼はやわらかい彼女の体を腰ではしごに押しつけるようにした。自分が彼女にどれほどの欲望を抱いているかはっきりと意識される。「ああ、そうだ」

ローズは目をぱちくりさせた。じょじょに彼の意図を理解した顔になる。「わたしを誘惑するつもりなの？」

「ああ、そうさ、かわいいローズ。六年も待たされたあげくに、やっときみに悦びをもたらしてもらうときが来たというわけだ」

4

ロクスバラ公爵夫人の日記から

シャーロットとわたしは夕食の席順を見直し、シンにでき得るかぎりの便宜をはかってやったと満足できた。今回のことで彼は自分が優位に立っていると信じているが、ミス・バルフォアに会ってからは、彼のその確信がまちがっているのではないかと思わずにいられない。

彼女にはどこか、独立心にあふれた頑固な女性だと思わせるところがある。それを嫌う男性がほとんどだろうが、シンはきっと彼女の独立心を魅力的だと思うことだろう。そして彼女の頑固さは彼自身の頑固さにまさるとも劣らない。時期が来ればきっと……

シンは自分の脅しに対し、相手がわずかでも怖がる様子を見せることを期待していた。しかし、ミス・バルフォアは細い眉を上げただけだった。「つまり、すでに噂されているとおりに、わたしを誘惑することにしたってわけ?」

「きみがあの忌わしいキスによって約束してくれたことさ」彼は彼女の頬から耳の後ろのあたたかい場所まで手の甲でなぞった。

彼女がまつげをばたつかせながら息を呑むのがわかり、シンは満足を覚えた。ああ、つまり、きみも同じように感じているってわけだ。「われわれは三週間いっしょに過ごすことになる、ミス・バルフォア。そのあいだ、ぼくはきみを誘惑することにするよ。それできみは——」彼は手を彼女の頬から首へ動かし、その下で心臓が激しく鼓動している魅惑的なくぼみへと動かした。「最後に会ったとき以来、ぼくが浴びせられたあざけりに償《つぐな》いをしてもらう」

「償いが当然だと思っているのね」頬を真っ赤に染めたまま、ローズは気をおちつけようとするように深呼吸し、彼としっかり目を合わせた。しばらくして短くうなずく。「わかったわ。誘惑をしてみてくれてかまわない。それに屈すると約束はできないけど、あなたはそれを許されていいはずだもの」

シンは笑うべきかどうかわからなかった。くそっ、どうしていいかもわからない。「ミス・バルフォア、きみはそのことについて自分にも意見を言う資格があるという幻想を抱いているようだが、ぼくは誘惑をしてみるつもりはない。誘惑するだけだ」

ローズは愛想よく笑みを浮かべた。「どうなるかしらね？　とりあえず、自由に誘惑してくれていいわ。少なくとも、それによってあなたにも過去を嘆く以外にすることができるわけだから。今は残念なことに過去を嘆いてばかりいるみたいだけど」

彼女のずうずうしいことばは尖ったあられのように心に突き刺さった。お互いあぶなっかしい場所にいることを一顧だにせず、彼は彼女の腰に腕をまわし、体を押しつけた。ローズは息を呑み、小さな本を抱えたまま、はしごにしがみついた。それでも、速くなった呼吸によって、彼女もその瞬間、興奮を覚えたことがわかる。

シンはにやりとした。「おばかさんのローズ、きみがあのキスにどれほど情熱的な反応を見せたかぼくはよく覚えているよ。きみをベッドに引き入れたければ、ただこうすればいいだけ……」そう言って首をかがめ、羽のようにやわらかく、やさしく、唇で頬に触れ、さらにあたたかい息を吹きかけた。彼女の体が奥から震え、まぶたが閉じた。呼吸が速くなる。彼は頬の上で震えるまつげに唇を寄せた。そっと唇でまつげをなぞると、ローズはわずかに身を揺らした。

彼女の喉が大きく脈打ち、彼自身、血が血管のなかを駆けめぐるのを感じた。シンはどくどくと脈打つ彼女の喉に唇をあて、キスをして歯の先でその部分を軽くこすった。

「シ、シンクレア様、もう充分よ――」

「まだはじめてもいないよ、かわいいローズ」彼はさらに身を近づけ、彼女の肌に息を吹きかけるようにして耳もとでささやき、指で唇をかすめた。「ほんとうにぼくを拒めるかい？」

　ローズはゆっくりと息を吸うと目を開いた。そのまなざしは思った以上におちついていた。「あなたの感触はとても魅惑的だわ」そう言って手を払いのけた。「あなたも同じように感じているの？」

　そっちの手に乗ってたまるか。「きみよりも経験を積んでいるからね」

「ええ、もちろんそうね」ローズは唇に笑みを貼りつけたが、その唇はごくわずかに震えていた。「シンクレア様、わたしももう六年前の子供とはちがうわ。今では自分の情熱をもっと抑えることもできるようになったのよ」

　シンは軽い笑い声をあげた。「ぼくに抗えるとでも？」

「わたしをその気にさせられるとでも？」彼女は言い返し、彼が眉を上げると頬を染めた。「いいわ、その気にさせてみて。でも、わたしももう大人よ。年を重ねたのもあるし――経験も積んでいる。わたしのこと、意志の弱い女だと思っているようだけど、そうじゃないわ」

　経験ね。つまり、バルフォアの小娘ももはや無垢ではないということか――あのときにそうだったとしても。なぜかはわからなかったが、経験があるとはっきりわかって満足を覚えると思っていたのがそうはならなかった。それどころか、顎の先がこわばり、声を出せば、思いがけず刺々しい声になった。「きみはきっと誘惑に屈するさ。問題はそれにどのぐらいかかるかだ」

彼は彼女のふさふさとしたシルクのような巻き毛をひと房つかみ、指で梳いた。巻き毛は彼女自身と同じように頑固に指にからみついてきた。巻き毛を指に巻きつけると、手の甲が彼女のうなじをかすめ、彼女はさらに親密に触れられたかのように息を呑んだ。

シンは巻き毛を放し、彼女が肩を押しつけているはしごの段へと手をすべらせると、両脇をしっかりとつかんだ。それから、唇で唇をとらえ、荒々しく濃厚なキスをはじめた。

ああ、太陽と熱の味だ。六年前もこんなにすばらしい味だったか？ 耳の奥で大きな音を立てて脈打つ血のせいで、その心の声もはっきりとは聞こえないほどだった。彼が口を味わい、いたぶると、彼女が即座に反応し、彼はそれにそそられ、さいなまれずにいられなかった。六年前とまったく同じだ。この女に触れると、経験したことのない、自分の根幹を揺るがすほどの熱い何かが血管のなかを駆けめぐるのだ。

ローズが口づけたまま声をもらし、シンは感覚と頭がぐるぐるとまわる気がした。今この瞬間、真にわかっているのは、ここにこうしてふたりきりでいて、腕に彼女を抱いているということだけだ。情熱に屈し、熱い陽射しを浴びて花開くつぼみのように開いていく彼女はすばらしかった。

ローズはみずから引き起こした狂気の渦に呑みこまれていくような気がしていた。次から次へともたらされる魅惑的なキスに応えるうちに全身が炎に包まれるようだった。この人の何がこうさせるの？　わたしをこんなふうにさせる人はこれまでいなかった。

ローズはそれを終わらせたくなくて、絶えず彼に体を押しつけようとしていた。これほどに抗いがたいことがどうしてあり得るの？　信じられないほどに完璧なのに、まちがっているなんて？　彼の愛撫は覚えているとおり、情熱的ですぐさま熱をもたらすものだった。

ローズは手を開いて彼の上着の襟《えり》をつかんだ。そうすることで、本が指からすべり落ちそうになった。ローズは反射的にキスをやめて落ちる本をつかもうとした。

ごつん！

本が床に落ちると同時に額がシンの顎を直撃した。

閉じたまぶたの裏に色とりどりの光が散り、ローズは額に手をあてた。「ああ、痛っ！」

まぶたを持ち上げると、シンが手で顎を押さえていた。指のあいだから血がにじんでいる。

「ああ、いや！」ローズは言った。「ごめんなさい。本を落としてしまって――あなたの顎――」

「ほんのかすり傷さ」彼はぶっきらぼうに答えた。

その声の調子に驚き、彼女は顔をしかめた。「さっきも言ったけど、はしごの上で会話するのはいい考えじゃないわ」

シンは眉を上げた。「今していたのは正確には会話とは呼べないはずだ」

ローズの顔がきれいなピンクに染まった。「最初は会話だったわ」彼女はそう言って突然澄ました顔になった。「わたしは暖炉の前の椅子にすわって話をしましょうと言ったのに、あなたがここで話すと言って聞かなかったのよ」彼女は首を振った。「何を考えていたのかしらね？　ほら、ハンカチがあるわ。見せて――」ローズは身をねじってポケットに手をつっこもうとしたが、体をひねったときに肩で彼の指をはしごに押しつけてしまった。

シンはとっさに手を離した。その瞬間、自分の失敗に気づいたが、遅すぎた。彼は床へと落ち、肩から着地した。痛みが全身に走り、うめき声がもれる。

「ああ、いや！　動かないで。今降りていくから」

「いや、そこにいるんだ――」しかし、遅すぎた。歯を食いしばり、彼ははしごの下から急いで離れようとした。感じやすい部分を彼女に踏まれてはたまらないと思ったのだ。

ローズは床に降りると、彼のそばに膝をついた。髪の大部分がピンからはずれ、乱れた黒い巻き毛が肩のまわりに垂れている。薄いブルーの目がハート型の顔に対して大きすぎるほど大きく見えた。額にはうっすらと青あざができている。おそらくは彼の顎とぶつかったときにできたものだろう。

シンは肩をこすった。いったいこの女はなんなんだ？　次から次へと自制心を失わせるようなことばかりしてくれる。自制心ばかりか、思考も、状況判断も、自分自身すらも失わせる。なんとも腹立たしいことだ。

ローズはポケットに手をつっこんでハンカチをとり出した。「さあ、見せて――」そう言ってハンカチで顎を拭いた。

「痛!」彼は彼女の手首をつかんで引き離した。「もうたくさんだよ、悪いが」

ローズは傷ついた目をして踵《かかと》に腰を戻した。「あなたにけがをさせるつもりはなかったのよ」

「わかっている」彼は冷たく応じた。顎が痛み、肩がずきずきしている今ですらも、彼女のラヴェンダーとバラの香りが強烈に意識された。首から肩にかけての魅惑的な曲線や、もっとのぞいてみたいと思わせる繊細なくぼみも。あちこち痛み、あざを作りながらも、また彼女にキスをしたくてたまらなかった。彼女がもっとしてほしいと懇願してくるまで何度でも。望む女は誰でも手にはいる自分が、この平凡で、どちらかと言えば洗練されていない女を、うずくほどの渇望を持って望んでいるのだ。ばかばかしいことだ。

シンは顔をしかめた。これこそがこの六年間、怒りに油を注いできた事実だとふいに気がついたのだ。公衆の面前で恥をかかされたからではない。あんな屈辱を受けたあとでも、まだ彼女を求め、その思いを止められずにいることが腹立たしかったのだ。何週間も、何カ月も、何年も、彼女のことしか考えられずにいたというのに、彼女はあとかたもなく姿を消し、彼女の伯母も姪はスコットランドの田舎に住んでいると言うばかりで、その場所を教えてはくれなかった。

そうして自分はキスの感触や、ほっそりした体の抱き心地や、髪の香りや、笑い声を忘れることができないまま、満たされない飢えとともに残されたのだった。それはまさに地獄と言うしかなかった。自分は彼女にとりつかれたようになっていたが、ふたたび会うことで、彼女がかけた魔法が解け、すべてが元に戻ると考えていたのだ。

しかし今、ふたたび会ってみれば、はじめて会ったときとなんら変わらず、彼女のすべてを激しく求めてしまっている自分がいた。部屋にふたりきりになった瞬間から、欲望は募り、それは終わることなく……いつになったら終わるのだ？　彼女を自分のものにしたときか？

この渇望が満たされたときか？

シンは苛立ちのあまり、うなるような声を出して立ち上がった。

「待って！　今うまく――」

「きみはとてもうまくやってくれたよ、ちくしょう」

彼女は口を引き結んで立ち上がると、スカートを直した。「まあ、長くはつづかないわね」

彼がわけがわからないという顔をすると、彼女は付け加えた。「わたしを誘惑する試みよ。ベッドに連れこもうと思っている女性相手にそんな悪態をついたりはしないはずだから」

シンは目を細めた。「はしごから落とされたんだからね」

「ふん。わたしに言えるのは、これがあなたの考える誘惑だというなら、あなたには女性について学ばなければならないことがたくさんあるということだわ」

「はしごの上でキスしたときには逆らわなかったじゃないか。やめさせようともしなかった。

きみはいやがるどころか熱心にキスを返してきた。きみを誘惑する計画は順調なすべり出しだ。そして、今のところ、成功しているとしか言いようがないね」

彼女は顔を真っ赤にして眉根を寄せた。

シンは満足して彼女が落とした本を床から拾い上げた。ローズは本を受けとろうと一歩前に進み出た。シンは彼女の頭のてっぺんがようやく自分の肩に届くほどなのに気がついた。なぜか、記憶のなかの彼女はもっと背が高かった。

ちくしょう。このくしゃくしゃの頭とみずみずしい口をした小さな女にたった二回会っただけで、どうして人生がこれほどめちゃくちゃになってしまったのだ？　シンには見当もつかなかった。わかっているのは、あの赤い唇をまた奪い、あとがつくほどに激しくキスをしたいということだけだ。彼女が声をもらし――

ローズはなにげなく頬からほつれ毛を払った。その仕草ですらなぜか色っぽかった。シンは彼女のほっそりした指が首をかすめる様子をうっとりと見つめていた。その指のあとを唇でなぞりたいと思いながら――

目が合い、しばらく視線がからみ合った。ふたりのあいだに熱が渦巻いた。炎の上で揺らめく空気ほどにはっきりと目に見えるようだった。シンが思わず彼女のほうに身を寄せそうになったところで、彼女がせき払いをして、かすれた声で言った。「シンクレア様、これから三週間のあいだ、同じ家のお客になるわけですから、わたしたち、仲直りすべきですわ」

「どうやって仲直りするんだい？」

「あなたを誤ってはしごから落としてしまったことについては謝ります。あなたのほうは、はしごの上でわたしを動けないようにしたことを謝ってくだされぱいいわ」

シンは彼女の額の青あざに目を向けて顔をしかめた。「いや。今日はきみに謝ってもらう必要はない。さっきのことは――」なんてことだ、ほんとうにぼくはこんなことを言うつもりなのか？　しかし、そう、真実であるのはたしかだ。それに、彼女の言うとおり、彼女を誘惑する計画が波乱に満ちたはじまりとなったのはまちがいなく、多少失地を回復する必要がある。それに、真実を述べてなぜいけない？　それ以上に相手の警戒心を解く方法はないのだから。目の前に立っているこの女がはたして警戒心を解いてくれるものかどうかは神のみぞ知るだが。シンはあざとすり傷のついた顎に触れ、また顔をしかめた。「さっきのことは全部ぼくが悪い」

ローズは驚いて目をぱちくりさせた。

「きみにキスしようとする前に、きみがはしごから降りるのを許すべきだった。こんなばかげたことは二度としないよ」

「ずいぶんと……やさしいのね」

「そんなに驚いた声を出さなくていい」

彼女の唇がぴくりと動いた。「ごめんなさい。〝ありがとう〟と言いたかっただけなの」

「どういたしまして。でも、だからといって、われわれが置かれた状況が変わるとは思わないでくれよ。ぼくはきみを誘惑するつもりだ」

彼女は肩を怒らせ、目をきらりと光らせた。「それについてはどうなるか見てみましょう」

「ああ、そうだね。ただ、今のところは、これで失礼するよ」彼はお辞儀をした。目が同じ高さになる。彼はしばらく彼女のまなざしを受けとめていた。「今夜遅くに会おう」

「こ、今夜?」

あえぐような声を聞いて彼はにやりとしそうになるのをこらえた。「夕食の席で」

「ああ、そうね。夕食の席で」ローズは笑みを作った。

彼はまたお辞儀をした。「では、あとで」そう言うと、かすかな笑みを浮かべながら廊下へ出て扉を閉めた。

まあ、期待したようにはいかなかったが、今やふたりの道は交わった。あとは目的を忘れないようにするだけだ。尽きることのないように思われる欲望を満足させ、ずっと前のあの呪わしいキスからようやく解放されて前へ進むのだ。

シンは玄関の間を通り抜けて階段へ向かった。五感は研ぎ澄まされており、全身が過敏になって張りつめていた。ああ、これからの三週間がたのしみでたまらない。最初の試みから判断して、彼女の欲望をかき立てるのは苦もないことだろう。今度は報いられない情熱に苦しむのはぼくのほうではない。

居間の扉の前を通り過ぎようとしたところで扉が開き、ロクスバラ家のパグたちが飛び出してきて、彼の姿を見てうれしそうに吠え出した。レディ・シャーロットがそのあとから姿を現した。

彼の顎の傷に気づいて彼女は目をみはった。「あら、大変。どうしたの?」

「図書室のはしごにのぼっていて、落ちたんですよ」

「めまいでも起こしたの? 体をふらつかせるような熱病がはやっているのよ。ドクター・マックリーディーに使いを送って——」

「医者を呼ぶ必要はありませんよ。ぼくは健康そのものです」

「あら」彼女は目を細めて彼を見た。「きっとポートワインが過ぎたのね?」

シンは笑った。「いいえ」ローズが過ぎたのだ。最高級のスコッチほども男を酔わせる女。

彼は身をかがめてブーツを攻撃しているパグを撫でてやり、それから背筋を伸ばした。「夕食まで部屋で休みます。何かご用でなければ」

「用はないわ」レディ・シャーロットは鋭い目を彼に向けたまま答えた。

「では、のちほど」シンはお辞儀をして階段をのぼりはじめた。レディ・シャーロットが階段の下に立ってじっと見つめているのはわかった。そのことは気にせずにいられなかった。

ふうむ、どうやら、思った以上に大伯母の監視の目は厳しいらしいな。すぐにそれはやめてもらおう。ここへは自分のたのしみのために来たのであって、ほかの誰かを喜ばせるためではない。そうきっぱり胸の内でつぶやくと、彼は寝室へと向かった。顎に傷を負った男にしては妙に浮き浮きした気分だった。おたのしみはこれからだ。

5

ロクスバラ公爵夫人の日記から

今日、シンに会ったら、顎にけがをしていたとシャーロットが言っていた。図書室のはしごから落ちたんだそう。さらに奇妙なことに、わたしが夕食のために着替えをしようと部屋へ向かっているときにミス・バルフォアに会ったら、額に青あざができていた。図書室のはしごから落ちたのだと彼女も言っていた。

ああ、何があったのか、知りたくてたまらない。


「痛！　ダン、やめてくれ！」

シンの従者はため息をついて布を洗面器に落とした。「旦那様、顎の傷をきれいにしようとしているだけですよ」

シンは疑わしそうに鼻を動かした。「水のにおいじゃないぞ」

「ウイスキーのにおいです。水よりも傷をきれいにしてくれますから」

「傷にさわらないようにひげを剃ってくれと頼んだんだ。ウイスキーをすりこんでくれと言ったんじゃなく。死ぬほどしみるじゃないか」

「でしたら、効いているということです」ダンは悔いる様子もなく言った。「感染症にかかったら、ひげ剃りじゃなく、手術が必要になりますからね」

シンはドレッサーの上に置かれた鏡の前に行った。顎の傷は青くなり、わずかに腫れていた。「ダン、ぼくはボクサーみたいに見えるな」

「ええ、旦那様。どうして傷を負ったのか、きっと教えてはくださらないんでしょうね？」

「ミス・バルフォアが図書室で本を選ぶのを手伝っていたんだ」

ダンはさらなることばを待ったが、シンがそれ以上何も言わなかったので、そっけなく「そうですか」と応じた。それから、衣装ダンスのところへ行き、扉を開けてなかの服をじっと見つめた。「今夜また図書室に行かれるおつもりはありますか？　あるなら、ワイン色のウエストコートをお勧めしますね。血のしみがついても目立ちませんから」

シンは従者に険しい目を向けた。「冗談のつもりで言っているんだろうな」

ダンは口をかすかに震わせたが、どうにか笑いをこらえた。「ワイン色のウエストコートでいいですか、旦那様？」

「なんでもいい。ひとつ選んでさっさと持ってきてくれ。さもないと夕食に遅れてしまう」

「かしこまりました」従者はウエストコートを持ってきて、シンがそれを着るのに手を貸した。「上着をどうぞ、旦那様」

シンはうなずき、ダンの手を借りて上着に袖を通したが、肩を動かそうとして顔をしかめた。

「肩もですか、旦那様？　なんてことだ、よっぽど重い本だったにちがいありませんな」

「おまえにはわからないだろうさ」シンは最後にちらりと鏡に目を向け、クラヴァットを少し直した。ダンはそれでよしというようなことを小声で言った。「エメラルドのクラヴァット・ピンをとってくれ」

ダンはピンのはいった箱から指定されたピンをつまみ上げた。「けがをなさったのは、単に本を選んだせいというより、ミス・バルフォアとぶつかったせいでしょうな」

「おそらくな」

「結局、だからこそ、公爵夫人のハウスパーティーに参加なさることにしたわけですから」

シンは目を細くした。「そんなことは言わなかったはずだが」

ダンは訳知り顔に笑みを浮かべ、振り返ってピンのはいった箱をドレッサーに戻した。「ここへ来た理由がミス・バルフォアにあることはわかっています。私が懸念を申し上げてもお気になさらないといいんですが」

「気にしたらどうだというんだ？」

「どうにもなりません。どうにかして申し上げる方法を見つけますから」

「だったら、すぐに言ったらいいさ、くそっ」

「ミス・バルフォアに関して、性急な行動はおとりにならないように祈っております」

「性急？　ぼくがか？」シンはピンをクラヴァットの前に持ってきて鏡に映してみた。

「ええ、そうです、旦那様がです。前にミス・バルフォアにお会いになってからの数カ月、旦那様がどんなご様子だったか、よく覚えております。旦那様にしても、彼女のこととなるとあまり自制できないようですね」

シンはピンを持った手を止めた。「ぼくが自制している人間だと思うのか？」

「たいていの人よりは。悪いことではありません。賭け事においてはとても有利に働きますから。でも、女性との付き合いにおいてはあまり望ましいものではなかったはずです」

「女性との付き合いなどないさ」

ダンは意味ありげに眉を上げてみせた。

「女性と付き合わないのは、付き合いたくないからさ」シンは苛立った口調で言った。

ダンはお辞儀をした。「おっしゃるとおりです、旦那様」

シンは顔をしかめながらピンをクラヴァットにつけた。社交界の決まりに従わず、爵位を継いで以来、祖母や大伯母が次々と押しつけてくるつまらない乙女たちと交流するのを断ってはいても、自分は〝自制している〟わけではない。ただ、自分の人生をどう生きたいか自分でわかっていて、その思いに従って生きようとしているだけのことだ。そうじゃない人間がいるだろうか？　自分は幸運にもそれを可能にする手段を備えているだけだ。女性との付き合いに関しては、正直に言って、人並み以上に経験があった。

ダンの根拠のない非難のことなど、考えるだけでもばかばかしいことだった。おまけに、そんな無礼なことばについてとやかく言うよりもしたいことはほかにあった。たとえば、大伯母のマーガレットからうるさく詮索されることなく、どうやってミス・バルフォアとふたりきりになる方法を見つけるか。

ミス・バルフォアはずいぶんと挑戦的な態度をとってくれた。誘惑するならしてみろというようなことまで言っていた。

彼女には学ぶべきことが多くある。こっちはすでに手の内を見せたのだから、そろそろ、こちらがどれだけうまくカードを切れるか、彼女に思い知らせてやるときだ。「ダン、今夜は待っていなくていいぞ」

「遅くなるご予定ですか、旦那様？」

「遅くはならない。それどころか、いつもより早くベッドにはいるつもりだ」ミス・バルフォアに迫るのも今日はもう充分だ。こちらが次に何をするか、彼女に思いめぐらす猶予を与えるほうが賢明だろう。誘惑の手段として、期待させる以上に有効なものはない。

ミス・バルフォアに彼女がどれほどまちがっているか思い知らせるのに丸々三週間もある

のだ。シンは三週間の魅惑的な日々をあまさずたのしむつもりでいた。しかしまずは、彼女を競い合う相手として、大伯母の客たちを値踏みしなければならない。彼はにっこりしてダンにおやすみと言い、寝室をあとにした。

五分後、シンは居間を見まわしていた。「なんとまあ」

大伯母のマーガレットはため息をついた。「わかってるわ。カーテンにつけた新しい裏地が最悪でしょう？　わたしもウエリントン・ブルーはどうかと思ったのよ。奇抜な色に思えたから。でも、シャーロットがすごく人気の色だって言うから、言うとおりにしたの。それで我慢しているというわけ」

「ひどい色のカーテンになんか気づきもしませんでしたよ。ここにいるのがほかの客人たちですか？」

「あら、そうよ」彼女は鼻をきかせた。「シン、あなた、ウイスキーくさいわ」

シンは顔をしかめた。「従者が顎のすり傷を消毒するのに使ったんですよ」

大伯母の目つきが鋭くなった。「ああ、そうね。どうしてそんな傷を――」

「それはどうでもいいことですよ」彼は端的に答えた。「客人の話でしょう？」

彼女は肩をすくめた。「もうほとんどの方と知り合いよね」そう言って部屋の奥のソファーにすわっている人々に顎をしゃくった。みな最新流行の服に身を包み、宝石をぶら下げている」「バカン伯爵の親戚のスチュワートご夫妻は知ってるわね。それからご夫妻の娘さんのイザベルとミュリエラ」

スチュワート一家はふたりの中年の娘たちも含め、細い顎と白髪で似た顔をしていた。スチュワート夫妻は八十代で、あまりにやせ細っているため、強い風が吹いたら吹き飛ばされそうな様子に見えた。夫妻の両脇にすわっている娘たちは、片方は背が高くやせており、もう一方はずんぐりしていたが、どちらも頑丈そうに見える。

マーガレットは次に暖炉のそばに置かれた二脚の椅子に腰を下ろしているふたりの女性を身振りで示した。「それから、きっとミス・フレイザーとレディ・マクファーリンには会ったことがあるわね。どちらもホイストの名手なの」

どちらの女性もカードのテーブルにまともにすわっていられるようにも見えなかった。片方は居眠りをしており、もう一方もそのうち居眠りをはじめそうに見える。

「それから、向こうにいるのがミスター・マンロー」マーガレットは頭部の薄くなりかけたかなり太った中年男性を手で示した。

「どうして彼はポートワインのデキャンタのそばから離れずにいるんです？」

「いつもそうよ。彼はロクスバラの知り合いで、スターリングに広大な領地を持つお金持ちなの。残念ながら、女癖がひどくなってきているんで、呼ばなければよかったと後悔しているところよ」

「それで、もうひとりの年輩の紳士は？」

「キャメロン卿はそれほど年輩じゃないわ。中年男性よ」

シンは眉を上げた。

「彼はこの近くに住んでいて、司祭が参加できないときによくホイストのパートナーになってくれるの」マーガレットはキャメロンを好ましそうに見やった。「たのしい人よ。酔っぱらうとおもしろいし」彼女は部屋のなかを見まわした。「さっきも言ったけど、あなたの知らない人はひとりもいないはずよ」

「マーガレット伯母さん、みないい人たちであるのはたしかだが、いつもあなたが招待する客人とは種類がちがうようですね。みんなずいぶんと――」彼は〝年寄り〟と言いかけたが、客人のほとんどが大伯母のマーガレットと同じ年かそれよりは若い年代であることに気がついた。

「みんなずいぶんと何？」大伯母の目に宿った好戦的な光が、大甥の言いかけたことについては想像がついていると語っていた。

「みんな……思っていたのとちがう」

「何を、というか、誰を期待していたの？」

「ミスター・ベイリーとか、マクドナルド卿とか、スペンサー伯爵とか、ミス・ソンティースとか、レディ・マックタヴィッシュとか――あなたがよく催しに招く人たちですよ」

「ああ、そうね。どうやら、ひどい熱病がはやっているらしいの」

大伯母の言い方を聞いて、シンは思わずしげしげと彼女を見つめた。「もっと若い友人たちがみな熱病にかかったというのに、年輩の友人たちはかからずにすんでいると？」

「妙なことよね？」マーガレットは彼と目を合わせず、手首につけたエメラルドのブレスレットをいじった。「でも、熱病なんて予測のつくものじゃないから」

シンは大伯母のマーガレットが何をたくらんでいるのだろうと訝《いぶか》った。「年齢で言ったら、ミス・バルフォアとぼくが浮いた存在になる」

マーガレットは驚いたように部屋を見まわした。「あら、まあ」と声を発する。「あなたの言うとおりね。そんなこと、考えもしなかったわ」

「マーガレット伯母さん、何をたくらんでいるのか知りませんが、やりすぎですよ。客人は全部で十人しかいない。いつもは四十人ぐらいは招くのに」こうなると、誰にも気づかれずにローズを連れ去るのに倍も苦労しなければならない。銀髪でも白髪でもない自分とローズはいなくなったらすぐにわかることだろう。

シンは目を細めて大伯母を見つめた。「何を考えているんです？」

「わたしが？」ほっそりした頬に赤みが差すのが、白粉《おしろい》を通してわかった。「何も考えていないわ。ただ手を貸したいと思っているだけで」

「何に手を貸すんです？」

「あなたがミス・バルフォアに興味を持っているようだったから、ほかの若者たちと競い合う必要はないんじゃないかと思って」

シンは息をつまらせたようになった。「競い合う？　ぼくがそんな連中を負かせないと思ったわけですか――ひどいな！　そんなふうにぼくを侮辱するのは伯母さんだけですよ」

マーガレットはまるで気にするふうもなかった。「それがいけないのよ。あなたにおべっかを使う人ばかりじゃなかったら、あなたももっとましな人間になったでしょうに。おべっかばかりで甘やかされていないとは言わせないわ」

シンは顔をしかめた。「ぼくが甘やかされすぎていていっしょにいるのに耐えられないというなら、毎年ここに招待してくれていることのが驚きですね」

「もちろん、あなたが大甥だから招待しているのよ。じっさい、お気に入りの大甥でもあるしね」

「お話を聞いていると、そうは思えないけど」

「誰かのことを思いやるのは必ずしも愛想よくするということじゃないから。相手が聞きたいかどうかにかかわらず、ときにはほんとうのことを言ってやらなければならないわ。じっさい、ずっと前からこのことをあなたと話したいと思っていたのよ。年とともにあなたは少し傲慢になってきたわ」

「ばかばかしい」

「もちろん、あなたが悪いんじゃないのよ。あなたのお父様とお母様が亡くなったときに、妹は爵位という重荷をあなたの肩に背負わせることであなたを大人にしようと考えたわ。それはもちろん、そうなったけど、必ずしも正しい大人になったわけじゃなかった」

「もうたくさんですよ」彼はひややかに言った。「ぼくよりも若い年でもっと大きな領地を受け継いだ人間も大勢いますからね」

「そして、みな同じように悲惨な結果になった」マーガレットは辛辣に答えた。

「シンクレアの領地と邸宅はこれ以上はないほどによく管理されていますよ」

「ええ、領地の管理という点ではあなたは才能に恵まれているけど、それがよくなかったのね。あなたの前に立ちはだかって人の意見に耳を傾けさせようとする人間が誰もいなかったから。弟たちが成長して結婚した今、あなたはこれまでになく癪《しゃく》に障る人間になったわ」

ちくしょう、最初はダンで、次はマーガレット伯母さんか。「そんなふうに感じていらっしゃるなら、ぼくは帰ったほうがよさそうですね」

「それで、ミス・バルフォアといっしょに過ごす時間を逃すというわけ？　あなたに有利になるようにわたしがお招きするお客様を変更してあげたのに？」

「くそっ、ぼくはミス・バルフォアにそういう関心を寄せているわけじゃない！」

大伯母のマーガレットは信じられないというように眉を上げた。「そういう関心があるわけじゃないなら、どうして彼女を招待するように言ってきたの？」

「ぼくがミス・バルフォアに抱いている関心は愛とかそういうものとは無関係だ」

「あら、男と女がそれ以外にどんな関心を抱くというの？」

「彼女は長いこと脇にささった刺だったから、その刺を抜くときが来たと思ったわけですよ。それだけのことだ」

「彼女に危害を加えようと思っているんじゃないわよね？」大伯母のマーガレットの挑むような顎の上げ方は祖母に似ていた。「忘れないでほしいんだけど、あの子はわたしの客であり、名づけ子よ。なんであれ、受け入れがたい出来事があったと彼女が言ってきたら、あなたは深く後悔することになるわ」

「あなたにしろ、ほかの誰にしろ、ミス・バルフォアが〝受け入れがたい出来事〟を報告することはありませんよ」すべての出来事を受け入れやすいものにするつもりなのだから。彼女がもっとしてほしいと懇願するほどに。

「そうだといいわね。わたしの家にいるあいだ、あの子はわたしの保護のもとにあるのよ。評判に瑕がつくようなことは許さないわ」

ローズが無垢であれば、その評判を守ることも考えたことだろう。しかし、彼女自身が自分は経験を積んだ女性だと明言していた。「誰かを保護する必要があるとしても、それは彼女じゃありませんよ。ただ、そんなことはどうでもいいことだ。マーガレット伯母さん、そろそろこういう仲人気取りはやめるべきですね」

「わたしが？　わたしはあなたが言ってくるまで、ミス・バルフォアを招こうなんて考えもしなかったのよ」

「でも、すでにおせっかいをはじめていたわけでしょうに。招待客を見ればわかる」

「多少手助けがあったほうが助かることはあなたも認めざるを得ないはずよ。ミス・バルフォアは魅力的な女性だし、ほかに望ましい男性がいたら——そのほとんどはあなたよりも人あたりがいいわけだから——あなたがかすんで見えてしまうかもしれないわ」

「ぼくがその気になったら、ぼく以上に人あたりのいい男はいませんよ。ミス・バルフォアに関して言えば、彼女は日焼けしていて、そばかすだらけで、しゃれているとはとうてい言えない。ほかに望ましい男がいたとしても、彼女に多少でも注意を払うとは思えませんね」

「彼女は生き生きとした魅力的な女性だし、息を奪われるほど笑顔もすてきだわ」それにシンが答える前にマーガレットは片手をあげた。「ミス・バルフォアがあなたがふつう目を留める女性とちがうことはお互い認めましょう。彼女はとても独立心が強く、社交界でもてはやされるような女性じゃないし、相手の財産を気にするような女性でもないようだわ」

シンは眉根を寄せた。「そういうのはぼくがふつう気に留める女性じゃない。単にぼくの爵位と財産に惹かれる女性というだけだ」

マーガレットの眉が下がった。「シン、わたしたちの家名や富に惹かれる女性というのは必ずいるものだけど、ありのままのわたしたちを見て、いっしょにいたいと思ってくれる人もいるものよ」

シンはあざけるような笑い声をあげた。

マーガレットは唇を噛んだ。「まったく。かわいそうな子ね」

「ばかばかしい」シンはにやりとした。「ぼくは富と爵位に恵まれているのをありがたいと思ってきたし、そうじゃなきゃよかったとも思いませんよ。だから、ぼくが膝をすりむいてあなたのところへ泣きついてきた子供に戻ったような目でぼくを見るのはやめてください」

「でも、誰もそんなふうに生きるべきじゃ——」

「ぼくは今のままの自分に心から満足しているんですよ、マーガレット伯母さん」

「満足している？　ほんとうに？　これまで出会った女性がみな、あなたの爵位と財産にしか関心がないと思っていても？」

「思っているんじゃない、わかっているんです。じっさいにそう口に出した女性も何人かいましたよ」

「まあ！　ねえ、そういう——」マーガレットははっと唇を閉じた。「そういう女性をなんて呼ぶかはわかっているけど、ここで口に出そうとは思わないわ。シン、何人かそういう最悪の女性がいたからって、みんながみんなそうだと思ったら、まちがいよ。そう、ミス・バルフォアをご覧なさいな。彼女はあなたの爵位と財産には関心がないように見えるわ。それどころか、あなたにはどんな関心も抱いていないように見える」

それもそのうち変わる。彼は腕に置かれた大伯母の手を軽くたたいた。「ミス・バルフォアのことはぼくにまかせておいてくださいよ。ぼくだってその気になったら、女性を魅了するぐらいできるんだから、少しは信じてください」

マーガレットは優美とは言えない鼻の鳴らし方をした。「あなたのことはとても信頼しているけど、誰にでも限界というものはあるものよ」彼女は三歳の子供にお茶のクラッカーを手渡しているかのように彼の手をたたいた。「手助けしたからって感謝してくれなくていいわ。あなたの目的はまだはっきりはわからないけど――」

「レディ・ロクスバラ、ご機嫌いかが？」ミス・イザベル・スチュワートがふたりの前に立った。背が高くやせている彼女は率直な物言いをすることで有名だった。もしくは、シンが思うに、〝空っぽの頭に浮かんだすべてを口に出さずにいられない、しつけのなっていない女〟だった。彼が思うに、イングランドの良家の半分と縁戚関係にあり、かなりの財産を受け継ぐことになっているにもかかわらず、彼女が結婚できない理由は、狭い額の上に小山のように結い上げられた鋼色《はがね》の髪ではなく、その性格ゆえだった。

彼女の脇には背が高くやせている姉と対照的に背が低く丸々とした妹が立っていた。ミス・ミュリエラ・スチュワートは爪先立ち、目を細めてシンを見上げていた。「こちらはどなた？」と訊く。

姉が妹に顔を向けた。「フィン様――」彼女は手袋をはめた手で忍び笑いを隠した。「その、シンクレア様よ」

こういう無礼な人間が相手のときにいつもするように、シンは眉を上げてみせた。ミス・イザベルの顔からにやにや笑いが消え、彼女は無様なほどに真っ赤になり、バッグの留め金を直すのに夢中になっている振りをした。

マーガレットが巧みに口をはさんだ。「スチュワート家のお嬢さんたち、招待を受けてくださってとてもありがたいですわ。あともうひとりお客様を待って、それからダイニングルームへ移りましょう」

ミスター・マンロー同様、裸でクッションにもたれる女の絵を片眼鏡でのぞきこんでいたキャメロン卿がそれを聞いて振り向いた。「そうしてもらえると助かりますな。飢え死にしそうですから」

マンローは片眼鏡を落とした。首から下げられたそれは肉汁のしみのついた岩に留まる鳥のように腹の上に降りた。「もう八時をだいぶまわっておりますからな。一、二度少しばかり遅い時間に食事をしても害はないが、あまり何度もそうすると消化に悪いものです」

「ミス・バルフォアはすぐにここへ見えますわ――ああ！　いらした。失礼しますわね」公爵夫人は急いで部屋を横切った。

「おや！」マンローが片眼鏡を持ち上げてローズに向けた。「あの美人はどなたですかな？」

シンは眉をひそめた。ローズが美人だって？　振り返ると、彼女はマーガレットのほうに歩み寄るところだった。大伯母が何か滑稽《こっけい》なことを言ったらしく、ローズはにっこりとほほ笑んだ。それが顔の表情をがらりと変えた。やわらかい笑い声が耳に鈴のように響き、シンはおちつかない気分になった。ちくしょう。愛らしい笑顔をしている。彼女がいつもあれほどに怒らせてくれなければ、そのことにもっと前に気づいていたかもしれない。

マンローが愉快そうに忍び笑いをもらした。「絶世の美女だ！」そう言ってすぐさまクラヴァットを直した。ウエストコートについたしみに気づくと、それを太い指でこすった。

キャメロン卿がローズをじっと見つめた。「会ったことはないな。あったらきっと覚えているはずだ」

ミス・イザベルがあざけるように鼻を鳴らした。「誰にしても、ひどく流行遅れだわ」

彼女の妹が目を細めてローズを見やった。「まあ、藤色のドレスよ。藤色が流行遅れになって三年にもなるのに」

シンは思わずみんな地獄に堕ちろと胸の内で毒づいていた。大伯母のマーガレットがいつものきらびやかな連中を招いていたら、ローズが目立つことはまったくなかったことだろう。今、数少ない客人たちのなかで彼女はもっとも魅力的な女性に見えた。女性たちからは陰口をたたかれ、男性たちからは望まない関心を寄せられて、よくも悪くも注目の的となることだろう。

「夕食は彼女のそばにすわれるといいんだが」マンローがきつすぎるウエストコートの鈕を

伸ばしながら言った。「そうじゃなかったら、食事のあとで話しかけてみよう。何者なのか知りたいものですな」

ミス・ミュリエラが言った。「名前はローズ・バルフォアですわ。今日の午後、彼女が図書室から出てきたところで会いました。公爵夫人が紹介してくださったんです。彼女のお父様はバルフォアのバラを生み出した人よ」マンローがそう聞いても感心した様子を見せなかったため、ミス・ミュリエラは付け加えて言った。「きっとお聞きになったことはありますよね？」

マンローは鼻に皺を寄せた。「花の種類には詳しくないのでね。どうして聞いたことがあると？」

「とても有名だからですわ。サー・バルフォアは有名な園芸学者なんです」

キャメロン卿は大きな鼻を上げてローズを見下ろした。「つまり、単なる庭師の娘だと？公爵夫人がハウスパーティーにそんな名もない娘を呼ぶとは奇妙なことですな。昔はもっとより好みしていたはずだが。ただ……」彼は目を細めてローズを見やった。「なぜか、その名前は聞いたことがあるぞ」

「私に言わせれば、公爵夫人はすばらしく客人の趣味がいいですな」マンローは慇懃《いんぎん》すぎるほどの口調で言った。

ローズと公爵夫人が客人たちのところへやってきて、マーガレットが紹介を行った。スチユワート家の姉妹は甘い声でかろうじて礼儀を失わない程度に挨拶した。キャメロン卿は興味津々であるのを隠そうともせず、マンローはローズの手を長くにぎりすぎていた。

ようやくマーガレットがシンのほうを振り向き、かなりぞんざいな口調で言った。「ミス・バルフォア、わたしの大甥のシンクレア伯爵のことはもうご存じよね」

ローズは軽く頭を下げた。何か言ったのかもしれなかったが、マンローが割りこんできてすばやく彼女を部屋の反対側へと導き、シンが顔をしかめたくなるほど大げさな褒めことばを彼女に浴びせかけた。幸いそこへマクドゥーガルが現れ、夕食の準備ができたと告げたので、一同はダイニングルームへと移った。

マーガレットがローズを隣の席にしてくれなかったため、シンにとっては夕食もあまり満足いくものとはならなかった。ふたりはテーブルの反対側の端に席を割り振られ、ローズはマンローとキャメロン卿にはさまれ、シンはミス・ミュリエラと居眠りしているミス・フレイザーのあいだにすわることになった。ミス・ミュリエラは摂政皇太子のことやら、ブリストル・ロードのことやら、ロブスターのスープのことやら、ひとりでしゃべり散らすことにいたくご満悦の様子で、一瞬たりとも口を閉じていなかった。

一方、テーブルの反対側ではローズが会話の主導権をにぎっていた。こちら側よりもずっと生き生きと会話が交わされている。食事は永遠につづくように思われた。男たちがようやくその場を辞して図書室へとポートワインをやりに行くことになって、シンはほっとした。

少なくとも図書室ではマンローも行儀よくしているはずだったからだ。

女性たちが来るのを待つあいだ、会話はとりとめのないものに終始した。ようやく女性たちがやってきたときには、マーガレットがローズの腕につかまって現れた。ローズは部屋の全員の目が自分に向けられるのを感じ、ひどく居心地悪くなった。社交の集まりに顔を出すときには、妹たちを伴うのがふつうで、自分よりきれいで活発な妹たちといっしょのときには、自分がこれほどの関心を集めることはまれだった。シンだけがオペラでも見ているかのようにうんざりした無関心な態度でいる。

彼の顎には今や青あざがくっきりと浮かび上がっていた。夕食の席でスチュワート夫人に椅子を引いてやったときには顔をしかめて肩をこすっていた。まあ、自業自得ね。わたしを誘惑するつもりだなんてよくも宣言したものだわ。自分のもくろみをわたしに話して聞かせることになんの不安も感じないほど、成功を確信しているというの？

その傲慢な態度を見せつけられて、抗おうと決心したのだった。たとえ彼にどうしようもなく惹きつけられるものを感じ、触れられたくてたまらない思いでいるとしても。闘う相手はシンではなく、わたしの心だ。図書室で彼と会ったときのことが頭に浮かび、全身にうずくような震えが走った。まったく、彼の何がこんな反応を引き起こすの？　そしてどうしてここまで不安にさせないような男性とはいっしょにいることをわたしはたのしめないの？

ロンドンで社交シーズンを過ごしていたときには、詩人のバイロンがロンドンに嵐を巻き起こし、バイロンのような男性が大人気となっていた。バイロンは一見優男で、ローズが思わずたじろぐほどに、うわべだけ愛情あふれる話し方をする男性だった。伯母のレティスは彼にぼうっとなっていたが、ローズはまるで興味を覚えなかった。

そう、わたしはそれとはかけ離れた男性のほうがいい。広い肩幅と筋肉質の腕をした男らしい男が好みだった。今大流行しているメリヤス編みのズボンによってたくましい太腿の形がはっきりわかる男性。ローズの目が部屋の反対側にいるシンをとらえた。目がその脚に惹きつけられ、それからもっと上に……突然自分が目を丸くして見つめていることに気づき、ローズははっと目を上げた。シンがおもしろがるような目で見つめてきていた。

ローズは熱くなった顔をそむけた。そうすることで、偶然マンローと目が合うことになった。彼はすばやく近づいてこようとした。

ああ、いや、夕食の席で隣同士だっただけでもうたくさん。ローズはミス・イザベルのそばに急いで避難した。彼女がミス・イザベルのそばまで来たところで、マクドゥーガルが女性たちのために シェリーのグラスが載ったトレイを持って現れた。ローズはいそいそとグラスをひとつ手にとった。

シェリーが行きわたると、公爵夫人が自分のグラスを掲げた。「お客様方、ちょっといいですか?」

全員が公爵夫人のほうを振り返った。公爵夫人はローズにほほ笑みかけている。「ミス・

バルフォアが夕食の席で乗馬が大好きだとおっしゃっていました」

今度は全員がローズに目を向けた。彼女が空のグラスをマクドゥーガルのトレイに戻すと、彼はすばやくシェリーのはいったグラスを彼女に手渡した。

「そしてそう――」公爵夫人はつづけた。「レディ・シャーロットが明日の午後、乗馬に出かけてはどうかと提案してくれています。古いロクスバラ城の美しい廃墟に馬で出かけて、そこでピクニックをするの。そこまではツイード川の土手沿いに、森のなかを通る広くて平らな小道があります。馬に乗りたくない方々には馬車をご用意しますわ」

公爵夫人のことばを聞いて、「賛成」というつぶやきや拍手が湧き起こった。誰よりも大きな拍手をしたのはミス・イザベルだった。乗馬服を着るととくに見栄えがすると誰かに言われたことがあるにちがいない。

明日のおたのしみについて公爵夫人が質問に答えているあいだ、ローズはドアのほうを物欲しそうにちらりと見やった。この場を辞して部屋を抜け出すことはできるかしら？　何か理由を――

「礼儀のために、少なくともあと十分はこの部屋にいなくてはならないよ」

その太い声を聞いてローズの脈が速くなった。シンが思った以上に近くに立っていた。彼の顔を見るには首をそらさなければならないほどだった。

彼の笑みはクリームを前にした猫を思わせた。「少なくとも十分は」

「十分たったら、わたしはひとりで引きとるわ」

「もちろんさ」彼は肩をすくめた。「そうしちゃいけないと誰か言ったかい？」

妙なことに、心に失望がよぎった。「さっきあなたが言ったわ——」彼がおもしろがるように目を輝かせたのを見てローズは目を細くした。

「ぼくはきみを誘惑するつもりだとは言ったが、いつとは言わなかった。そのときが来るまできみはゆったり過ごしているといいよ。大伯母が考える催しをたのしんでね」

マクドゥーガルが空のグラスを引きとりに現れた——いつ空にしたのかしら？ ローズはトレイから中身のはいったグラスを手にとった。

「気をつけるんだ」シンが言った。「マーガレット伯母さんのシェリーはたいていのシェリーより強いからね」彼がすぐそばに立っているため、グラスを持ち上げて飲もうとしたときに肘が彼の胸をかすめた。ローズは一歩脇に寄った。

彼はついてきた。

「何をしているの？」

「なぜだい？ びくついてしまうのかい？」そのいたずらっぽい笑みを見れば、自分が相手におよぼす影響をよくわかっているのはたしかだった。

お遊びをしたいなら、お互い様よ。ローズはなにげなく身を前に乗り出した。「どうしてそんなことを訊くんです、伯爵様？」胸が彼のウエストコートをかすめた。

彼の笑みが消えた。

ローズは愉快になり、まつげ越しに彼を見上げた。「何か問題でも？　近くに寄りすぎかしら？」

彼のまなざしが険しくなった。「ぼくがきみなら気をつけるけどね、ミス・バルフォア」

「どうしてですの？　わたしのせいで道を踏み外してしまうかもしれないと不安なの？　あら、ちょっと待って。あなたのほうがわたしをいけない道に引っ張りこむんだったわ。そのことをどうして忘れていられたのかしら？」

シンは渋々笑みを浮かべた。「前にわれわれがこれだけ近くにいたときには、顎と肩を痛めることになったからね。きみは悪運をもたらす女性のようだよ、ミス・バルフォア」

その太い声に表れたおもしろがるような響きが彼を打ち負かしてやりたいという思いをかき消した。怒りや苛立ちなどは想定していたが、片方の口の端をすばらしく持ち上げた笑みには心の準備ができていなかった。

この男はほんとうに予想がつかない！　謎というしかない。もっと知りたくてたまらなくなるような。でも、こんなふうに彼のことを考えるなんてとても危険なこと。

ローズは軽い口調で言った。「図書室の床との遭遇から回復なさったみたいでよかったですわ」

シンは元気よく腕を動かした。「回復しつつあるというほうがふさわしいが、まあ、礼を言うよ」そう言って眉を上げる。「夕食はどうだった？　きみの側のテーブルは活発に会話が交わされていたようだが」

「ええ、あなたの大伯母様があなたの若いころの宮殿でのおもしろい逸話を話してくださったの。あなたのほうのテーブルはどこか眠気を誘う感じだったわね」

「残念ながら、ミス・フレイザーは最初のひと皿の刺激が足りないと思ったようでね。そのあと食事のあいだずっと居眠りしつづけていたよ。カメのスープに顔をつっこむんじゃないかと思うときもあった」

「あの方、眠ってばかりいらっしゃるように見えるわ」ローズは忍び笑いをもらしながら言った。

シンは彼女の額にちらりと目を向けた。「思ったほど青あざはひどくならなかったようだね」

「めったに青あざなんて作らないのよ。とても頭が硬いから」ローズはそう言って部屋を見まわした。「ここにいるほとんどの人はそうじゃないようだけど」

「ああ、どこかがたが来ている連中ばかりだ。浮かれ騒ぎを期待してフロアーズ城に来たとしたら、ひどくがっかりすることになるよ」彼は目をきらりと光らせた。「幸い、われわれは挑戦すべきことがあって忙しいからね。きっと――」

「おもしろいわね！」ふたりのひそひそ話にレディ・シャーロットのやわらかい声が割りこ

んできた。「挑戦って大好きよ！」

ローズとシンが振り返ると、レディ・シャーロットがシンのすぐそばにいた。彼女は期待するようにふたりを見比べた。「話して聞かせて。誰が誰に挑戦するの？　何を賭けて？」

シンの笑みが消えた。「なんでもありませんよ」

ローズは驚いた振りをした。「シンクレア様、まさかもう放棄するおつもり？」

シンは目を細めた。「放棄などしない」そう言ってレディ・シャーロットに目を向け、ぎごちなく言った。「ぼくはただ、ミス・バルフォアに乗馬で挑戦――」

「ほんとうのことを言うと、単に乗馬を競う以上の挑戦を受けたんです」ローズは甘い笑みを浮かべて言った。「今、何を賭けるか話し合っていたところですの」

レディ・シャーロットはおもしろがるような顔になり、振り返ってほかの客たちに呼びかけた。「レディ・ロクスバラ、ここへ来て聞いて！　シンクレア伯爵とミス・バルフォアが何かの競争で賭けをするんですって！」

すぐに部屋にいるすべての人の目がふたりに向けられ、公爵夫人がレディ・シャーロットのそばにやってきた。「それで？」公爵夫人は待ちきれないというように訊いた。「どんな競争なの？」

シンは苛立った声を発した。「なんでもありませんよ。明日の乗馬で馬を速く走らせるというだけのことです」

「それだけ？」

「いいえ」ローズが即座に口をはさんだ。「競争はいくつもするつもりで、明日の乗馬を最初の競争にしようと決めたところですの」

公爵夫人はおもしろがる顔になった。「すてきね！　とてもおもしろそうだわ」

「わたしが賭けの記録をつけるわ」レディ・シャーロットが言った。「マクドゥーガル！　書き物机を持ってきてくれない？」

「私はミス・バルフォアに二十ポンド賭けると書いておいてくださいよ」とマンローが言った。

キャメロン卿も遅れをとってはいなかった。「申し訳ないが、ミス・バルフォア、私は生計を立てないといけないんでね。シンに二十ポンド」

すぐにスチュワート姉妹が声をあげ、ふたりともシンに賭けた。姉妹の父親は意外にもローズに二ポンド賭けた。

にぎやかに賭け金が申告されるあいだ、シンはローズに顔を寄せた。「こんなちっぽけな嘘をついて、何が目的なんだい？」

「付き添いよ」ローズはにっこりとほほ笑んだ。「たくさんの付き添い」

「耳が遠かったり、目が悪かったりする付き添いがいても、きみにはなんの得もないさ」シンは首を振った。「付き添いが五万といたって、ぼくはまだきみに近づく方法を見つけるよ」

「そうなっても、わたしだって逃れる方法を見つけるわ。あなたに誘惑はされない、シン様。絶対に」

「それはどうかな」彼はにやりとして言った。ローズはことばを失うことも、飾らない一面を見せるのを恐れることもけっしてない女性だ。少し前には、図書室の真ん中で、欲望をあらわにした目で見つめられて驚かされた。その熱を帯びたまなざしは愉快でもあったが、意外でもあった。彼女は自分は経験豊富な女だと言った。そして、こんなおおやけの席でここまで大胆になれるのは自分自身に不足を感じていない人間だけだ。

ぼくが彼女に感じているのと同じ欲望を彼女も感じてくれている。そう考えると不思議に思わずにいられなかった。どうして彼女はぼくの財産や爵位に関心を示さないのだ？　最悪の結果となった出会いの晩、ローズは評判に瑕がついたと言って、事態を収拾するために結婚を求めてもよかったはずだ。しかし、彼女はそういったことをまったく口にしなかった。

そう、ローズがたいていの女たちとちがうのはたしかだ。しかし、それはどうしてだろう？

「ミス・バルフォア、きみはどうして大伯母の招待を受けたんだい？」

「もちろん、フロアーズ城に招待されるのは名誉なことだったからよ。それに、名づけ親の招待をどうして断れて？　公爵夫人はとても意志の固い女性だわ」

「大伯母がどれほど意志の固い人間か、きみには見当もつかないだろうね。おまけにどうしようもなくおせっかいときてる」シンはローズからシャーロットのそばに立って賭け金のリストを眺めている公爵夫人へと目を移した。「大伯母はきみのことを乗馬の名手だと思っているようだな」

即座にローズは目を輝かせた。「家にいるときには、わたしは毎日馬に乗っていたわ」彼女が何かに関心を持ったときにその顔がどれほど変わるかは魔法のようだった。興奮して生き生きとした表情になると、そこそこかわいい顔が息を呑むほど美しいものに変わるのだ。まるで魂が目に表れるかのように。

シンはその熱さを味わいたいというように、思わず身を乗り出していた。ばかばかしいことだった。彼は身を引き戻した。「馬には満足できると思うよ。ロクスバラ公爵の厩舎はほかに類を見ないほどのものだ。大伯父自身が馬を選んでいるからね。もちろん、大伯父が大伯母の友人たちのためだけに飼っている太った怠け者の馬たちは別だが」

「明日の朝、速駆けさせるのが待ちきれないわ」ミス・バルフォアは言った。「馬に乗るのは一週間ぶりですもの」

「元気のない怠け馬に乗ったか弱い年寄りたちといっしょに速駆けするつもりかい？　冗談はやめてくれ、ミス・バルフォア」

「それは考えなかったわ。だったら、最初の競争はどうやって勝負をつけるつもり？」

「広くまっすぐな道に出たら、ふたりで先に行くのさ」

「ふたりきりで？」

「怖いのかい？」シンがからかうように言うと、すぐにローズは身をこわばらせた。

「いいえ」

つまり、挑戦を受けると、ミス・バルフォアの自尊心が顔を出すというわけか？　そうだとしたら、事はずいぶんと簡単になる。彼は彼女をじっと見つめながら言った。「ぼくとふたりきりになるのが不安だったら、この城のなかに隠れていて、大伯母のそばを離れずにいればいい。臆病者のすることだが――」彼は肩をすくめた。

「わたしは臆病者じゃないわ、シンクレア様。喜んで挑戦を――」

そこで突然そばに来ていたマンローが口をはさんだ。「すでに敵をいじめているわけかな？」彼はローズにほほ笑みかけた。「私はきみに賭けましたよ。公爵夫人が第一級の乗り手だと褒めていたから」それからシンのほうへちらりと目を向けた。「もちろん、きみを侮辱するつもりはないが」

「侮辱されたとは思いませんよ」

マンローはお辞儀をした。「ありがたい。私自身はあまり乗馬は得意ではないんだが、明日は乗ることにするよ」マンローはデザートでも見るようにローズに目を向けた。「ほかにどんなおたのしみを公爵夫人が計画しているのか気になるな」

シンが言った。「大伯母が何を考えているかは予測のしようがありませんよ。たぶん、毎晩夕食は時代遅れの八時からはじまるでしょうし、やりたいという人がいたら、驚くほど遅い九時か十時という時間にホイストをすることになるでしょうね。行きすぎたおたのしみのあいまに何度も昼寝するはめになるかもしれない」

ローズは感心するほど厳粛な口調で言った。「わたし自身、昼寝をたのしむ人間で幸いでしたわ。じっさい、今日も長旅のあとで昼寝できたらよかったんですけど」

シンの脳裏に夕方の昼寝から起きる彼女の姿が突然浮かんだ。目を眠そうにとろんとさせ、シュミーズだけを身につけたしなやかな体を伸ばす彼女。

気がつくと、目を彼女のドレスの襟ぐりに向けていた。生地の上にかすかにレースがのぞいている。つまり、きみにもか弱い部分はあったというわけか。もし――

「シン！」大伯母のマーガレットが急いで近づいてきた。「お客様に馬を割り振るのにあなたの助けが必要だってシャーロットが言っているわ。ふつうはロクスバラがすることだけど、彼がいないから」

どうやらローズと話をする機会は終わったようだ。失望を脇に押しやってシンは大伯母にお辞儀をした。「喜んで。話が終わったらすぐにそちらへ行きます――」見ればローズはそばを離れ、老スチュワートと話しはじめていた。変わり者の老人はそれを喜び、マンローが彼女のすぐ後ろをうろうろしている。

マーガレットは満足そうにその様子を見ていた。「ああ、そうね、マンローね。わたしの手柄になるといいんだけど、正直、彼を招待したのはもともとそういう目的じゃなかったのよ。でも、彼があんなふうに関心を寄せているのを見れば、あの子にとって悪い相手じゃないのはたしかね」

「マンローとローズ？　もちろん、冗談でしょうね」

「どうしていけないの？　彼はとてもお金持ちで、ローズが充分たのしめるだけたくさんの馬も持っているわ。それに、彼女はまだ若いから跡継ぎも産める。両方にとって願ってもない縁談になるわ」

「彼は彼女の二倍の年ですよ」

「もっと年が離れていても幸せに暮らしている夫婦はいるわ」

「年がそれほど離れていなくても不幸せな夫婦もいますしね」

「だから、年の差なんてどうでもいいはずよ」と彼女は返した。「それに、一度も結婚したことのないあなたに夫婦円満の秘訣がわかるはずもないしね。それに比べてわたしは専門家と言ってもいいぐらいだわ」

「ローズ・バルフォアがミスター・マンローに関心などないことは断言できますよ。彼はああいう女性にとっては物足りない男だ」

「あら」マーガレットは穏やかな笑みを浮かべ、マンローがぎごちなくローズをくどこうとしている様子を眺めた。「ミス・バルフォアが誰からもプロポーズされずにフロアーズ城をあとにすることはないと思うわ」

シンは顔をしかめた。

「ミスター・マンローはすでにずいぶんとご執心みたいだもの。会ったばかりだというのに。それに、キャメロン卿も――」

「だめですよ」

マーガレットは驚いた目を大甥に向けた。「だめとはどういうこと？」

「ふたりとも彼女には年をとりすぎている。それに、キャメロンは夕食前に彼女のことを愚《ぐ》弄《ろう》していた」

「それは彼女のお父様のこと、庭師だと勘違いしたからよ。あとでちゃんと説明してあげたわ。どちらの男性もミス・バルフォアとはお似合いよ」

「いい加減にしてくださいよ。仲人役を務めるつもりはないと言ってたじゃないですか」

「あなたの仲人をするつもりはないって言ったのよ。でも、ミス・バルフォアにわたしの手助けが必要なのは明らかだわ。持参金もほとんどなく、遺産を受け継ぐこともない人よ。まだ充分きれいで家柄も悪くないけど、お金がないことをさほど重要でないと思わせるほどの美貌の持ち主ではない。それでも、マンローやキャメロンが求めている花嫁にはちょうどいいかもしれない」

「どちらも身をおちつける人間には見えませんね」

「ばかなことを言わないで。どちらも家柄がよく、そこそこの器量の持ち主で、若くて、健康で、無垢な女性を求めているはずよ――」マーガレットは驚いた顔で彼を見つめた。「あら、何か言った？」

「せきをしただけですよ。失礼。あなたの紳士のご友人たちがミス・バルフォアから受ける恩恵についてはよくわかっているようだが、そんなそぐわない相手と結婚して彼女になんの得があるんです？」

「今よりは経済的に安定するし、社会的地位も上がるわ。自分の望みをなんでもかなえてくれる夫も手にはいるし。それ以上何が望めて？」

「たぶん、若さが。活力と歯も」

「キャメロン卿だって歯は自前よ」マーガレットはもう一方の花婿候補に細めた目を向けた。「マンローについてはそれほどたしかなことは言えないわ。夕食の席でかたかた音を立てていたから、疑わしい気がする。それでも、今夜彼は片時も彼女から目を離せない様子だわ。ほらご覧なさいな」

シンがマーガレットの視線を追うと、マンローが熱心にローズに話しかけているところだった。マンローの肝斑《かんぱん》が浮き出た手がローズの日に焼けた肌を撫でると考えただけで、シンは胃がしめつけられる思いがした。

マーガレットはあたたかい笑みを浮かべた。「見栄えのする夫婦になると思わない？」

「まるで思いませんね。青虫が若くやわらかい葉をむしゃむしゃ食べているように見えるでしょうよ」

「シンったら！」マーガレットは怒って言った。「どうしてそんなに機嫌が悪いの？」

「別に機嫌は悪くないですよ」

マーガレットは鼻を鳴らした。ちょうどそのとき、スチュワート姉妹がローズとマンローのそばにより、腹立たしいふたりの会話をさえぎってくれた。よかった。こうなってはマンローも横から口を出すわけにはいかないだろう。

それでも、シンはまだ目をぎらつかせながら、レディ・シャーロットのところへ向かった。ミス・バルフォアの誘惑計画は思ったとおりには進んでいない。今や彼女は年寄りの付き添いを大勢手に入れたわけだ。何ひとつうまくいっていない。

シンは顎をこわばらせた。ローズを簡単に誘惑できると考えたのは非現実的だったかもしれない。作戦を変える必要がある。どうにかして明日はローズとふたりきりになるつもりで、そうなったら、苦悩するのはローズのほうとなる。

期待をふくらませながら、シンはレディ・シャーロットのそばに腰を下ろし、彼女のことばに意識を集中させた。明日はすぐにやってくる。

6

ロクスバラ公爵夫人の日記から

シンが評判の悪い女性たちを好む理由がわかった気がする。多くを求めなければ、見返りが少なくてもがっかりはしないものだ。ミス・バルフォアがこれまでにないほどに大甥に影響をおよぼしてくれることを願わずにいられない。そしてその過程で、女性に対する大甥の思いちがいを正してくれるとありがたい。

一方、わたしは優秀な厩舎係のひとりで元陸軍少佐のマックルアにミス・バルフォアの付き添いを頼んだ。シンが彼女とふたりきりになろうと試みるのはたしかだからだ。

なんと言っても、男性が何をするかは予想がつくものだ。わたしたち女性にとって幸いなことに、女性はそうではないが。

翌日は朝からどんよりとくもっていた。ローズはシェリー色の目をして気取った笑みを浮かべる男性と熱いキスをする夢ばかりの、とぎれとぎれの眠りから夜明けとともに目覚めた。使用人を起こしたくなかったので、ベッドから出てローブをはおると、暖炉に薪《まき》を足し、気に入りの本を読みはじめた。

ふつうは静かな朝の読書はたのしいものだったが、心が絶えずシンへとただようのをどうしようもなかった。集中できないままローズは本を脇に置き、正面の芝生を見下ろす大きな窓のそばに立った。

彼に対する自分の反応にはまだ愕然とせずにいられなかった。彼のキスのせいであの信じられないほどの感覚が押し寄せては来たものの、今度はあのときのように動揺することはなく、それをたのしんだのだった。それも存分に。でも……そのほうがましなのかしら？

ローズ、ローズ、おまえはいったい何をしているの？　彼女はため息をつき、窓枠に顔を寄せ、風が芝を揺らすのを見つめた。湿ったにおいの風を感じ、身震いして窓から身を引き離したところで、扉を小さくノックする音がした。

「どうぞ！」と彼女は呼びかけた。

扉が開き、メイドのアニーが朝食を載せたトレイを持ってはいってきた。「ああ、お目覚めでしたか。もう起きてらっしゃるとは知りませんでした。知ってたら、もっと早く来たんですが」アニーはトレイを暖炉のそばの小さなテーブルのところまで運んだ。「火もおこしてくださったんですね。きっと、もうちっと遅かったら、着替えもひとりでなすったんでしょうに」

アニーの声に責めるような響きを感じてローズはにっこりした。ローズが自分用のメイドを連れていないのを知って、家政婦のケアネス夫人がアニーをローズ付きのメイドに指名してくれたのだった。アニーは細いブロンドの髪とそばかすの散った丸顔の、大柄でがっしりとした若い女だった。噂話が大好きで、ローズはこのメイドがとても気に入っていた。「あなたの助けなしに着替えなんてできないわ」ローズはきっぱりと言った。「おまけに、わたしの乗馬服はひとりで着ようとするにはボタンが多すぎるんですもの」

「よかった。お役目をはたしてないなんて言われたかないですからね」アニーは皿のふたをとり、磁器のカップにお茶を注いだ。湯気が細い渦を巻いて上がった。「さあ、朝食を召し上がってくださいな。こんな天気の日に馬に乗りに行くなら、しっかり食べなきゃだめですよ」

ローズはテーブルについてトーストにバターを塗り出した。そのあいだアニーは大きな衣装ダンスのところへ行って扉を開いた。

「お召し物は昨日、洗濯係のメイドに全部アイロンをかけさせたんですが、お嬢様の乗馬服はすばらしいとしきりに言ってました。シャーロット王女がここにお泊まりになったときにお召しになっていたものよりきれいだなんて言ってね。あたしもそれを見たかったたですね。

でも――」アニーは衣装ダンスの角から頭を突き出した。「こんなにくもっていても出かけるつもりですか?」

「ほかの人はわからないけど、わたしは雨でも出かけるつもりよ。くもって寒い日に馬に乗るのは大好きなの。少しぐらい雨が降ったって気にならないわ。降っても霧雨でしょうし」

「そうですね。土砂降りになったら、やむまで雨宿りするわ。たぶん、森のなかにいるわけでしょうから」

「土砂降りにならなければ」

「たしかに。今朝はすべてについてお考えになっているんですね」アニーはにやりとして衣装ダンスの扉の陰に顔を引っこめた。それから乗馬服をとり出してベッドへと持ってきた。

「きれいな乗馬服ですね、お嬢様」

「ありがとう」

アニーはやわらかいスカートに慣れた様子で手をすべらせた。「ウールなのはいいですね。お日様が出ないと、今日は少し冷えるかもしれませんから」

ローズはトーストを食べ終え、ナプキンで手をぬぐった。すばやくお茶を飲むと、ベッドのところへ行ってアニーが乗馬服の長いスカートを広げるのを見守った。昨晩、パリでデザインされたドレスを着ているスチュワート家の姉妹を目にした瞬間、自分の服が――ほとんどがリリーから借りたものだったが――悲しいほどに流行遅れであることを知った。ローズにとってドレスはドレスだったのだから、それがそれほど気になるわけではなかったが。しかし、乗馬服はまったく別問題だ。

乗馬服はドレスではなく、鎧《よろい》よ。ローズはほほ笑んだ。「顔を洗ってくるわ」ローズは着替え室のはずれにある洗面台のところへ行き、顔を洗い、シュミーズを着て部屋に戻った。

「どの部屋の洗面台でも蛇口から水が出るのね。すっかり贅沢《ぜいたく》に慣れて家に帰ることになりそう」

「旦那様が奥様と結婚なさると決まったときに城をすっかり改装なすったんです。公爵夫人には最高の暮らししかさせられないとおっしゃって」アニーはローズが長いペティコートを着るのを手伝い、腰のところでひもをしばった。「さあ、できました。ドレッシングテーブルのところにすわってくださいな。髪をピンで整えましょう」

ローズは警告するような笑みを浮かべて言った。「わたしの髪がピンで整えられるかしら」

「ええ。たしかにふさふさしてらっしゃって、あり得ないほどにやわらかい髪ですね。だからピンで押さえられないんです」アニーはブラシを手にとり、長い髪をとかしはじめた。

「でも、もつれる髪じゃなくてよかったですよ」

「ええ、そうね」ローズはアニーがブラシをかけ終えて髪を結いはじめるのを待ってから言った。「夫人のためにこんな贅沢な設備を整えるなんて、公爵は夫人を愛しているにちがいないわね」

「旦那様は奥様が水の上を歩くような方だとお考えです。あたしたちみんなそうです」

「それってすごい褒めことばだわ」

「奥様はほんとうにすばらしい公爵夫人です。あたしたちみんな、旦那様は絶対に結婚しないと決心していると思ってたんです。一生結婚しないんだろうなと。でも、ある日、旦那様がやってきて、奥様をお迎えするとみんなに話したんです。みんなびっくりでしたよ。旦那様の従者でさえも。だって、その前には奥様のことを何も聞かされてなかったんですから」

アニーは身を寄せ、声をひそめて言った。「ミスター・マクドゥーガルが言うには、旦那様は何年も前から奥様のことを知ってらしたけど、奥様はほかの誰かと結婚なすっていたそうです。奥様の前のご主人が亡くなって、喪が明けるのを待ってから、旦那様は結婚の申し込みをなすったんですって。旦那様は公爵の位にふさわしい立派な方なんです」

「公爵夫人は前にも結婚なさっていたの？」

「ええ、今回が五度目です。前の旦那様たちはみな奥様を置いて亡くなられたそうで」

「なんてこと！」

「それほどめずらしいことじゃないですよ。九十七で亡くなったうちの祖母も五度結婚しましたからね。女は男より長生きするもんです。単純な事実です」アニーはローズの髪をピンで留め終え、ベッドから乗馬服をとってきた。「たぶん、奥様は夫を全員見送るまで長生きなさいますよ。強い女性ですから、誰もかないません。でも、そういう意味では旦那様とはいい勝負ですね。旦那様も活力に満ちた方で、元気いっぱいですから。いつもひとところに留まっておいでじゃありません。以前はよく旅行もなさいました。お天気が悪くなると必ずロンドンに行ってしまわれます。ご結婚なさるまで、旦那様をフロアーズ城にお迎えすることはめったになかったんです」

「それで今は？」

「今はこの家から離れたがらないように見えますね。奥様が退屈すると大変なことになるとおっしゃって、自分がここにいて奥様の無鉄砲な計画から奥様自身を救わなければならないと思っておいでです」

ローズは忍び笑いをもらし、アニーが乗馬服を持ってくると立ち上がった。「それで、公爵夫人は救われる必要があるの？」

「それほど頻繁じゃありませんが、あれこれたくらむのがお好きな方ですから。ミスター・マクドゥーガルが言うには――彼は奥様が十七歳で最初に結婚したときから執事を務めている人間ですが――奥様はおちついた人生を送る方ではないそうです」

「それってすばらしい生き方ね」ローズは名づけ親をもっとよく知ろうと決心した。

「そうですね」

ローズはアニーの手を借りて長いスカートを穿《は》き、乗馬服に袖を通した。

アニーは背中に二列ついたたくさんのボタンと袖のボタンを留め、ローズがブーツを履《は》くのを手伝い、乗馬服とそろいの上着をはおらせてボタンを留めた。「ほんとうにとんでもなくたくさんのボタンですね。全部留めるとなんとも言えずきれいですけど」

今日はそのボタンがふたつのことに役立ってくれるはずだ。しゃれた魅惑的な装いに見せてくれるだけでなく、盾ともなってくれるはず。馬に乗っていて、たくさんのボタンで守られている女性の純潔を奪える人間などいないのだから。

しかし、そう考えるやいなや、いくつボタンがあっても、昨晩シンの目に宿っていた光を薄れさせるには足りないのではないかという疑いが芽生えた。そう思うと心が震える気がした。

アニーは身を折り曲げて、最後にスカートを払った。「さあ、できました」

「ありがとう」ローズは鏡に自分を映し、満足そうにうなずいた。アニーのおかげで言うことを聞かない髪はピンでとてもさっぱりと結い上げられている。そのうちほつれてくることはわかっていたが、その髪型は悪くなかった。

しかし、ローズが心からにっこりできたのは、身に着けた乗馬服のおかげだった。飾らない仕立てのその服が彼女の少年のような体形をすばらしく魅力的に見せてくれていた。ウエストをさらにくびれて見せ、たっぷりしたスカートがあまり大きくない腰をふっくらと見せてくれている。体形をよく見せるのにここまで服に頼るのは悲しいことだったが、それはそれでしかたない。

しかしおそらく、この乗馬服のもっともよい点は色遣いだろう。深いブルーの生地にリボンにはより明るいブルーが使われているこの服を着ると、肌が輝いて見え、目はいっそう青く見えた。「アニー、首に巻く白いウールのスカーフを見つけてくれる？　今朝は寒そうだわ」

「かしこまりました」メイドは白いスカーフと乗馬用の手袋をとってきてベッドの上に山の部分の高い帽子とともに置いた。それから振り向いてローズをほれぼれと見つめた。「きれいですね、お嬢様。そういう乗馬服を見るのははじめてです」

「〈ラ・ベル・アッサンブル〉で見つけて型紙を引いたのよ。妹のリリーが縫ってくれたの」

「そうとはわかりませんね。ええ、奥様がパリからとり寄せたもののように見えます」

「あなたがそう言っていたとリリーに伝えておくわ。うんと喜ぶでしょうよ。彼女ほど服が好きな女の子はほかにいないもの。これをつけると乗馬服のかっちりした感じがやわらぐと考えたのも妹なのよ」ローズはそう言って袖を飾る明るいブルーのリボンとスカートの裾に二本縫いつけた同じ色の細い布を指差した。そのふたつの簡素な飾りが手縫いの乗馬服をなんとも女らしい仕上がりにしていた。

アニーは称賛するように首を振った。「ああ、ほんとうにきれいです。それにお嬢様のようなほっそりした方だからこそ似合う服です」

「ありがとう」この乗馬服をシンはどう思うだろう。自分の体をドレスを吊るしている細い棒のように思わずにいられるのははじめてだった。ふっくらした腰や目を惹くような胸が自分にあればと思わずにいられなかった。砂時計のような体形に見せる何かが。

アニーは手を伸ばし、留めていたピンからほつれた長い巻き毛を引っ張った。「ああ、だめですね。もうほつれてきてます。もう一度ドレッサーの前にすわってくださいな。馬に乗ってもほつれないようにピンで留めますから」

「そんなことできるかしら。わたしの髪はそれほど聞き分けよくないわよ」ローズはアニーのあとからドレッシングテーブルのところへ行き、鏡の前にすわった。「ここで働いてどのぐらいになるの、アニー？」

「四年です、お嬢様」アニーはテーブルの上の小さなトレイの上にピンを置き、慎重に結った髪にピンを加えながら答えた。「この家のメイドになるのは大変なんです。奥様が性格のいい方だってのはよく知られていますから。だからって、きちんと仕事をしなくていいってわけじゃありません。奥様は使用人がきちんと仕事するように期待しています。でも、ミスター・マクドゥーガルがよく言うように、奥様はふつう道理にかなった方ですから、きちんと仕事するのもむずかしいことじゃありません」

ローズは手首のリボンを直してからなにげない口調で言った。「たぶん、フロアーズで働いているなら、シンクレア様のこともよく知っているわね」

「シン様のことですか？」ローズが驚いた顔をしたのを見てメイドは顔を赤らめた。「気になさらないでください。奥様がそう呼んでらっしゃるんで、人前でその名前を口にするのが無作法だってこと忘れてました。これからはもっと気をつけます、ほんとうに」

「あら、いいのよ」ローズは櫛《くし》を手にとってうわの空でその象牙《ぞうげ》の歯に指を走らせた。「とてもハンサムな人よね？」

「まったくです。国じゅうを探しても、あんなハンサムな男性はいないと奥様がおっしゃっているのを聞いたことがあります。彼自身がそれをわかっているのは残念なことだと嘆かれていますけど」

「自分がハンサムであることをよくわかっている人なのね。うぬぼれているとは思わないけど」

「ええ、お嬢様。それが重要だと思う人もいるでしょうが、あの方はそうは思っていません。でも、自分でもまったく意識してないってわけでもないんです。都合のいいときにはそれを利用しようとしてますしね。まあ、考えてみれば、男とはそういうものなんでしょうけど」

「でも、彼はちがうわ。どうちがうかはよくわからないけど……」ローズは肩をすくめた。

アニーは手を止め、鏡のなかのローズと目を合わせた。「あら、お嬢様、まさかあの方をお好きなんじゃ？」

「いいえ、もちろんちがうわ！」

「よかった。あの方についてはちょっと気がかりなことも耳にしますからね。何人の女に言い寄ったかとか、そういったことですが」

ローズは櫛をドレッサーに戻した。「彼にちょっと興味があるだけよ」

「そりゃそうでしょうね。でも、ご自分のためを思ったら、近づかないほうがいいですよ。遊び人なのは有名ですから。自分のためにならないほどにハンサムですしね。十七歳の若さで自立しなければならなかったせいで道を誤ってしまったんだと奥様がおっしゃっていたのを聞いたこともあります。それに、あんまり多くの女性に追いかけられるもんだから、ひとりに決められないんですよ」

「そうなの？　とび抜けて気に入っている女性というのはいないのかしら？　特別な誰かは？」ローズはそう質問を口にしながら、思わず息をつめていた。

「ひとり、噂を聞いたことはあります。レディ・ロスという女の人です。でも、彼よりも年上なだけじゃなく、結婚している人ですけどね。ふたりは二年以上も不倫の関係をつづけているそうですよ」

「なんてこと。ロス卿はそれを許しているの？」

「外交官で、国を空けることもずいぶんと多いそうです」

「そう。そんなに長く関係をつづけているということは、きっとシンクレア伯爵はその方を深く愛しているのね」胃がおかしな感じだった。トーストがうまく消化されない感じ。「二年も……それってすごいことだわ」

アニーは笑った。「まさか。シン様――すみません、お嬢様――シンクレア様の従者のミスター・ダンによると、そんなことはないそうですよ――ミスター・ダンはこの世の誰よりも気取った人間ですけどね。それもただのお遊びだそうです」

「二年も付き合っているのに？」

「こんなことを言うとなんなんですが、レディ・ロスは都合のいい相手だったんでしょう。うちの亡くなった母がよく言ってました。男にとって都合のいい女になるのは女にとって最悪のことだって」

「きっとそのとおりね」

「ええ、奥様もよくおっしゃるんですが、拒む女がいないせいで、彼がすっかりだめになってしまったそうです」

そう、わたしはそんな女たちの仲間入りはしない。拒むただひとりの女になるのだ。たとえ何度となく拒まなければならないとしても。そして、彼がそばに来るたびに自分がどんなふうに感じてしまおうとも。

「もちろん、シン様ご自身は拒むのを躊躇《ちゅうちょ》するお方じゃありません。奥様はいつもここへ招待なさるんですけど、いらっしゃることはめったにないんです。今こうしていらしているのはめずらしいことです」アニーは肩をすくめた。「でも、今回のハウスパーティーはいつもとはまったくちがいますけどね。ミスター・マクドゥーガルによれば、長年奥様にお仕えしてきて、これほどたくさんのお年を召した方をハウスパーティーにお招きしたのははじめてだそうです。理由はわかりませんが——」アニーは鏡のなかのローズと目を合わせ、謝るように笑った。「ああ、おしゃべりがすぎました。自分の立場を忘れてました」

「いいのよ。とてもおもしろかったわ。わたしも妹がいるから、同じ年頃の女の人とおしゃべりするのはたのしいの」

アニーは忍び笑いをもらした。「ほかのお客様たちとじゃ、そうもいかないでしょう?」

「ええ、そうね」どうして公爵夫人はそんな客人ばかり招いたのだろう? シンと関係があるのかしら?

アニーはローズの髪をピンで留め終え、腰に手をあててちがう角度からできばえを眺めた。「これで髪がほつれることはないと思いますよ。でも、たしかめるために一度頭を振ってみてください」

ローズは激しく頭を振って、髪が落ちてこないことに驚いた。「全然落ちてこないわ!」

アニーはにっこりして使わなかったピンを蠟紙でできた小さなピン入れに戻した。「こんなふさふさとした髪は見たことありません。下ろしているときれいですが、ピンでまとめようとすると、もう悲劇ですね」

ローズは笑い声をあげて立ち上がると、首にスカーフを巻いてそれを襟におさめた。「アニー、ありがとう。あなたがいなかったら、どうしようもなかったかもしれないわ」

「いいえ、それがあたしの仕事ですから」アニーは扉を開けた。「乗馬をたのしんできてくださいな」

「そうするわ」ローズはそう言って部屋を出た。

シンは玄関の前廊の屋根の下に立っている大伯母を見つけた。七十を超えた年齢よりも若く見える。パグたちがふたりの従者に見守られながら、平らな芝の上を走りまわっていた。大伯母が朝のドレスを着ているのを見てシンは眉根を寄せた。「馬には乗らないんですか?」

「今日はやめておくわ。ピクニックの準備をするのに山ほどやることがあるのよ」

「レディ・シャーロットにまかせればいいじゃないですか。馬に乗るのはお好きでしょうに」

「次の機会には乗るわ。それに、スチュワート家のお嬢さんたちも馬に乗ることになっているけど、姉妹のお母様から安全に気をくばってほしいと頼まれたの」

「ああ、つまり、遅い連中の世話をしなきゃならなくなるってわけですね」

「残念ながら、そう」彼女は空を見上げた。「雨になると思う? 使用人に傘を何本か持っていかせたほうがよさそうね」

「雨になったら、ここへ戻ってくればいいんですよ」

厩舎係が二頭のひどくずんぐりしたポニーを連れて建物の角から現れた。犬たちが馬に向かって吠えはじめたため、従者たちは犬を家のなかへと追い立てた。目を丸くしてポニーを見つめていたせいで、マーガレットは騒ぐ犬たちには気づかないようだった。「なんてこと。この馬に誰が乗るの？　ふつうポニーには子供しか乗せないのに」

「たしか、スチュワート姉妹ですよ。ご心配なく、ポニーだって大人の重さに充分耐えられますから」

別の厩舎係が建物の角から現れた。鼻のまわりがだいぶ白くなった二頭の馬を連れている。

「そしてあれがミスター・マンローとキャメロン卿の馬？」と公爵夫人が訊いた。

「鹿毛がキャメロットで黒いのがチャグリンです。二頭ともとてもお行儀のいい馬ですよ」

「牧草地に放してやったほうがいいほどの年寄り馬ね」

「ああ、でも、ゆっくり走らせれば、あと何回かは乗れますよ」

マーガレットは腰にこぶしをあてた。「シン、お酒でも飲んでいるの？」

「まだ飲んでませんよ。ぼくの選んだ馬が気に入らないなら、レディ・シャーロットに言ってください。昨晩相談したときにはぼくの選択にまったく異を唱えませんでしたから。あなたの客人が誰もけがをしないようにと思っただけです。あれだけお年を召した経験不足の乗り手ばかりなんだから、理にかなったことだと思いますけどね」

もうひとり厩舎係が現れた。今度は二頭の堂々たる馬たちを連れている。一頭は大きくたくましい去勢馬で、もう一頭はそれよりは小さな、元気のよい雌馬だった。

「それで、あの二頭があなたとミス・バルフォア用？」マーガレットはひややかに言った。

「あなたも彼女自身も彼女が乗馬の名手だと思っているようだから」

「彼女のために、それがほんとうであることを祈るわ」

　スチュワート家の姉妹が家の入口に現れた。ミス・イザベルはブルーの派手な乗馬服で、ミス・ミュリエラは緑の乗馬服だ。ふたりとも少しばかり気取った様子に見え、シンが思うに、もっと若い女性向けの最新流行の乗馬服を自慢に思っているようだった。ふたりの乗馬服はシンにとってはどうでもよかったが、襟や袖に何層にもついたレースが風になびいていることは気になった。

　シンは大伯母もレースをじっと見つめているのに気づき、声をひそめて言った。「彼女たちにもっと強情な馬をあてがわなくてよかったのでは？」

「ああ、そうね。あんなばかげた格好をして。彼女たちがポニーに乗るのに同意するようにしむけてくれれば、一生感謝するわ。スチュワート家の姉妹は自分たちが馬に乗れると思っているけど、じっさいには乗れないんですもの」彼女は振り返って手を振り、「お嬢さんたち！」と呼びかけた。「こちらへいらっしゃいません？」

　ふたりの女性は芝生の上を歩きはじめた。

「くそっ、あのブーツの踵はどれだけ高いんだ？」とシンが訊いた。

マーガレットは顔をしかめただけだった。

姉妹が近くまで来ると、マーガレットがほほ笑んで言った。「今、シンと話していたんだけど、こんな天気のときにはポニーに乗るほうがいいかもしれないわ。すてきなポニーじゃない？」

ミス・ミュリエラが笑みを浮かべた。「ポニー？　ポニーは大好きですわ！」

しかし、ミス・イザベルはもっと手ごわい人間だった。「ほかの馬たちよりも背が低くありません？　それに歩みものろいですよね？」

「背は低いですが――」とシンも言った。「でも、のろいとはかぎりませんよ。馬に乗りながら会話できるのもたまにはたのしいものです」そう言ってミス・イザベルをまっすぐ見つめ、意味ありげな声で言った。「ゆっくりだからこそ、気持ちよく、たしかな歩みです」

顔に真剣な表情を浮かべたと思うと、彼女は照れたようにほほ笑んだ。「ああ、そうね！　ゆっくりとした気持ちのよい乗馬は何よりもたのしいものですわ」それから声をひそめ、さらに意味ありげに言った。「親しい会話も大好きですし」

姉のことばは無視してミス・ミュリエラはマーガレットのほうを振り向いた。「うちの両親は居間にいます。マクドゥーガルがお茶を運んできてくれたところなので、馬車の用意ができるまで居間でゆっくりしていると母が言っていましたわ」

「結構よ。馬車の用意ができるまでには少し時間がかかるから、まずはあなたたちを冒険へと送り出そうと思って。従者のひとりがここへ熱いお茶を運んでくるわ。だから、お茶を飲んでいってね。ああ、来たわ」従者が湯気の立ったマグカップを載せたトレイをあぶなっかしくかついで急いでやってくると、マーガレットが言った。「キャメロン卿とミスター・マンローもいらしたわ。ちょっと失礼。あのおふたりに馬をお見せしなきゃならないから」

マーガレットがテラスの扉から城を出てきたばかりのふたりの男のほうへ挨拶に向かうのを見送りながら、シンは笑みを浮かべた。ミス・イザベルはこれまで乗ったさまざまな馬や見た景色についておしゃべりをつづけており、そこにしばしば妹が口をはさんでいた。

ローズ以外はみな出かける準備ができていた。使いを送って出かける時間だと知らせるべきだろうか？　おそらく、彼女は寝過ごして――

玄関の扉が開き、ローズが出てきた。スカートの長い裾を片腕にかけ、帽子を大胆な角度に傾けて頭に載せている。彼女は足を止め、手袋をはめた。

シンは心の準備ができておらず、即座に胸がしめつけられた。彼女に触れられたかのように全身が目覚める。

彼女の乗馬服は体にぴったり合っていた。細い腰のところでくびれ、小さな丸い胸に沿ってなめらかに広がっている。スカートは腰をふんわりと包んで地面に降りていた。首には簡素な白いスカーフを巻き、その端を乗馬服の上着のなかにきちんとたくしこんでいる。髪は乗馬服同様きっちりと後ろでまとめられ、青い目と濃い黒いまつげが強調されていた。髪を結い上げているせいで、ローズの眉が繊細な線を描き、端でわずかに上がっているのがわかった。それが彼女の顔をいたずらっぽく見せている。

ミス・ミュリエラがマグカップのお茶を飲みながら忍び笑いをもらした。「あれってどんな乗馬服なの?」

「知らないわよ」ミス・イザベルが自分の手首の高価なレースをなぞりながら言った。「でも、ちょっと地味よね?」

「とても地味でつまらないわ」ミス・ミュリエラはシンにちらりと目をくれた。「そうは思いませんか、シンクレア様?」

「全然思いませんね。しかし、ぼくが女性の服の何を知っているというんです?」

ミス・イザベルは彼を上から下まで眺めまわし、称賛をこめた重々しい声で言った。「たいていの男性よりはご存じのはずよ」

ミス・ミュリエラは唇を引き結んだ。「今日の賭けはあなたとミス・ローズのどちらが勝つかしら? もちろん、わたしたちはあなたに賭けましたけどね、シンクレア様」

ミス・イザベルもうなずいた。「いつその競走は行われますの?」

「ピクニックの場所に着いてからです」と彼は嘘をついた。

姉妹はがっかりした顔になった。「そんなに長く待たなきゃなりませんの?」

「残念ながら。コースを決めてゴール地点に審判を置かなければなりませんからね」シンは姉妹のほうを振り返った。「おふたりを残していくのは申し訳ないが、ミス・バルフォアにどれが彼女の馬か教えると大伯母のマーガレットに約束したもので」

ミス・イザベルはまつげをばたつかせた。「道に出てからお会いしましょう」

「もちろんです」シンはふたりにお辞儀をしてその場を辞し、芝生を横切った。今日の目的は単純だった。ほかの連中の目からローズを引き離し、またキスをして誘惑する。誘惑の計画を急ぐ必要はない。どう考えてもうまくいくはずだ。焦ってすべてを台無しにするのはばかげたことだ。

ローズのそばに達すると、彼女が驚いた目でポニーを見つめているのがわかった。

「あれはスチュワート家の姉妹を乗せる馬だ」とシンは彼女に言った。

「それであっちの駄馬は？」彼女は年寄りの馬たちを指し示した。

「ミスター・マンローとキャメロン卿の馬さ」

ローズは笑みを浮かべた。「だったら、わたしはあっちのどちらかに乗れるのね」彼女はふたりの厩舎係に引かれて歩いている去勢馬と雌馬に顎をしゃくった。

「雌馬がきみの馬だ」シンは言った。「レディ・シャーロットによれば、ロクスバラ公爵のお気に入りの一頭だそうだ」

「ロクスバラ公爵はすばらしく趣味がいいのね」ローズは馬たちが競売の台の上にでも載せられているかのように彼らを見やった。「肩もすばらしいし、関節も悪くないわ。きっと足も速いはずよ」

「ぼくの馬ほどは速くないさ」シンは自分が選んだ大きな馬に顎をしゃくった。

ローズは値踏みするように彼の馬を見つめた。「きれいな馬だけど、そっちのほうが速いなんて確信しないほうがいいわ。大きいからって足も速いとはかぎらないものよ」

シンは唇を曲げた。「きみがそう言うならそうなのかもな。大伯母がそろそろ馬に乗る時間だと合図している。さあ、乗るのに手を貸すよ」彼は彼女の馬のところまでいっしょに行き、厩舎係にくつわを押さえさせると、彼女の腰に両手をあてて体を持ち上げた。

その体はあまりに小さく、シンが勢いあまって高く持ち上げすぎたせいで、ローズはどさりと鞍の上に下ろされることになった。「すまない、痛かったかい？」

「こんなことで？　まさか」ローズは笑い声をあげ、目をきらめかせて彼を見下ろした。

「でも、当然ながら、あなたのみごとな腕前にスチュワート家の姉妹も気づいたようよ。彼女たちも馬に乗るのに手を貸してもらおうと待っているわ」

シンが振り返ると、たしかにスチュワート家の姉妹は従者を手で追い払い、期待するように彼を見つめながらポニーのそばで待っていた。

シンはほかの紳士たちに目を向けたが、マンローもキャメロンもすでに馬に乗っていた。

彼はローズに顔をしかめて見せた。「せめてそんなに愉快そうな顔をしないでくれ」

ローズはくぐもった笑い声をもらし、厩舎係から手綱《たづな》を受けとると、自分の馬をほかの乗り手たちのほうへと進ませた。

シンはスチュワート家の姉妹をポニーに乗せるのに手を貸すよりほかになく、それからやっと自分の馬に乗った。

「みんな準備いいわね」マーガレットが玄関の石段の上から言った。

「どこへ向かうのか知りませんがね」マンローが馬の上で居心地悪そうにしながら言った。きつすぎる乗馬服に身を包んだ彼はぎっしり小麦をつめた袋のように見えた。

「川沿いの道よ」マーガレットが言った。「川へ向かう道を進んで、一マイルほど北へ行き、それから橋を渡るの。その道が森を通ってから川沿いにつづいているわ。とても景色のいい道で、古い城の廃墟へとつながっているの。わたしたちもランチを持ってそこへ合流するわ」彼女は厩舎係を身振りで示した。「道を知っているマックルアに馬で同行させますね」

シンはそのときまでその厩舎係には気づかなかった。背は彼と同じぐらい――約六フィート二インチ――だったが、がっしりしていてクマのような体格をしていた。曲がった鼻を見れば、ボクシングをする人間であることもわかる。

厩舎係はまずはローズを、それからシンをまっすぐ見据え、挨拶するように帽子に触れた。シンが大伯母に目を向けると、彼女はマックルアに目配せしているところだった。シンに気づくと、大伯母は犬につかまった野ウサギさながらの顔で身を凍りつかせた。シンは即座に理解した。マックルアは監視役として同行するのだ。

ちくしょう！　マーガレット伯母さん、いったいどういうつもりだ？　シンはあなたの思惑はわかっているという目を彼女に向けた。それに大伯母は笑みを返してきただけだった。怒りに駆られたままシンは馬を道へと進め、軽くだくを踏ませた。どんな厩舎係だろうとローズからぼくを遠ざけておくことはできない。

7

ロクスバラ公爵夫人の日記から

これがチェスの試合なら、「王手」というところね。

今朝、シンは怒りもあらわな顔で出かけていった。監視役がいることが気に入らなかったのだ。つまりはそれだけ監視役が必要だということ。

彼がお行儀を忘れないでいてくれるといいんだけど。でも、忘れたとしても、きっとマックルアが思い出させてくれることだろう。

ローズにとって最初の一時間はあまりたのしいものではなかった。ゆっくりとした歩みに忍耐力を試される気がしたからだ。あとで速駆けするわ、と彼女は何度も自分に言い聞かせた。

馬も乗り手の苛立ちを感じとったらしく、何度か速足になろうとしたので、ローズは手綱を引かなければならなかった。

風も冷たすぎず、眺めも美しく穏やかで、気持ちのよい乗馬ではあったが、広く平らな道は速駆けしてほしいと頼んでいるかのようだった。ローズはほかの客と会話することで気をまぎらわせたいと思ったが、残念ながら、マンローがそばにぴったりとくっついてしまった。それから三十分ものあいだ、彼は自然や、自然の価値や、今日の若者の教育において自然が強調されすぎていることや、自然に敬意を払わないとどれほど自然が危険なものになり得るかについて、間を置くことなくひとり延々と語りつづけていた。

彼の話が長引けば長引くほど、いっそう平らな道が訴えかけてくるように思えた。しかし、逃げ道はなかった。一行は二列になって進んでいたため、前の馬を追い越すことはできなかった。

ローズは先頭を行くシンを見ようと片側にわずかに身を傾けた。彼は会話を避けるためにミス・イザベル・スチュワートのポニーの少し前を進んでいた。彼が一番背の高い馬に乗り、ミス・イザベルは一番小さな馬に乗っていたため、奇妙な組み合わせだった。その後ろではキャメロン卿がよい港の重要性を力説しており、ミス・ミュリエラがそれを目を丸くして聞いていた。彼がソロモンほども賢い人間だとでもいうように年輩の男性を見上げている。

厩舎係がしんがりを務めていた。ローズはときおり彼を振り返って見たが、厩舎係はほほ笑んで帽子に触れるだけだった。どうしてこの人がいっしょに来たのかしら？　先頭に立って道を教えるでもなく、荷物を運ぶでも、手を貸そうとするでもない。なんとも奇妙なことだわ。

彼女が話に興味を失っていることに気づいたかのように、マンローは話題を変え、領地に課される税金について話しはじめた。うぬぼれて聞こえないように注意しながら、年収や所有している家の数をそれとなくほのめかしている。税金のほうが自然よりも話題としてすばらしいと思うような人間は銃殺されるべきだわとローズは胸の内でつぶやいた。

しばらくして雲のすきまから太陽が顔を出し、美しい金色の陽光が木々のあいまからこぼれ、木漏《こも》れ日が緑をさわやかに輝かせた。

これは責め苦でしかない。ここにいる全員の不興を買ったとしても、マンローの話をさらに一時間聞かされるよりは、森のなかへやみくもに馬を駆るほうがましだとローズが思いはじめたところで、シンが手を上げた。

その合図を受けて全員が馬を停めた。

シンは肩越しに後ろに目を向けた。真剣な顔をしている。「あれが聞こえますか?」

みな黙りこんだ。

「たぶん……」よく耳を澄まそうとするように、シンは首を傾けた。「キツネの鳴き声のように聞こえる。凶暴なキツネじゃないといいんですが。えらく危険なキツネもいますから」

スチュワート家の姉妹はびくびくと目を見交わし、ローズは手袋をはずしてゆるんだスカーフを直した。

「シンクレア様」厩舎係が一番後ろから呼びかけた。「ご婦人たちを怖がらせちゃいけません」

シンは驚いた顔になった。「不安がらせるつもりはないが、ほんとうに鳴き声が聞こえたんだ」彼は道の脇に馬を動かし、厩舎係に目を向けた。「聞こえるかどうか、ここへ来て耳を澄ましてみるんだな」

マックルアは馬に合図してローズの脇をすり抜け、一行の先頭へ出た。シンと並ぶと手綱を引いた。

一行は馬を停めたままじっと耳を澄ました。馬たちがときどき大きく息を吐き、頭上では小鳥たちがさえずっている。ローズの耳にかすかに川の音が聞こえてきた。

マンローが神経質そうな笑い声をあげて沈黙を破った。「シンクレア伯爵、たぶん、キツネの声を聞いたと思っただけでしょう」

「いや、聞いたのはたしかです」シンはほかの人々と対面するように馬をまわした。「もう少し静かに耳を澄ましていたら、きっとみなさんにも聞こえるはずだ」

みな黙ったままじっとしていたが、馬たちがおちつかなくなると、スチュワート姉妹がしびれをきらした顔になった。厩舎係でさえ苛立った顔になっている。

しばらくして、シンは肩をすくめた。「おそらく、手負いのキツネで、巣穴に戻ったんでしょう」

ミス・イザベルはほっとして言った。「きっとそうよ」

厩舎係はむっつりとしたまなざしをシンに向けたが、声に出しては何も言わなかった。シンの目がほかの面々を通り過ぎてローズに向けられた。「ちょっと待って」

彼は彼女のところまで馬を進め、それから彼女とほかの面々とのあいだに馬を停めた。

「ミス・バルフォア、手袋を落としていますよ」

手袋は両方とも手に持っていた。いったい彼はどういう――

「ぼくに拾わせてください」彼は声を張りあげて言った。それから身をかがめると、声をひそめて言った。「しっかりつかまっているんだ！」

ローズは手綱をにぎる手に力をこめ、眉根を寄せた。いったい――

シンは彼女の馬の尻を平手でたたいた。「それ！」

走りたくてたまらなかった雌馬は勢いよく駆け出した。

帽子が頭から落ちたが、ローズは気にしなかった。これこそが乗馬というものよ！　彼女は身を低くした。雌馬が嬉々として全速力で駆け出すと、たてがみが両手にあたった。目の端で何かをとらえたと思うと、シンが目にはいった。馬の首に身を低くし、彼はにやりとしてみせた。

馬の首をそろえて道を勢いよく駆けながら、ローズは笑い声をあげた。

頭にしっかりとかぶった帽子のつばの下でシンの目が輝いている。彼はまた彼女ににやりとしてみせると、右手にあるほとんど道とわからないほどの脇道を指し示した。ローズはためらわずにその指示に従った。

その道はこれまで通ってきた道よりもずっと狭く、予期せぬ場所で枝が低くぶら下がっていたり、岩が突き出していたりしていたため、馬の足をゆるめなければならなかった。角を曲がると、突然そばに川が現れた。道が少し広がると、その道では枝もそれほど低く垂れていなかった。

走るのがうれしいのか、雌馬は首を振り、鼻から息を吹き出した。ローズも同じ喜びを感じていた。

シンも同じように感じているにちがいない。ちらりとこちらへ向けた目は輝いていて金色に見えるほどだった。その瞬間、すべてが金色に輝いていた。ローズは森のなかの道をシンといっしょに馬を走らせている今この瞬間よりすばらしいものを思いつけなかった。

やがてローズははっとした。彼はおまえを誘惑するつもりでいるのよ。でも、それにはまずこちらの警戒心を解かなければならない。こうして逃げ出す機会を与えてくれたのは単なる作戦にすぎないのだ。

すぐに最高に愉快な気分が薄れはじめた。彼女の心を映すかのように、太陽もまた雲の陰に隠れてしまった。

がっかりなんてしてはだめ。シンに関するかぎり、何も期待は持てないのだから。自分に望めるのは、名づけ親のもとで三週間をやり過ごし、妹たちのために公爵夫人の心証をよくすること。そして家へ、馬たちのもとへと帰るのだ。それがもともとの望みだったはず。

ほんとうにそうだった？

ローズには自分の感情をもっとよく検証してみる暇はなかった。シンが馬を抑えて歩かせはじめたからだ。ローズも無意識に同じようにしていた。

「しばらく馬を歩かせたほうがいい。あまり疲れさせたくないからね」

ローズは物思いにとらわれまいとしながらうなずいた。「ほかの人たちの音が聞こえないわ。うまくまいたみたいね」

「そうだといいんだが。戻ったら、きみが手綱をゆるめてしまい、ぼくが手袋を拾おうとして身をかがめたときに馬がきみを乗せたまま逃げ出したということにしよう」シンは皮肉っぽい笑みを浮かべた。「それできみはずいぶんと同情されることになる」

「おことばですけど、わたしは手綱をうっかりゆるめたことなんて一度もないわ。たぶん、あなたが自分の馬を制御できなかったと言い訳したほうがいいわね」

彼は目を細めた。顔から笑みが消える。「この逃亡計画を実行したのはぼくなんだぞ」

「それはありがたいと思っているわ。マンローがこの三十年間に払うべき税金をいくら逃れたかなんて話をあれ以上聞かなくちゃならなかったら、きっとわっと泣きだしていたでしょうから――」

「きみが退屈していたのはわかっていたさ」

「――それでも、あなたに助けてほしいとは頼んでいないわ。自分で何かを思いついたはずよ。そうすれば、乗馬が下手な振りをしなくてもよかったわ」

彼は顎をこわばらせた。「それで、きみの計画でも看守から逃れられたかい？」

ふたりは馬を止まらせ、道の真ん中に立っていた。「看守？　厩舎係のマックルアのことを言っているの？」

「ほかに誰がいる？　愛すべきわが大伯母はぼくたちに監視役が必要だと思ったらしいな。ぼくたちが逃げたとしても、追いつけるだけ速い馬に乗った監視役が」

「公爵夫人はどうしてそんなことを？」ローズは驚いて言った。

「ぼくがこういうことをしようとたくらんでいると、なぜか大伯母にはわかったからさ」シンはスカーフをつかんで彼女を引き寄せ、強引に激しいキスをした。キスが深まると、ローズの心臓の鼓動が大きくなり、体のなかで欲望が渦を巻いた。

ローズは声をもらした。静かな森のなかで彼の荒い息遣いも聞こえた。わたしもこうしたかったのだ。彼を求めていた。

彼女は彼のほうに身を寄せ、空いているほうの手で彼の腕をつかんでさらに馬同士を近づけた。これはただのキスよ。ただの――

あたたかい彼の手がきつく胸を包み、親指が服の生地を通して胸の頂《いただ》きを見つけた。すぐさますべての思考が炎を上げ、灰となった。

ローズにわかるのは胸を包む彼の手の感触と、口づけた口の熱さと、唇のあいだから突き入れられた舌の味だけだった。自分のものと刻印するようなそのキスは彼女の全身を目覚めさせた。ああ、この人に――

ローズは目を開いた。わたしは何をしているの？　これこそこの人の思うつぼじゃない。彼女は身を引き離して彼を見つめた。自分の荒い息だけが静寂を破っている。身を引き離しても、欲望に心臓は鼓動を速め、その激しさに胸が痛くなるほどだった。息を吸うたびに、また彼に身を近づけたくてたまらなくなる。その手の感触をもう一度――だめよ！

ローズはそのことばが響き渡るのを聞くまで、自分がじっさいに声を発していたことに気づかなかった。

シンは彼女をじっと見つめていた。同じように荒い息遣いをし、手は彼女の胸を包んだままだ。「ローズ……」熱を帯びた声もかすれていた。彼は手を胸から腰へと落とした。

しばらくふたりは互いにただ見つめ合っていた。

ローズが最初にわれに返った。「その……あなたってキスがとても上手なのね」

シンは切れ切れの息をもらした。「ローズ、ぼくは――」

「あなたの望みはわかっているわ」ローズはこわばった笑みを彼に向けた。「警告してくださったじゃない」

シンは顔をしかめ、手で顔を撫でた。そうするあいだに馬が動き、ふたりを引き離した。

「きみにキスをしようとは思っていたが、こんなことは——」

「やめて。何をするつもりか、はっきりおっしゃっていたじゃない。それに、あなたとキスをするのはたのしいけど、それでもわたしは誘惑されるつもりはないわ」

彼は顎をこわばらせ、眉を下げた。「おそらく、急ぎすぎたんだな。きみもこれは拒めないんじゃないか——」そう言って彼女の肘をつかまえ、頬と頬をこすり合わせた。かすかに伸びたひげの感触に、ローズの全身にうずきが走った。「さあ。もう一度キスしてくれ。そうすれば、今日一日、それ以上は求めないから。約束する」

ローズは目を閉じ、指が痛くなるほどに手綱をにぎりしめた。もう一度彼とキスをしたいという思いはあまりに強く、目の前にチェリーパイや厚く切ったケーキを差し出されているかのようだった。彼のほうへ顔を向ければ、それが自分のものとなる。

もう一度キスするだけのこと。そんなこと、なんでもないわ。

しかし、そうではなかった。彼にキスされるたびにどんどん自分は無分別になっていく。ふいにローズは真の誘惑とはどういうものかを理解した。なぜそれがこれほどに魅惑的で、どうしても手に入れずにはいられない思いにさせるのか。

ただ、もう一度キスする以上に重要なことがひとつだけあった。それはこの男がしかけてきたお遊びで、打ち負かされる前に相手を打ち負かすことだった。ああ、この人はすべてを台無しにしてくれた。

ローズは目を開けた。

彼女の変化がシンには目で見る前に感触でわかった。なんとも腹立たしいのは、夢中になるあまり、自分で自分の計画を台無しにしたことだった。馬に乗りながらキスをするつもりは毛頭なかったのだ。川のそばのやわらかいくさむらか、生い茂る木の下のこけの上でするつもりだった。しかし、馬を速駆けさせたことで彼女は文字どおり顔をほてらせ、目を輝かせ、唇を開いていた――そして自分は彼女を味わいたいという欲望以外のすべてを忘れてしまったのだ。

今、腕のなかのローズはもはや従順でも、魅惑的に興奮した様子でもなかった。それどころか、馬から突き落としてやりたいという目を向けてきていた。馬から突き落とし、死体を何度も踏みにじってやりたいという目。

彼女は手綱を引き、馬を何歩か進めた。道の片側では川が音を立て、もう一方にはうっそうとした木々が立ち並んでいた。「ほかの人たちのところに戻らなければ」彼女は険しい目を彼に向けた。「でも、わたしが馬をうまくあやつれなかったからという言い訳はいやよ」

シンには答えることばが見つからなかった。キスのせいで体はまだどくどくと脈打っており、岩のように硬くなったものは痛みを覚えるほどになっていた。しかし、彼女が馬の上からさげすむような目を向けてきたことで、怒りが募った。「ぼくだってぼくのせいだとは言わないさ。何が起こったのか、連中に想像させておけばいい」

彼女のきれいな目に怒りがよぎり、唇がこわばった。しかし、すぐさま彼女は肩をすくめた。「どちらが最初に彼らのところに戻れるかやってみるべきかもしれないわね。それで、先についたほうが好きに説明するわけ」

「ぼくに競走を挑んでいるのかい？　本気の競走を？」

「ええ」ローズは笑い声をあげた。やわらかく、あざけるような笑いだったが、焦れるほどに官能的であり、あのときの屈辱を思い出させるものでもあった。「怖いの、フィン様？」

シンの顔が燃えた。よくもそんなことを言えたな？　「いいだろう。広い道に出るところまで競走だ」

ローズは道の先に目を向けた。「曲がり角で道が狭くなっているわ。あそこから先は並んでは走れない」

「だったら、曲がり角に最初に到達した者が広い道に最初に達する人間とする。それでどうだい？」

彼女は目を彼に戻した。「いいわ」

そのことばが彼女の唇から発せられるやいなや、彼は「それ！」と言って馬をまわれ右させた。

ローズはそれに答えるような声を出し、すぐにシンの耳に彼女が乗った雌馬のとどろくような蹄《ひづめ》の音が聞こえてきた。ふたりはいきなり前へ飛び出し、危険をものともせずに馬を走らせた。どちらも絶対に負けるわけにはいかないという思いだけに支配されていた。

シンはクロイソスの頭のほうに身を倒し、馬を川の側へ寄せた。硬く湿った土のほうが馬の蹄の足がかりになると思ったからだ。

そうしてあとは大きな馬にまかせた。走るのが大好きな馬だった。馬の足取りからそれはわかった。曲がり角が近づいてくる。狭い道にはいったら、ローズの道をふさぎ――

雌馬の首が突然目の端に現れた。ちらりと見やると、雌馬は全速力で走っていた。ローズが乗っている雌馬は小さかったが、気力みなぎる様子で、すばやく距離をつめていた。

ローズは身を低く倒していた。帽子はとっくになくなっており、ピンのはずれた髪がほつれ、青黒い巻き毛が人魚の髪のようにたなびいている。

シンの乗った馬の足がわずかにもつれた。シンは川岸に並んでいる岩を避けようと道の中央に馬を戻そうとした。ローズが馬をすぐそばに寄せており、二頭の馬はすぐにも首と首を並べて走っていた。

ローズが怒りのまなざしをくれたと思うと、身をさらに低くして馬の耳に何かささやいた。シンが驚いたことに、小さな馬は蹄に魔法でもかけられたかのように速度を増し、シンの馬を引き離しはじめた。

シンは歯嚙みした。ちくしょう、馬と話せるのが彼女だけではないことを見せつけてやる。シンはクロイソスの光る首に身を倒し、きっぱりとした口調で言った。「がんばれ、男だろう！　気性の荒い女どもにばかにされることになりそうだぞ。この勝負に負けたら、おまえは厩舎で首をもたげるたびに雌馬にあざけられることになる」

クロイソスは耳を倒し、足を速めた。蹄が土を嚙み、小さな土の塊《かたまり》や石を荒々しく舞い上げた。

並んで走る二頭の馬の距離は近く、横に身を倒せばローズの腰に腕をまわせそうなほどだった。小さな体を持ち上げ、こちらの馬に乗せて――

クロイソスがよろめき、足場をとり戻そうとしたが……やがて大きくいないないたと思うと、乗り手ともどももんどりうってまっさかさまに川に落ちた。

冷たい水が頭上に押し寄せてきて、シンは足で川底を探りながら、必死で水を吐き出した。激しくせきこみながら、川底に立つと、水が頭から滝のように流れ落ちた。手で目をぬぐうと、クロイソスがそばに立ち、厚い毛から水を振り落とそうとしているのが見えた。

頭にかっと血がのぼるのに川に落ちた屈辱だけでは足りないかというように、ばかにするような笑い声が響きわたった。

8

ロクスバラ公爵夫人の日記から

男たちは、自分たちは勝負を挑まれるのが好きだと思いこんでいるが、ほんとうのところ、勝てる勝負が好きなだけ。

シンはうなり声を発しながら土手へ向かった。クロイソスが耳から水を出そうとするように首を振りながらそのあとに従った。

ローズはまだ馬に乗ったまま笑っていた。癪に障る雌馬も喜びを表すように頭を上下させている。シンは歯を食いしばり、岸に上がろうともがいた。ずぶ濡れの服が重く、ブーツも水びたしだった。ありがたいことにここは家からさほど遠くない。かなり遠くまで馬に乗らなければならないとすれば凍えてしまうことだろう。

シンは馬の手綱をつかみ、クロイソスにけががないかどうか調べた。幸い馬にけがはなかった。それをたしかめると、馬上のローズのところへ向かった。彼女の巻き毛は顔のまわりに垂れ、鼻と頬は寒さのせいでバラ色に染まっていた。自分がずぶ濡れで怒り狂っているのに、彼女が憎らしいほどきれいに見えることで苛立ちがさらに募った。

ローズは笑いを呑みこみ、おちつきをとり戻そうとした。「みごとな落馬だったわ」

「それ以上何も言わないほうがいいぞ」

彼女は唇を嚙んだが、そこから忍び笑いがもれた。「二度も宙返りしてから、派手に水しぶきを上げたわね。巡業のサーカスにいたことがあるとか？」

「それ以上、何も、言うな」

ローズの耳にほかの客人たちの声が聞こえてきた。「あら。どうやらみんなこの道を見つけてこっちへやってくるようだわ」彼女は目をシンに戻した。「さて、シン様、どっちの馬がうまく制御できなかったと思われるかしらね？」

「きみの思いどおりにはさせないさ」シンは腰を下ろしてブーツを脱ぎ、なかの水を出した。それから立ち上がり、ブーツを履き直した。ずぶ濡れの自分の服を顔をしかめて見下ろしてから、その目を川のそばの湿った土に向けた。

眉根を寄せてそばに近づく。

ローズはまだ笑みを浮かべたままその様子を眺めていた。「どうしたの？」彼があまりに真剣な顔をしているため、愉快な気分がそがれた。

シンは答えず、馬上のローズからは見えない小道のようなところへはいっていった。何歩か川へと下って足を止め、さらに何歩か進む。

しばらくして彼は顔を上げた。「きみのそのいまいましい馬がわれわれを川に突き落としたんだ」

ローズは首にちくちくとあたっていた太い巻き毛の束を払いのけた。「幅を寄せたかもしれないわね」かなり賢い戦略に思えたのだった。彼が川に落ちるまでは。「でも、あなたの馬の足をゆるめさせようとしてちょっと川のほうへ近づけさせただけよ」

「ずるいな」

「いいえ、それも戦略よ。あなただって同じことをしていたはずだわ」

シンの顎はこわばったままだった。

「ねえ、シンクレア様。あなたの馬の足をもつれさせたのはわたしじゃないわ」

彼は何も言わずに顔から濡れた髪を払いのけた。

ローズはため息をついた。「また事を大げさにするのね」

シンは口をきつく引き結んだ。

おそらく、そんなことを言うべきではなかったのだ。「あなたとクロイソスに害をおよぼすつもりはなかったのよ。でも、競走は公平に行われたわ。それは認めるべきよ」

シンは胸の前で腕を組んだ。

まったく、へそを曲げているのね。「ねえ、悪かったわ」ローズは馬を彼のそばまで進め、身を倒して手を差し出した。「仲直りしない？　ほかの人たちがここへ来たときにけんかしていたら、いろいろと説明しなくちゃならなくなるわ。あなただってそれはいやでしょう？」

シンは顔をしかめて彼女を見上げた。濡れた髪がぺったりと後ろに撫でつけられている。ローズが差し出した手を引っこめようとしたところで、シンがその手をつかんだ。彼の指は冷たかった。

ローズは彼ににっこりしてみせた。「じゃあ、仲直りね」

彼は答えず、にぎった彼女の手をじっと見つめた。乗馬服の袖から突き出した手首に親指を押しつけている。彼の指の感触がもたらした熱にローズははっと息を呑んだ。

遠くで音が聞こえ、ローズは顔を上げた。「ほかの人たちが来るわ」

シンは彼女の目をのぞきこんだ。「ぼくの不運をもう一度笑ったらどうなるか、警告したよな」

そう言うと、すばやくなめらかな動きで彼女を馬の上から引き下ろし、腕に抱いた。そして、川へと歩み寄った。

「ちょっと！　いったい何を――」

彼は彼女を高く抱き上げ、大きく振り上げて川へと放りこんだ。

冷たい水にローズは息を奪われた。一度はっと息を呑むと、体が沈みはじめた。息を止めながら、浮き上がろうともがいたが、水に浮いたスカートのせいで視界がさえぎられ、しばし目の前が真っ暗になった。ようやくスカートが沈みはじめると、頭上の水に空が透けて見えた。しかし、スカートは今やどんどん沈みはじめ、それに体が引っ張られた。たくましい腕が体にまわされ、体が水から引き上げられた。シンの太い声が小声で言った。

「さあ、復讐をはたしたぞ。今回は」

「ああ！　さ、最低！」ローズは水を吐き、震えながら顔に貼りついてもつれた髪を払いのけようとした。「わ、わたしを、か、川に投げ入れるなんて――」

「なんてことだ！」マンローの甲高い声がした。「ミス・バルフォアに何があったんだ？」

シンは耐えがたいほどとり澄ました笑みを浮かべた。「ほかの連中が追いついたようだ。つまずいた振りをしてもう一度きみを川に落とそうか？　それとも、きみが馬を制御できなかったせいでふたりしてこの湿った場所に落ちたと説明してくれるかい？」

「あ、あなたの思いどおりには、さ、させないわ」

シンは彼女の体を数インチ持ち上げた。肩に彼の筋肉があたった。ローズは必死でしがみつこうとした。「い、いい加減にして、シンクレア様、ま、まさか、わたしをまた川に落とすんじゃないわよね！」

「じゃあ、ぼくの言うとおりにするかい？」

「い、いやよ」彼の目が細められると、ローズは急いで低い声で付け加えた。歯が音を立てて鳴った。「で、でも、あなたのせいだとも言わないわ。ほ、ほんとうのことを言えばいいのよ。き、競走をしていて、ふたりとも川に落ちたんだって」

シンはさらに目を細めた。「寒いんだな。マックルアが鞍に毛布を積んでいるはずだ」シンは振り返って土手へと向かいはじめた。

ローズは安堵のため息をついた。ようやくシンも理性をとり戻したようだ。川岸に目をやると、追いついた面々がそこに集まっていた。渋い顔をしたマックルアがすでに馬から降り、ブーツで水しぶきを上げながら近づいてこようとしていた。

「なんてこと」ミス・イザベルが驚愕した口調で言った。「何があったの？」

ローズが声を発する前にシンが答えていた。「かわいそうなミス・バルフォアの馬が足をすべらせて、彼女が川に落ちることになったんです」

彼女はシンに刺すような視線を送った。そういう話にするとは言ってなかったのに！

彼は彼女を無視して付け加えた。「幸い、ぼくがすぐ近くにいたので、冷たい水から救い上げたというわけです」

そばまで来たマックルアを無視してシンは彼女を岸へと運んだ。スカートからは水がしたたり落ちていた。岸に着くと、わざとらしいほど慇懃に彼女を地面に下ろした。彼女のブーツから水があふれた。スカートがこれほどにびしょ濡れでなかったら、喜んで彼を蹴りつけてやったことだろう。

ほかの面々はさまざまに同情を示したが、厩舎係だけはすぐにスカートの水をしぼるローズに手を貸した。

「かわいそうなミス・バルフォア」ミス・ミュリエラが少しも動じるふうもなく言った。「全身ずぶ濡れね。家に着く前にあなたもシンクレア様も凍えてしまうわ」

「ぞっとするな!」キャメロン卿が慎重に馬から降りながら言った。「ミス・バルフォア、私の上着をはおってください」そう言って長い上着のたくさんのボタンをはずしはじめた。

「あ、ありがとうございます」ローズは髪を一方にまとめてしぼった。水を吸った服が重くなりすぎて、立っているのもやっとだった。ボディスは第二の肌のように体にへばりつき、スカートは地面に引きずられていた。これほど気持ちの悪い思いをしたのははじめてのような気がした。

「いや、キャメロンの上着をはおる必要はない」マンローも馬から降りた。「ミス・バルフォア、私の上着をはおってください。キャメロンは心臓が弱いから、ウールを身につけていなくちゃならない。感冒にかかってしまうからね」

「ばかばかしい」キャメロンはそう言い返し、不愉快そうにボタンをはずす手を速めたが、いっそう時間がかかっただけだった。「私は馬ほども丈夫さ。家に帰るまで上着などなくても大丈夫だ――」

マンローが自分の上着をローズの肩にはおらせると、キャメロンは小声で上品とは言えないことばをつぶやいた。

ローズは肩にさらに重さが加わるのはいやだったが、体はすぐに多少あたたかくなった。

「あ、ありがとう」

ポニーの背に乗ったまま険しい目を向けてきていたミス・イザベルが小声で言った。「まあ、川に落ちたのがわたしじゃなくてありがたいのはたしかだわ。でも、わたしはあんな馬の乗り方もしないいけど」

それに対し、ローズは小声であっても礼儀を保った答えを思いつけなかった。

一方、キャメロンはマンローに不機嫌な目を向けていた。「この週末が過ぎる前にきみを決闘に引きずり出さなきゃならなくなりそうだな」

「立会人を決めてくれ」マンローは間髪入れずに応じた。それから手を伸ばし、ローズにはおらせた上着の襟をきつく合わせた。「これでいい、ミス・ローズ。きっとずっとあたたかくなったはずだ。ああ、それにしてもきみはやせているね。馬から落ちたのも当然だ。きっと風に吹き飛ばされて――」

「手を離せ」

シンが棘のある声を発し、全員が目を丸くして彼のほうを振り返った。彼の目は自分の上着の襟をきつくつかんでいるマンローの手に釘付けになっていた。親指はローズの濡れた胸に触れている。

マンローは顔を真っ赤にし、指にやけどでも負ったかのようにローズから手を離した。「シン、いったい——ああ、そういうつもりじゃ——」マンローは息を呑んでローズのほうを振り向いた。「ミス・マンロー、ほんとうに申し訳ない——」

「ミスター・マンロー、やめてください」ローズはみじめにうんざりしながら答えた。「ご親切にも上着を貸してくださったんですから。それ以上の何かをしようとしていたなんて誰も思いませんわ——そうでしょう、シンクレア様？」

シンは険しいまなざしを返しただけだった。

キャメロンがためらいながら笑った。「マンロー、きみに他意がなかったことはわかるさ」

「そのとおりよ」ミス・イザベルが口をはさみ、ほかの面々を驚かせた。「彼はただ、ミス・バルフォアに手を貸していただけよ」

マンローは感謝するようなまなざしを彼女に向けた。

厩舎係がローズの馬を連れてきた。「さあ、お嬢さん。あなたを家に連れて帰らなくちゃなりません。手を貸しましょうか？　その濡れたスカートはあつかいが大変そうだ」

「ええ、お願い」ローズは感謝するように言った。時間はかかったが、マックルアの手を借りてローズは馬に乗った。スカートからはまだ水がしたたっていた。乗り手が重くなったことに馬は不満らしく、抗議の印に後ろ足を上げようとし、それに驚いてミス・ミュリエラが小さく悲鳴をあげた。

ローズはしっかりと手綱を引きしめて馬を制御し、ほかの面々に笑みを浮かべてみせた。「家に帰らなくちゃなりませんわ。ほかのみなさんはこのまま先へ進み、公爵夫人と馬車組に合流してピクニックをなさったほうがいいのでは？」

マックルアが声をあげた。「すみませんが、まだ馬車は家から出発していねえはずです。奥様は雨になった場合にスチュワートご夫妻を外に連れ出したくねえと思っておいでです。マクドゥーガルに予定よりも少し遅く出かけることにしたと言っているのを聞きました。乾いた服に着替える時間は充分にありますよ。ピクニックに参加できねえんじゃないかと心配しておいでなら」

ローズは熱い湯につかって、湯気と石鹸の甘い香りによってもつれた感情をなだめたいとそれしか思わなかった。「ありがとう。それが一番のようね」

突然寒さに気づいたかのようにマンローが腕をこすりながら、それが一番だと同意した。そこで、マンローが先頭に立ち、厩舎係がローズに付き添って、一行は狭い道を城へと戻りはじめた。

9

ロクスバラ公爵夫人の日記から

わたしの大甥もミス・バルフォアも、挑戦を受けたら、それがたとえどれほど無茶な挑戦でも、受けて立たずにはいられない人間のようだ。

その挑戦が男性にありがちのなんとも奇妙な求愛であれ、これまで目にしたことのないほど真剣な主導権争いであれ、どちらも生き延びられないのではないかと不安になってきた。

いずれにしても、そのなりゆきはとてもおもしろくなりそうだけど。

居間の窓から、マーガレットとシャーロットは客人たちが城へとつづく道に姿を現すのを見つめていた。

シャーロットが目をみはった。「あら、あれって——なんてこと！　シンクレア伯爵とミス・バルフォアは全身びしょ濡れよ！」

「そうみたいね」

「何があったのかしら？　川沿いの道だけど、すぐ隣を川が流れているってわけじゃないのに」

マーガレットは唇を引き結んだ。「あえて推測するとしたら、あのふたりが図書室でお互い傷を負ったのと同じ状況でしょうね」

「まさか、彼が彼女に危害を加えていると思っているわけじゃないでしょうね？」

「まさか！　そう思っていたら、シンがわたしの前に現れるのを二度と許さなかったわ。それに、出くわすたびにぼろぼろになっているのはミス・バルフォアだけじゃないもの。たぶん、あのふたりは競い合っていて、どちらも引きどきがわかるだけの良識を持ち合わせていないのよ」

シャーロットは丸くした目を友に向けた。「それって危険な気がするわ」

「おまけにとても有望でもあるわね。シンには彼がばかなことをしても引き下がらないような女性が必要なのよ」

「でも、どちらかがけがをするかもしれない」

「ばかばかしい。きっとお互いに助け合うわよ」

「そうだといいんだけど」シャーロットはしばし口をつぐんだ。「今回の競走にはどちらが勝ったんだと思う？」

「ふたりの表情からして、引き分けね」

「あら！」シャーロットはポケットから小さな紙をとり出して眺め、ため息をついた。「五ポンド、ミス・バルフォアに賭けたのに。もう一度競走するかしら？　たぶん、お願いすれば――」

「シャーロット、ふたりをご覧なさいな。どちらもみじめな様子よ。あなたにしても、誰にしても、いまいましい競走をもう一度やってくれと頼むことは許さないわ」

「わかったわ。あなたの言うとおりね。賭け金はミスター・スチュワートにあずかってもらっているから、すべてを説明して返金してもらうことにするわ」彼女は物思わしげなため息とともに紙をポケットにおさめた。「たぶん、シンとミス・バルフォアがいっしょにいて競い合わないようにする方法を見つけなきゃならないわね」

「競い合っても別にかまわないけど、言い争いをやめて話し合うようにさせなきゃならないわ。あ、見て！　みんな玄関前まで来たわ」マーガレットとシャーロットが見ていると、厩舎係が何人か急いで出てきて戻ってきた客人たちを出迎えた。

「マーガレット、シンはほんとうにミス・バルフォアに関心があると思う？」

マーガレットはためらった。「わからないわ。絶対にたしかとは言えないけど、何もなければ、あの一件のあと、彼女の居場所がわからないことでシンがあれほどに怒ることはなかったはずよ。愛ではないわね。だって、あのふたりは出会ったばかりだったんだから。でも、それがなんだったにせよ――なんであるにせよ――彼にあれほどの影響をおよぼした女性はこれまでいなかったわ」

「必ず彼女を見つけると固い決意だったものね」

「正気を失って見えるほどだったわ。だから、ここで彼女と対決できる機会を与えれば飛びつくと思ったのよ。ふたりのあいだには解決していないことが多すぎるから」

マーガレットはシンが馬から降り、ローズを助け下ろそうと手を伸ばしているマックルアをにらみつけるのを見守った。マーガレットには会話は聞こえなかったが、シンが我を通したのは明らかだった。というのも、厩舎係が一歩退いてシンがローズを助け下ろしたからだ。ブーツが敷石に触れるやいなや、ローズは濡れたスカートをつかみ、裾を片腕にかけて重くなったスカートが許すかぎり急いで玄関へと向かった。

シンはその後ろ姿を見送ってから、踵を返して反対の方向へ歩み去った。

シャーロットはため息をついた。「おやおや。口もきかないようね。たしかにあまり話はしていないんじゃないかしら？　言い争うだけで」そう言って悲しげに首を振った。「愛があるようには思えないわ」

「わたしもそう思うわ――今はまだね。ふたりはよく知り合わなければならないわ。それがあのふたりに欠けているところよ。敵対するんじゃなく、味方同士になるような機会があれば……」マーガレットの目がうつろになり、声がうわの空になった。

シャーロットは待った。

少しして公爵夫人はにっこりした。「わかったわ！　シャーロット、わたし、まるで考えちがいをしていたのよ」

「どんなふうに？」

「あのふたりには共通の敵が必要なのよ。ふたりで力を合わせて打ち負かさないといけない敵が」彼女はそこでシャーロットが当惑の表情を浮かべているのに気がついた。「気にしないで。賭け金のリストをちょうだい」

「リスト……でも、どうして？」

「いいからちょうだい。あとで説明するから」

シャーロットは小さな紙をとり出してマーガレットに手渡した。マーガレットはそれを自分のポケットにおさめた。その顔に浮かんだ奇妙な笑みはシャーロットに希望を与えた。

「あの困ったふたりを仲良くさせるのにどうしたらいいかわかったの」公爵夫人は言った。

「シンが絶対にしようとしないこといったら何？」

シャーロットは唇を引き結んだ。「あなたが彼にしてほしいと思うこと？」

「そのとおり。さあ、行きましょう」マーガレットはシャーロットの腕に腕をからませ、ドアへと向かった。「お客様たちを出迎えなくちゃ。あのふたりはどこかへ行ってしまったけど、ほかの方々は寒くて、疲れていて、お昼にしたいはずよ」

翌日の午後、シンが階下《した》へ降りると、ローズが玄関で手袋を脱いでいた。彼に背を向け、彼の知らない曲を鼻歌で歌っている。

彼女に会うのは最悪の結果となった乗馬以来だった。昨晩は夕食の席に連なるのを避け、冷たい夕方の空気のなか、やみくもに馬を走らせたのだった。そして大伯母の客人たちが全員部屋に引きとるまでずっと外で過ごした。みずからを罰するような乗馬が功を奏し、激しい運動のおかげで苛立ちも、ひりひりするような心の痛みも消えたのだった。頭がはっきりしたおかげで、ローズを誘惑するのにかぎられた時間しかないことを思い出した。自尊心に邪魔をされるわけにはいかない。

今朝はすっきりと目覚め、ローズとの闘いについてもっとすなおな見方をすることができた。ふたりとも頭の先から爪先までずぶ濡れでよろよろと家にはいっていったときには、どんなふうに見えたことだろうと想像して忍び笑いをもらしさえした。

着替えをしながら、あのときのことをローズも滑稽だと思っているのだろうかと考えた。それともまだ怒っているのか。なんとしても彼女と話をしなければという思いでシンは急いで着替えを終え、驚いた顔のダンをあとに残して朝食の間へとやってきたのだった。

朝食の間には、乾いたトーストを食べ、ぬるいお茶を飲んでいるスチュワート夫妻しかいなかった。自分でも驚くほどの失望を払いのけ、シンはローズがあとから来るかもしれないと思って待つことにした。マクドゥーガルにコーヒーと〈ザ・モーニング・ポスト〉を頼み、コーヒーと新聞を受けとると、スチュワート夫妻からなるべく遠い席にすわり、新聞を読もうと努めたが、無理だった。老いた夫婦が自分たちがもはや食べられなくなった食べ物について会話する声が静けさを破っていたからだ。ふたりは健康問題について生々しい詳細にいたるまでを話し合っていた。

シンはスチュワート夫妻について望む以上の情報を聞かされてから、ようやく勇気を出して従者をつかまえ、ミス・バルフォアはもう朝食をとったのかと訊いた。彼女が何時間も前に誰よりも早く朝食をとりに来たと聞かされると、シンはスチュワート夫妻に挨拶してその場から逃げ出した。ゆうに三十分は無駄にしたことが腹立たしかった。

それから一時間ほど、家のなかを歩きまわり、外にも出てみた。ローズを見つけることは無理だとあきらめ、執事なら城のなかのことを把握しているだろうとマクドゥーガルを探しに階段をのぼりかけたところで、玄関の扉が開き、ローズがなかにはいってきた。

彼女は淡い黄色の散歩用のドレスの上にダークグリーンのマントをはおっていた。ドレスのせいでいつもよりも若く見える。彼女は麦わらのボンネットのリボンをほどいてボンネットを脱ぎ、乱れた巻き毛を撫でつけようとしていたが、シンが立っている階段がきしむ音を立てると、振り向いた。青い目が見開かれる。しばし彼女は彼をじっと見つめていたが、やがてまつげを伏せ、かすかに作り笑いを浮かべた。「シンクレア様、おはようございます」まるで見知らぬ人間にするような挨拶だった。シンは胸がしめつけられる気がした。「おはよう」彼は階段を下まで降りた。「きみを探していたんだ」

ローズの目が警戒の色を帯びた。「え?」

シンは笑みを浮かべた。「昨日、ぼくたちがどんな格好だったか、考えてみたかい? 服から水をしたたらせながら、よろよろと家のなかにはいってきたときに」

彼女は唇をゆがめた。シンが気に入っている輝きが目に戻った。「愚かしく見えたはずですわ」

「まったくさ」シンは階段の下で親柱に寄りかかり、従者が現れて彼女のマントとボンネットを受けとるのを見守った。

従者が姿を消すまで待ってからシンは訊いた。「外を歩いてきたようだね」

「ああ、ブーツに泥がついているのでわかったのね」

「頬についている泥でわかったんだ」

彼女はすばやく頬に手をあてたが、彼が低い笑い声をもらすと、手を脇に下ろし、彼に訝るような目を向けた。「今朝はずいぶんとご機嫌がいいのね」

「ああ。きみに謝らなきゃならないと気づくほどにね。きみを川に放りこんだのはまちがいだった」

「ええ、そうね。でも……わたしもあなたの馬が川に落ちたことに責任があるし――少しは。だから、しかたないことだったんだわ」

「おそらく、どっちもどっちということだ」シンは自分が彼女を腕に抱き、乱れた巻き毛に顔をうずめたいとそれしか望んでいないことに気がついた。「今朝、ほかの面々はどこにいるんだい？　スチュワート夫妻しか見当たらないんだが」

「厩舎の前を通りかかったときに、男の人たちが厩舎から出てくるのを見かけたわ。たぶん、ミスター・マンローがロクスバラ公爵から買いたいと思っている馬を見ていたんじゃないかしら。女性たちのほとんどはテラスに集まってアーチェリー大会の相談をしているし」

部屋のなかにいる姉の姿すらほとんど見わけられないほど目の悪いミス・ミュリエラと、ダイニングテーブルの反対側に目を向けるときに必ず目を細めるレディ・シャーロットの姿が心に浮かんだ。「それは危険そうだな」

「的にされたら危険なだけよ」

「きみはアーチェリーは上手なのかい？」

ローズの目がきらりと光った。「ええ、上手よ。ケイス・マナーは人里離れたところにあるから、よく何時間もアーチェリーをして遊ぶの。きっとあなたよりも経験豊富なはずよ」

「つまり、ぼくに勝てると思っていると？」

「ええ、もちろん」ローズは甘い声を出した。「おまけにこっちの手でね」そう言って左手を上げた。

生意気な女だ！　シンは親柱から身を起こし、いまいましい彼女の手をつかんだ。「ローズ、いつになったら勝つのはいつもぼくだと認めるんだ？」そう言って彼女の指を自分の唇に押しつけ、目をじっと合わせた。「いつもそうだ」

「ふん！」頬を染めてローズは手を引き離した。「昨日はわたしが勝ったわ」

「あれはきみがずるいことをしたからじゃないか」

「戦略を練っただけよ。それも確実な戦略をね」ローズはいたずらっぽい笑みを浮かべて言った。

まつげ越しに見つめられ、シンの苛立ちは消えた。「ぼくをあざむこうとするのはやめるんだな」自分自身に腹を立てながら彼は言った。「そんな無邪気そうな顔をしてもぼくの気持ちを変えることはできない。ぼくにそんな手を使っても効果はないさ」

彼女の目がきらりと光った。「昨日わたしにキスしたときには効果があったみたいだけど」

「きみだってそうだ」彼は指摘した。

ローズは目を細めた。「それについて競争したら、どっちが相手の誘惑に長く耐えられるかしらね」

「すごい競争になるだろうさ」彼女を誘惑するためになぶることを考えただけでうずく部分があった。彼女がもっとほしいと求めてあえぐまでなぶってやろう。自分を奪ってと懇願してくるまで。そして――

「息が荒くなってるわよ」ローズは天気や読んだばかりの本の話でもするような口調で言った。

彼女を揺さぶってとり澄ました殻《から》を破り、ときおり顔を出す大胆で冒険好きの本性を目覚めさせてやったらどれほどたのしいだろう。「息が荒くなっているだけのことじゃない。きみにしてやりたいことをあれこれ想像しているんだ」

ローズは目をみはった。「今？　ここで？」そう言って玄関の間を身振りで示した。「でも、いつ何時誰が通りかかるかもわからないのよ！」

「それもたのしみの一部だとは思わないかい？」

ローズの口が開いて閉じ、また開いた。目は彼から階段や玄関の扉に向けられ、それからまた彼に向けられたが、その目に不安の色はなかった。あるのは興奮だけだ。「おたのしみ？」と彼女は訊いた。「それとも無茶な行動？」

「ちがいがあるかい？」

ローズは答えかけたが、そこで眉をひそめた。「ええ。ちがいはあるわ」

彼女は悲しそうな顔になった。そう考えるしかないのだという顔。

シンは彼女の顎の下に指をすべらせて顔を上げさせた。その顔に朝日がまっすぐ射した。

「たしなみにしばられているのはばかばかしいんじゃないかい？」

ローズは笑みを作った。「いいえ。ただわたしがばかなだけよ。シン、こんなことはやめないと――」

シンは彼女の手をとり、明るい玄関の間からは見えない裏の廊下へと彼女を連れていった。そこへ行くと、彼女のほうを振り向いた。「このほうがましかい？」

彼女の目に奇妙な光が宿り、興奮を募らせているのが感じとれるほどだった。目の前で生き生きと花開いていくのがわかる。彼女もぼくと同じように未知のことがもたらす興奮が好きなのだ。そういう意味でぼくたちふたりは似た者同士だ。

「いいかい？」と彼は訊いた。答えを待たずに前に進み出て爪先と爪先が触れ合うほどに近づく。それから彼女の手をつかんで指先を自分の胸に置いた。「感じるかい？」

刺繍のはいったウエストコートとその下に着ているキャンブリックのシャツでは隠しきれないほどに心臓の鼓動が速くなっていた。「感じる？」シンはささやいた。「ぼくの血が脈打っているのがわかるかい？」

ローズは目を丸くしてうなずいた。

「きみのせいだ」シンは彼女の手を持ち上げ、乱れた脈に唇を押しつけた。唇に彼女の肌はあたたかかった。目が合い、まわりの空気が濃くなる。彼は唇を手首からてのひらに移し、そっと息を吹きかけた。

ローズは体を震わせ、彼のほうへ身を寄せた。

シンは彼女の手を放し、一歩下がった。

彼女の顔に失望の色がよぎり、彼はにやりとした。「さあこれで、どちらが誘惑に屈しやすいかわかったわけだ」

ローズは顎をこわばらせた。「そう?」驚いたことに、ローズは彼の手をつかみ、それを自分の喉にあてた。彼女の肌はあたたかく、歩いてきたばかりでかすかに湿っていた。血管は激しく脈打っている。

その大胆さにシンは身動きできなくなった。指に触れるほてった肌の感触に、彼は自分が影響を受けていないことを見せてやろうと決心した。そっと手を彼女の肩からうなじへとすべらせると、彼女は身を震わせた。

ローズは息を呑み、震える息とともに彼に身を押しつけた。それによって彼は即座に硬くなった。彼は手を腰へとすべらせ――

誰かが近づいてくる足音がして、ふたりはさっと身を引き離した。ミス・イザベルが階段の上に現れ、手すり越しに下をのぞきこんだ。

シンは急いでローズから離れ、反対側の壁にもたれた。とりとめのない会話を交わしていたように見えるよう、礼儀を保った距離を置いたのだ。

「あら、ミス・バルフォアとシンクレア様じゃない!」ミス・イザベルは手を振り、階段を降りてふたりのそばへ来た。「おはようございます」そう言って居間の扉のほうへ目を向けた。「今朝、公爵夫人にはお会いになりました？」

「いいえ……」ローズとシンは同時に答えた。「昨日からお会いしていませんわ。今朝、朝食のときにはいらっしゃらなかったので」

ミス・イザベルは眉根を寄せた。「どこにいらっしゃるのかしら？　ご親切にも――」

「ミス・イザベル、そこにいらしたのね！」マーガレットがローズのすぐ左にある小さな居間から出てきた。

いつもは閉まっている扉が大きく開いていたことにシンも遅まきながら気がついた。くそっ、聞かれていたのか？　大伯母ならやりかねない。

「おはよう、ミス・イザベル」とマーガレットが言った。

ミス・イザベルはすばやくお辞儀をし、それから玄関の間を見まわした。「パグたちはどこですの、レディ・ロクスバラ？」

「シャーロットが今朝、パグたちの首に大きなリボンをつけるというまちがいを犯したのよ。それはそれでかわいらしかったんだけど、ウィーニーが怒って暴れてしまって。リボンが大嫌いなものだから、大騒ぎになったの。マクドゥーガルがずたずたになったリボンをはずしてやり、おちつかせるためにみんなを散歩に連れていったのよ」

「あら、まあ」

「ええ、シャーロットは自分の行いをとても反省しているわ。ところで、今朝集めた賭け金を計算してみたんだけど、あなたに賭けた人がとても多いようよ」

ミス・イザベルは笑みを浮かべた。「うれしい驚きですわ」

「賭けをするんですか？」シンがマーガレットに訊いた。

「そう、今日の午後に予定しているアーチェリーの試合でね」

「そのことは聞きましたよ」彼はローズのほうに顔を向けた。「できればアーチェリーで勝負するのも悪くないね、ミス・バルフォア。きっとアーチェリーでもぼくが勝つだろうが」

「でも？」ミス・イザベルはローズとシンを見比べた。「ほかには何でミス・バルフォアを負かしたんですの？」

「ひとつはずぶ濡れになることね」マーガレットは腕をとってミス・イザベルを小さな居間へと導いた。「シン、あなたのばかげた勝負は日を改めてやってもらわなければならないわ。アーチェリーの試合は女性限定なの」

シンは顔をしかめた。「でも、ぼくも矢を射たいですよ」

「男性陣はビリヤードをするのよ」彼女は浮き浮きとした口調で返した。「きっと司祭が特別な葉巻を携えていらっしゃるわ。ミスター・スチュワートがおおいに気に入った葉巻よ」

シンは不満を顔に出すまいとして失敗した。「それでも参加したいと言ったら？」

「だめよ。女性限定ということで参加者はもう決まっているんだから。賭け金も集めているしね。あなたとミス・バルフォアが昨日ちゃんとした競走をしなかったせいで大騒ぎになったのよ。ミスター・スチュワートが集めた賭け金を返すだけで一時間もかかったんだから。それでも十ポンド足りなかったの。その十ポンドをミスター・スチュワートがどうしてしまったのかはわからないけど、気の毒なミスター・マンローがとても礼儀正しく不足を受け入れてくれたわ」

ミス・イザベルもうなずいた。「今回はレディ・ロクスバラが賭け金を集めてくださってるの」

「そうよ。それで、誰がいくら賭けたか記録をつけて、お金は金庫代わりの缶に入れてあるわ。さあ、いらして、ミス・イザベル！」公爵夫人はミス・イザベルを居間へと引っ張りこみ、扉をきっちりと閉めた。

「なんだか――」ローズが言った。「ちょっと妙な感じだったわね」

「ああ、たとえマーガレット伯母さんにしてもね」シンは閉じた扉に目を向けた。「今度は何をするつもりでいるんだろう。というよりも、ぼくに何をさせるつもりでいるのか」

ローズは驚いた目を彼に向けた。「あなたの大伯母様があなたをあやつろうとしているというの？」

「いつものことさ。大伯母のたくらみを見抜くのがむずかしいというほうが問題だ。見抜ければ防ぐこともできるんだが」

のね」

ローズは忍び笑いをもらした。「あなたとあなたの大伯母様ってとてもおもしろい関係な

「向こうが干渉しようとしてくるのをこっちは止めようとしているだけさ。ぼくが十七歳で父の跡を継いでからずっとこんなやりとりをつづけてきた」

ローズの顔から笑みが消えた。「それってとても若いときね。いったい何が――ごめんなさい。訊くべきじゃないわね」

シンは肩をすくめた。「ずいぶん昔のことさ。両親は馬車の事故で亡くなったんだ」そのことをなぜ彼女に話しているのかはわからなかった。自分が両親の死について話した人間は片手で数えるほどしかいない。

「ごめんなさい。うんと辛いことだったにちがいないわ。片親を亡くすだけでも辛いのに」

彼女の口調にシンは引っかかるものを感じた。目を細めて彼女を見ると、やわらかい唇の端がかすかに下がるのがわかった。それも一瞬のことで、彼女は礼儀正しく笑みを浮かべたが、それだけで察せられるものがあった。「きみも親を亡くしたんだね」と彼は言った。

「母はわたしが十一歳のときに亡くなったの。父は温室での仕事に没頭するようになったわ。だから、わたしが家のなかのこととふたりの妹の面倒を引き受けるようになったの」

ぼくが十七歳のときにふたりの弟の面倒を見ることになったのと同じように。言うのは簡単だが、それがどれほどの責任を伴うものかシンにはよくわかっていた。彼は気がつけばこ

れまでとはちがう目でローズを見ていた。「そんなに若くして担うには重すぎる責任だ」

「そうなんでしょうね。でも、そんなふうに感じたことはないわ」

彼はしばらく彼女をじっと見つめた。「そう聞くと、かなりのことの説明がつくな」

「たとえば?」

「たとえば、きみがいつもぼくに命令してばかりいることさ」挑戦されると彼女が生き生きとする理由も説明できる。彼も急いで成長することを余議なくされ、重い責任を担い、家族の世話をしなければならない世界へと放り出されたのだった。そのせいで彼は何かに興奮するということに抑えきれないほどの飢えを感じており、それはローズも同じであることがわかった。

シンはふと、自分がどう感じていたにせよ、ローズはその倍も強くそれを感じていたにちがいないと気がついた。彼女は十一歳という、自分よりもさらに若い年で子供時代を奪われたのだから。少なくとも自分は学校から呼び戻されて父の跡を継ぐまでに数年自由をたのしむことができた。同情が湧き起こったが、シンは顔をしかめて急いでそれを振り払った。ローズにはたくさんのことが与えられてしかるべきだが、あわれみは要らないはずだ。あわれみはかけるべきではない。たのしみや、興奮や、責任という足枷《あしかせ》をつけられることなくたのしむ自由を与えられてしかるべきなのだ——それらを子供のころには得られなかったはずなのだから。

今なら、ぼくがそういったものを彼女に与えてやれる。彼女が置かれた状況がほんとうの意味で変わるわけではないが、たのしみの少ない人生に多少の刺激を与えることはできるだろう。

シンは彼女ににやりとしてみせた。「はっきり言っておくが、ミス・バルフォア、きみはぼくに命令してばかりいるのはもちろん、えらく高飛車な態度をとってくれているよ」

ローズはけんか腰になった。「それは、あなたにも責任があるのよ。お互い様だわ」

「たしかにそうだろうな」シンも言った。「これで、なぜきみが伯母さんとロンドンにいたのかわかったよ。もっと近い身内とじゃなくね」

「伯母のレティスは父の一番上の姉なの」ローズは顔をしかめた。「わたしを連れまわしたいとは思ってなかったから、嫌々だったわ。レディ・マッカリスター家でのあの一件のあとは、わたしのことも妹たちのことも連れまわすのをきっぱりと断ってきた。前には面倒を見ると約束してくれていたのに」

「それは不運だったたな」

「ええ。そのことについてはとても罪の意識を感じているの。妹たちが将来になんの選択肢もなく、田舎に引きこもっていなくちゃならないことが心配でならないわ」

彼女は妹たちに責任を感じている。ぼくが弟たちに感じていたのと同様に。今この瞬間まで、ローズがどういう人間なのか、考えたこともなかった。それをかいま見て、もっと彼女のことを知りたくなっていた。「きみの妹さんたちがぼくの大伯母の後押しを得られないのは気の毒だな。大伯母は未婚の男女に妻や夫を見つけるのが何より好きなんだから」

彼女の唇がぴくりと震えた。「経験からおっしゃっているのね」

「ぼくが爵位を受け継いでから、祖母と大伯母のマーガレットは、ぼくにも弟たちにも、一日たりとも心の平和を与えてくれなかったよ」

ローズはにやりとし、閉まった扉に目を向けて眉を上げた。「あなたがおっしゃるように公爵夫人が何かをたくらんでいるとしたら、何をするつもりでいるのか様子を見たほうがいいわね」

「ああ、彼女が網を張りめぐらすのを黙って見過ごす手はないからね」シンは扉を開け、それからお辞儀をした。「お先にどうぞ」

「ありがとう」ローズが居間にはいり、シンがあとにつづいた。

10

ロクスバラ公爵夫人の日記から

ときにわたしは自分の賢さに驚くことがある。今日もそうだ。

小さな居間は美しかった。壁は花いっぱいの庭を描いた色とりどりの中国製の壁紙で飾られている。床には厚手のバラ色と金色の絨毯が敷かれ、大理石の暖炉を囲むように羽毛のつまった金色のソファーがいくつも置かれていた。椅子や小さなテーブルが会話しやすいように計算されて配置されている。

レディ・シャーロットが広い窓の前に置かれた小さな机についていた。マーガレットとミス・イザベルとレディ・マクファーリンも思い思いに席をとり、顔に真剣な表情を浮かべてそれぞれいくらかの金を手にしている。ローズとシンが部屋にはいっていくと、みなちらりと目を上げた。マーガレットは目を細めてから、レディ・シャーロットに目を戻した。

「的の中心にあてるのに二シリング」とミス・イザベルが言った。

「参加者の誰が？」とレディ・シャーロットが訊いた。

「わたし自身が」

レディ・シャーロットが硬貨を受けとろうと手を差し出したが、そこで動きを止め、マーガレットを見上げた。「自分に賭けてもいいの？」

「自分がはずすほうではなく、あてるほうに賭けるんです」ミス・イザベルが苛立った口調で言った。「それはかまわないでしょう、レディ・ロクスバラ？」

マーガレットはほかにいくつも賭け事をとりしきっている銀行家さながらにおごそかにうなずいた。「もちろんよ」

「だったら、いいわ」レディ・シャーロットはミス・イザベルの硬貨を受けとって数え、すぐそばに置いてある小さな缶の箱に硬貨をおさめた。それからペンをインク壺《つぼ》にひたし、大きな帳簿に印をつけた。「さあ、帳簿に載せたわよ」

「なんの帳簿です？」とシンが訊いた。

マーガレットが顔をしかめた。「ロクスバラ賭け事帳簿よ」

「聞いたこともないな」

「もっと頻繁にここへ来ていれば、それほど驚くこともないはずよ」

シャーロットは見るからに興奮した様子で帳簿をたたいた。「革表紙なのよ。紳士方のクラブであるホワイツのと同じように」シンがぎょっとした顔になったのを見て彼女は付け加えた。「まあ、聞いた話だけど」

「ふうむ」マーガレット伯母さんは今度は何をするつもりなんだ？

レディ・マクファーリンが杖に寄りかかり、汚い一シリング硬貨とゆがんだ一ペニー硬貨を机の上の帳簿のそばに置いた。「全部をかわいいミス・ミュリエラに賭けるよ」

それからレディ・シャーロットは金を数える振りをし、それを缶の箱に入れた。

レディ・シャーロットが帳簿に賭け金を記入しようとしたが、そこでミス・イザベルが手を上げた。「レディ・シャーロット、ちょっと待ってくださいな。レディ・マクファーリン、あなたが賭け金を失うことになるのはいやですわ」

「失うつもりはないね。二倍にするんだから。賭け率は二倍のはずだよ」

「賭け率がそれだけ高いのは、妹があまり上手じゃないからですわ。家でもよく試合するんです。もちろん、かわいそうな妹が悪いわけじゃないんですけど、目があまりよく見えないので、いつも的を――」

「ふん！　うまいことを言って賭けさせないつもりだね？」レディ・マクファーリンはミス・イザベルに向けて骨ばった指を振ってみせた。「だまされないよ。わたしは賭けには強いんだ。先月だって、プール卿から二ポンドも巻き上げてやったばかりさ。レディ・シャーロット、賭け金を記入してくださいな」彼女は杖をつかみ、よろよろと扉へと向かった。

「ミス・ミュリエラに賭けるのはそれなりに理由があってのことだよ」

傷ついた顔でミス・イザベルは言った。「いいわ。妹が遠くの的はもちろん、部屋の奥でさえもよく見えないほど目が悪いってことを知らせておきたかっただけですから」

「彼女に何ができて何ができないか、わたしにはよくわかっているさ」レディ・マクファーリンは入口で足を止めた。「さて、失礼させていただきますよ。お祭り騒ぎがはじまる前に、東屋《あずまや》の席を確保したいんでね」そう言うと、足を引きずりながら部屋の外へ出ていった。

「わたしも準備しなければ」ミス・イザベルが言った。「賭け金を記録していただいて、おふた方にお礼を言いますわ」

「たのしんでやってますからね」とマーガレットが答え、シンはたしかにそれはそうだろうと胸の内でつぶやいた。大伯母以上に人の関心の的になることをたのしむ人間はいない。

ミス・イザベルはすばやくお辞儀をすると、部屋を出ていきかけたが、ローズの前で足を止めた。「ミス・バルフォア、競技に参加する人たちのなかで、あなたの腕前だけがわからないわ。アーチェリーはよくなさるの？」

「時間が許すときには」ローズは控え目な言い方をした。彼女をよく知る人間なら、わざとそう言っているのに気づいたことだろう。

ミス・イザベルはうなずいた。「だったら、お手並み拝見だわ」

「ええ、そうね」とローズも言った。

ミス・イザベルは礼儀を保ちながらも疑うような顔でほほ笑み、ローズにアーチェリーの経験について質問をつづけたが、ローズははっきりした答えを返さずにのらりくらりと質問をかわしていた。

シャーロットが帳簿を閉じて立ち上がった。

「待って」シンが机のところへ行って言った。「ぼくも賭けたいから」

マーガレットが眉をひそめた。「誰に？」

「ローズに」

マーガレットはためらう様子を見せた。「それって賢明なことかしら？　あなたとミス・バルフォアはすでに充分注目を集めているわ。あなたが彼女に賭けたこともみんなの知るところとなるわよ」

レディ・シャーロットもうなずいた。「噂になるかもしれないわ」そう言って部屋を見まわし、身を乗り出し、まわりに聞こえるようなささやき声で言った。「試合に負けるよう、彼女に賄賂《わいろ》を渡したと思う人もいるかもしれない」

「そんなばかげたことはこれまで聞いたこともありませんよ」とシンは言った。

「たまにあることだわ」とレディ・シャーロットは応じた。

「よくあることよ」とマーガレットも言った。

「あなたたちふたりは手に負えないな」シンがつぶやくように言った。

「それに、あなたとミス・バルフォアは玄関の間の脇の廊下でいちゃついていたでしょう」マーガレットが言った。「あなたももっと注意しなくちゃ」

シンは身をこわばらせた。大伯母は立ち聞きしていたのか？　ちくしょう！　もっと用心するべきだった。ローズを誘惑したいとは思っていても、自分もローズも純粋に誘惑をたのしむ以上のことにおちいるはめになるのはごめんだった。自分とローズが現行犯でつかまって、すでに抱えている以上の重荷を背負わされることになったら、誘惑の喜びも束縛のないたのしみも永遠に損なわれてしまうことだろう。

「そのうえ」マーガレットはつづけた。「あなたが彼女に賭けたら、みんなが噂しはじめることになるだけだから、賭けないことで噂を封じたほうがいいわ」

レディ・シャーロットもうなずいた。「賭けたら、噂がひどくなるだけですものね」

「ほんの小額を賭けるだけだったら？」彼はたたんだ紙幣をとり出し、閉じた帳簿のそばに置いた。「ローズに十ポンドだけ――」

「十ポンドですって？」レディ・シャーロットはこれ以上はないほどに目を丸くした。

「ミスター・スチュアートが保管していた賭け金が一部なくなったことで、賭け金はシリング単位になったのよ」マーガレットはローズとミス・イザベルにちらりと目を向け、それから身を乗り出して言った。「今わたしが言ったことをよく考えてみてちょうだい」

「それを目立たないようにすることができるなら、競技に参加するすべての女性に賭けますよ。そうすれば、ぼくがミス・バルフォアに賭けても誰もなんとも思わないはずだ」

キャメロンが部屋に首を突き入れた。「レディ・シャーロット、私がミス・イザベルに賭けた金額を帳簿につけてくれましたか？」

シャーロットは缶を手にとって振った。「帳簿にはもうつけましたわ」

彼はにっこりした。「ありがとう」それから、ミス・イザベルとローズが部屋の片隅に立っているのに気づいて赤くなった。「すまない、ミス・バルフォア。きみとミス・スチュワートがいることに気づかなかったよ」そう言ってお辞儀をした。「もちろん、おふたりともに試合での幸運を祈っていますよ」

「もちろんですわ」ミス・イザベルが気取った笑みを浮かべた。「賭けてくださってありがとうございます。あなたがかなりの金額を手にできるよう、最善をつくしますわ」

「信じていますよ、ミス・スチュワート」彼は慇懃にお辞儀をすると、その場から去った。

シンが自分の考えを再度口にする前に、マーガレットが言った。「レディ・シャーロットとわたしはそろそろ試合の準備をしなきゃならないわ」それから、ローズとミス・イザベルに顔を向けて呼びかけた。「あなたたちふたりもそうよ」

「遅れてしまいますよね？」ミス・イザベルがローズに別れの挨拶をし、ドアへと急いだ。

シャーロットは大きな革の帳簿と缶の箱を手に持ち、公爵夫人とともにドアへ向かった。公爵夫人がローズのほうを振り返った。

「ミス・バルフォア、いっしょにいらっしゃらないの？」

「ええ、でも、試合の前に歩ける靴に履きかえなければなりませんわ。シンクレア様に話したいこともありますし。たしなみのために扉は開けておきますわ」

マーガレットはため息をついた。「いいわ」そう言って大甥にちらりと目を向けた。「あまり長くミス・バルフォアを引きとめないでね」そして、ふたりに険しい目を向けて部屋を出ていった。レディ・シャーロットがそのあとに従った。

シンは机に寄りかかり、広い胸の上で腕を組んだ。「それで、ミス・バルフォア、ぼくと話したいこととは？」

ローズは口を引き結んだ。「あなたに賭けを許さないなんて、公爵夫人はとても不公平だわ。ほかのみんなはできるようなのに」

「それにはぼくも驚いたよ。そうすることで何かたくらんでいるんだな。それがなんであるかはまだわからないが」

「だったら、わたしたちだけで賭けをしましょう。女性の試合が終わったら、ふたりだけのアーチェリーの試合をするのよ」

シンは笑みを浮かべた。「ぼくに勝てると本気で思っているのかい？」

「もちろん」

彼は眉を上げた。「大胆不敵な発言だな」

「わたしって大胆な女みたいだから」彼は驚いた顔になったが、ローズには彼を責められなかった。フロアーズ城にやってくるまでは、自分がどれほど大胆になれるか気づいていなかったのだ。家にいるときには夕食の準備や家事など、あまりに多くの責任を負っていた。乏しい財産を管理し、現在の財産が尽きた場合の収入源として、育てるにふさわしい馬を買おうと試みたりもしていた。しかし、フロアーズでは自分の世話をすることが唯一の責任で、その自由さはなんとも言えず喜ばしかった。

ここにはほんの数週間滞在するだけで、家に帰ることになる。以前の生活に戻って家族の面倒を見るのだ。今回の機会をとらえ、手にした自由を思う存分享受しなかったら、今後そんな機会に恵まれることなどあるだろうか？

急に奮起して、ローズはシャーロットがさっきまですわっていた机に歩み寄った。「わたしたちも記録をつけましょう。誤解がないように」そう言って引き出しから筆記用紙をとり出し、インク壺を開けた。「公爵夫人が試合用に真ん中の円を三つの輪が囲んでいる的を用意させたわ。的からはずれたら、得点はなしよ。一番外側の円なら五点、次の円なら十点、一番内側の円は十五点、真ん中に的中させたら二十五点を獲得するの」

「単純だな。そのほうがいい。それで、得点の多いほうが勝ちということだね？」

それは公平な勝負に思えた。ローズはそれを紙に書き、その紙をじっと見つめた。「それで、賭け金はどうしましょう？　十シリング？　二十シリング？」

「それじゃいやだな、ローズ」彼は声をひそめ、喉を鳴らすように言った。「賭け金はもっと……個人的なものじゃないと」

ローズはペンを下ろした。脈が速くなる。「おもしろそうね」そしてそう、それを受け入れたくてたまらなくなった。でも、その勇気があって？　フロアーズ城に来たのは妹たちのためだったのに、シンの存在に気を惹かれてばかりいる。部屋を出ていく前の公爵夫人の険しい表情を思い出し、ローズはため息をついた。「でもだめよ。もっと刺激的なものを賭けたいのは山々だけど、できないわ」

「どうして？」

「わたしがフロアーズに来たのは、今後あなたの大伯母様が妹たちのことも催しに招待してくれるかもしれないと期待したからよ。そうすれば、妹たちにもすばらしい夫候補と出会える可能性ができる。自分勝手にその機会をつぶすわけにはいかないわ。以前の衝動的な行動のせいで、すでに妹たちからずいぶんとそういう機会を奪ってしまったわけだから、また衝動に負けるわけにはいかないのよ」ローズはペンをもてあそび、ペン先をインク壺にひたした。「はっきり言えば、こんなふうに慎みという名のドレスを着せられて生きるのはほんとうに辛いことだわ」

「そのせいできみのきれいな肌がすりむけてしまうわけだ？」

「ウールよりもひどくね。でも、社交界ってそういうものでしょう。公平なものだと言う人はいないわ」

「ああ、そうだね」シンは彼女を透かして何かを見ているかのように、なかば伏せた目で彼女を見つめた。

ローズはペンをインク壺にひたした。「それで、賭け金ですけど。わたしたちはうんざりするほど慎みを守らなければならないわけだから、一点につき、一シリングでいかが？」

「だめだ。そんな生易《なまやさ》しい賭け金は受けとれないね」

「だったら、賭けはなしよ」彼女のなかの常識が声を発した。

がっかりしてシンは顔をしかめた。「慎みを守ったところでいいことなど何もないのに、それを守らなければならないなんておかしいよ」

ローズの唇にかすかな笑みが浮かんだ。「わたしが慎みを守ることで妹たちが幸せな結婚ができるというなら、わたしはいつまでだって慎みに敬意を払うわ」

「きみとぼくは似た者同士だ。そんな臆病なやり方はできないさ」

ローズは小さな笑い声をあげた。「それがほんとうならいいんだけど、わたしは妹たちのためによかれと思われることをしなきゃならないの」そう言って首を傾げ、考えこむような表情を浮かべた。「どうして公爵夫人はわたしを招いてくださったのかしら。もちろん、わたしにとってここで過ごすのはたのしいことだけど、これまでほとんど便りもなかったのに……」ローズは肩をすくめた。「理由はどうあれ、とてもご親切なことだわ」

親切？　それともほかに何かあるのか？　大伯母のマーガレットの頭にどんなたくらみが宿っているのかは知る由《よし》もなかった。しかし、ローズを招くように言い張ったのは自分だった。シンは大伯母から届いた手紙を思い返して顔をしかめた。これまで考えもしなかったのだが、大伯母はどうしてわざわざ〝お気に入りの名づけ子〟の名前を書き連ねてよこしたのだろう？　大甥に知らせたいと思ったのでなかったのだとしたら？　これまで六年ものあいだ、ぼくがローズを探していたことは知っていたはずだ。それを秘密にはしていなかったのだから。そうしてぼくが彼女を探していることに何かを感じとったということだろうか？

シンは眉根を寄せた。ちくしょう、またやってくれたわけだ。

「賭けをしたくなかったら、そう言ってくれればいいわ」とローズが言った。シンは自分が顔をしかめていたことに気がついた。

「すまない。別のことを考えていた」干渉ばかりする大伯母をどうやって殺してやろうかというようなことをね。「きみがそこまで評判を気にするなら、それも考えて賭け金を考えよう。つまり、賭け金はふたりきりのときに支払われる。どこからどう見ても安全なときに」

「それはたぶん、できると思うけど……」

そのかすれた声を聞けば、彼女もその気になっているのがわかる。「もしかして、アーチエリーよりも簡単なもので賭けをしたいんじゃないかい？」

「アーチエリーでいいわ。ボッチやペルメルも得意だけど。雨で屋外に出られなかったら、おはじきだってかまわない」

シンは机に手をついて身を乗り出した。「だったら、賭けをしよう、ローズ。本物の賭けを。多少は冒険しないとね」

ローズは興奮して目を輝かせた。「うんと注意する？」

「ああ」

「誰にも知られない？」

「絶対さ。ぼくだってきみ以上に不適切な行為の現場を押さえられたくはないからね。結婚するつもりはないんだから」

ローズはぞっとした顔になった。「ああ、結婚なんて冗談じゃないわ」

侮辱と同時に愉快な気分も感じながらシンは言った。「よし。ぼくも同じ気持ちだ。賭けるかい？」

「いいわ。何を賭けるの？」

「触れることさ。ぼくが勝ったら、一点の差につき一度さわる」

「触れるってどんなふうに？」

「どうとでも好きなようにさ。さわりたい場所に」

ローズの驚いた目が彼の目とからみ合った。シンは拒絶されるのではないかと思った。しかし、彼女は挑むような声になって言った。「勝つのはわたしかもしれないわ」

「だったら、きみがぼくに触れるんだ」

「どこにでも？」

「好きなだけ長くね」

ローズは紙に目を向け、唇を噛んだ。

ふっくらとした唇を悩ましく噛む彼女の白く整った歯を見ただけで、シンの下腹部はこわばった。これまでどんな女にもこれほどの欲望を感じたことはない。

彼女は音を立てて息を吐いた。「公平と言えるわね」そう言ってペンを手にとった。「ふたりきりのときに。誰にも見られず、誰にもつかまらない場所で」

「もちろんさ」

ローズはペンをもてあそんだ。「そして、危険もない」

「ああ」

彼女の顔に笑みが広がった。「いいわ」彼女はペンをインクにひたし、賭け金を書いた。書き終わるとそれにサインをし、紙を机の彼の前へよこした。

シンもサインをした。勝つことを……もしくは負けることを……考えると鼓動が速まった。紙を返すと、ローズは文字に砂をかけて紙をふたつに折り、ポケットに入れながら立ち上がった。「賭けの成立ね。そろそろ行って最初の試合に出なくちゃ。あなたはほかの人たちといっしょにあとで見物に来るつもり？」

シンはお辞儀をした。「もちろん」

「だったら、着替えてくるわ」ローズはドアへと向かい、肩越しに彼に言った。「負けても気に病まないでね、シン。たぶん、負けるのはあなただから」

いや、彼女はまちがっている。こっちはすでに勝ったのだから。この競争の終わりには何よりも魅惑的な賞品が待ちかまえている――ローズが。

シンはにやりとして彼女の足音が聞こえなくなるまで待ち、それから口笛を吹きながら部屋をあとにした。

11

ロクスバラ公爵夫人の日記から

まったく、ひどい大騒ぎだった！　矢やら、火やら、血やら、ああ、ほかに何があったかしら。こんなにおかしかったことははじめてだわ。これからはハウスパーティーでもっとアーチェリーの試合を計画しなければ。

シンはテラスに立ち、従者たちが色とりどりの矢筒をつり下げた弓台を、赤く塗ったばかりの標的から二十歩ほど離れた発射場所に並べる様子を眺めていた。弓台には金色、銀色、ブロンズ色と、それぞれちがう色の矢を入れた矢筒が吊り下げられていたが、そのどれもが午後の陽射しを受けて明るくきらめいていた。マーガレット伯母さんが劇的な効果を狙ったにちがいない。

そんな胸の内のつぶやきに答えるように、明るい色のリボンの大きなロールを抱えたふたりの従者が現れ、リボンを見物席をもうけた東屋の角から角へと渡して結んだ。即座に風を受けてはためき、お祭り気分を盛り上げたリボンは、白いテントの下に一列に並べられた寝椅子の上にある派手なクッションと同じ色だった。マーガレットとレディ・マクファーリンとミス・フレイザーとスチュワート夫人がすでに寝椅子に陣取り、従者が彼女たちに冷えたレモネードとブドウを配っていた。「まるでキリスト教徒がライオンに食われるのを見ようとするくそローマ人さながらだな」シンは首を振ってつぶやいた。

「ああ、シンクレア！」マンローが芝生を横切ってせかせかと近づいてきた。「レディ・シャーロットが試合に参加することになったんだ。えらくおもしろい試合になるだろうよ」

「つまり、競技者は四人になるわけですね」

「ちゃんとした試合をするつもりなら、ちょうどいい人数さ。私はビリヤード室にいるほかの連中のところへ行くつもりだ。きみもいっしょに来るかい？」

「たぶんあとで」

シンがアーチェリーの準備が進められる様子を眺めているのに気づき、マンローは言った。

「ビリヤード室からも女性たちの様子はよく見えるよ。彼女たちのささやかな競技を眺めたいんなら」

ローズとミス・イザベルが参加する以上、この競技が〝ささやかなもの〟になるかどうかは疑わしかった。ふたりともアーチェリーの競技場へ出てきていて、敵意あふれるまなざしを交わしていた。ローズとふたりで行う試合を待つあいだ、ポートワインでも飲んで時間をつぶしたほうがよさそうだ。こうして陽射しを浴びながら、ただ待っているよりもずっといい。シンはマンローのほうを振り返った。「ぼくもビリヤード室に行きますよ」

「よかった!」

「すぐに行きます。ただ、ちょっとミス・バルフォアに言っておきたいことを思いついたので」

「ああ、いくつか助言をするつもりかい? さっきキャメロン卿がミス・イザベルに同じことをしていたよ。競争相手にも誰か助言してやるのが公平だな」

マンローは考えこむような目をローズに向けた。ローズは派手なブロンズ色に塗られた矢をうんざりするような目で見つめていた。「おそらく、私もひとつふたつ助言してやるべきかもな。もう何年も矢を射ていないが、昔はとても上手だったんだ」

その真偽は疑わしかった。「ぼくの代わりにミス・バルフォアに助言してあげてください。ぼくはただ、大伯母をなだめるために助言しようと思っていただけですから。大伯母には的を大きくはずした矢に射られるなら、足を射られたいとははっきり言っておきましたけどね」

マンローは驚いた顔になった。「きみはミス・バルフォアに助言したくないのかい? どうして? 私だったら、その機会に飛びつくけどね」

「彼女がぼくの助言に耳を貸さなかったら、どうなるかわかっていますからね。きっと彼女は耳を貸さずに自分の思うようにするでしょうが」

「ああ、彼女が負けたら、誰であれ、直前に助言をくれた人を責めるだろうと思っているわけだ」

「必ずそうなるとわかっているんです。ものすごく怒るでしょうしね。大伯母にもそう言ってやったんですが、われわれがここにいるあいだ、ミス・バルフォアがぼくと口をきかなくなっても大伯母にはどうでもいいというわけです」

マンローはシンの肩をたたいた。「助言にはきみが行けよ。あまり遅くならないことだな。ポートワインがなくなってしまうから」マンローは落とし穴に落ちずにすんだことで見るからにうれしそうな顔で先を急いだ。

シンは芝生を横切ってローズのいるところへ向かった。そのかたわらにレディ・シャーロットとスチュワート姉妹がいる。みな弓を引いてみているが、それぞれその腕前はさまざまだった。

シンがローズに近づくと、彼女は矢の先に触れ、それから顔をしかめて刺した指を吸った。風が彼女の小さなボンネットのリボンを揺らし、その下に垂れた黒っぽい巻き毛を吹き流している。

指を含んだ唇がどれほどふっくらしているか気づき、シンははっと足を止めた。くそっ、彼女があの唇でぼくの――

シンは頭をよぎった情景を振り払った。種馬さながらに欲情していたが、それも目の前に立っている愛らしい女のせいだ。

昔から惹かれるのは官能的な女だった。彼女たちが単なる女にすぎないことを忘れさせてくれることのない女。しかし、豊満なところなどまったくないほっそりとした体つきにもかかわらず、ローズは誰よりも女を感じさせた。女らしく装うこともしていないのに、どうして彼女はこれほどに女っぽいのだろう？　じゃれついてくることもなく、ばかげた忍び笑いをもらすこともなく、腕に胸を押しつけるためにハンカチを落とした振りをすることもない。それなのに、ぼくはこの女《ひと》のことを考えずにいられないのだ。もしかして、生まれながらに官能的な女なのか？　経験がありながらも、無垢な魅力をかもし出している女。それがなんであれ、功を奏しているのはたしかだ。

その瞬間、ローズが矢を矢筒に戻した。そうしながら上げた目が彼の目と合った。その目に驚きがよぎり、すぐさま笑みが浮かんだ。ローズは矢筒を指差して声をかけてきた。「どう思う？」

シンはさらに彼女に近づき、指差された矢に目を向けた。「公爵夫人が試合を派手な見せ物にしようとしているようだね」

「公爵夫人の命令で、従者が弓にリボンをつけようとまでしたのよ。あんなリボンをはためかせていては、誰もちゃんと矢を射ることなんてできないわ。それでも、ミス・イザベルがリボンをつけるなんて最悪の考えだと公爵夫人を説得するまで、十分もかかったのよ」

自分の名前を聞いてミス・イザベルがレディ・シャーロットとミス・ミュリエラのそばを離れて近づいてきた。角張った顔に得意そうな笑みを浮かべている。「見た目は派手だけど、弓の張りはかなり満足いくものよ。あなたのはどう、ミス・バルフォア?」

ローズはうなずいた。「弓は大丈夫ですわ。矢についてはたしかなことは言えないけど。先端は尖っているけど、塗られている色が……」そう言って鼻に皺を寄せた。「わたしの銀の矢は悪くないわ」とレディ・シャーロットが言った。

「わたしのもよ」ミス・ミュリエラは弓を引くポーズをとってみせたが、その姿はスコットランドじゅうに無数にある噴水や庭園でよく見られる彫像のように見えた。風に吹かれたドレスを太いすねのあたりではためかせながら、彼女は興奮を抑えきれない声で言った。「見よ! わたしは狩りの女神ダイアナである!」

そのとき、指がすべり、彼女は弓の放すべきでない側を離してしまった。弓が跳ねて頭にはまり、彼女は悲鳴をあげた。

従者が急いで歩み出てミス・ミュリエラの頭から弓をはずすのに手を貸した。ローズがシンのほうへ笑いを浮かべた目を向け、シンは笑みを返した。ああ、なんてきれいなんだ。

その思いには虚をつかれた。笑みを浮かべた彼女はきれいだった。乗馬が大好きと語るときの彼女も。そして――

「ああ、シンクレア様、ここにいらっしゃいましたか」シンが振り返ると、マクドゥーガルがお辞儀をした。「ビリヤードをやるのにぴったりの日ではありませんか?」老いた執事の声には聞きまちがえようのない非難の響きがあった。

シンは執事に皮肉っぽい笑みを浮かべてみせた。「公爵夫人に言われてきたんだな」

マクドゥーガルは東屋のほうにすばやく目をやり、身を寄せ、声をひそめて言った。「奥様はあなたがここにいらっしゃることに少々苛立っておいでです。競技者の気が散るのではないかとお思いで」

ローズと過ごすのはあとにしよう。そしてそう、その時間をうんとたのしむのだ。

シンはマクドゥーガルのほうを振り返った。「たしかにそうだな」そう言って執事といっしょにテラスの扉へ向かった。「試合の準備が整ったならいいんだが」

マクドゥーガルの顔がくもった。ひどくうんざりしたような声になる。「できるかぎりのことはいたしました。風を防ぐために下の階の部屋の鎧戸は閉めましたし、かわいそうなパグたちは厩舎にしっかりと閉じこめてあります。あとは自分の身を隠すだけです」

シンは忍び笑いをもらした。「たぶん、ビリヤード室にいるのも悪くないかもな」

「奥様に気づかれない場所があるとすれば、そこが私の居場所です」執事は真剣な口調を作って言った。

シンは笑いながら執事と別れた。ビリヤード室に行くと、葉巻の紫煙と満足しきった様子の男たちの友好的な挨拶に出迎えられた。すぐに彼は三人の年輩の男たちが自分のスポーツの腕前について嘘を並べ立てながら熱のはいらない様子でビリヤードの球を打つのを見物しはじめた。

シンはスコッチのはいったグラスを持って出窓に近づいた。その窓からはアーチェリーの試合が行われる場所を真正面に見ることができた。カーテンを開けて窓枠に身をあずける。下では従者のひとりがミス・ミュリエラにアーチェリーのこつを説明しているようだったが、ミス・ミュリエラは当惑顔で従者の説明をさえぎっては質問を浴びせかけていた。脇に目をやると、ミス・イザベルが緑と金色のストライプ模様の大きな弓ともっと小さな青い弓のどちらが自分に合うか試していた。

レディ・シャーロットもそこにいたが、丸々とした頬をして、金色の毛糸で編んだカバーのついた光る矢を矢筒に入れている彼女は、地上に降りた天使《ケルビム》さながらに見えた。

しかし、シンの目を惹きつけて放さなかったのはローズだった。ほかの三人の女性たちは顔に陽射しを受けないようにつばの広いボンネットをつけていたが、ローズは鼻にそばかすを作らないようにするにはあまり役に立ちそうにない、レースの縁のついた小さなボンネットをつけていた。しかし、その貝に似た帽子は顔をとり囲み、巻き毛を後ろに押さえてくれていて、狭いつばも弓を引くときの邪魔にならなかった。賢明だよ、ローズ。

シンが見守っていると、ローズは顔を上げ、芝を吹き渡ってきた風を顔に受けた。風は女性たちのスカートの裾をはためかせ、帽子を頭から吹き飛ばしそうに見えた。彼女は風が矢にどんな影響をおよぼすか考えているのだろうか？　従者がローズのそばで足を止め、質問をした。彼女が答えると、従者はお辞儀をして先へ進んだ。

シンはかけ金をはずして窓を数インチ開けた。そうすると、声がはっきりと聞こえた。彼は窓辺へ椅子を運んで腰を下ろした。

「あら」レディ・シャーロットは細めた目を芝のほうへ向けて言った。「的はどこ？」

ローズは大きな木の的に目を向けた。紫の下地に赤で四角く的が塗られている。「中央ですわ。見えませんか？」

年輩の女性は腰を折り曲げるようにして身を乗り出し、ほとんど閉じそうなほどに目を細めた。「どうかしら……あ！　あそこね」彼女は家のそばにある大きな噴水を指差した。

ミス・ミュリエラが忍び笑いをもらした。「あれは噴水ですわ」それから、シャーロットの腕をとって噴水とは直角の方向へと体を向けさせた。「的はあっちですわ」

シンの耳にローズが「おやおや」とつぶやく声が聞こえてきた。

ミス・ミュリエラはレディ・シャーロットを司祭の一頭立ての馬車のほうへと向けていたのだ。馬は扉のそばに縄でつながれていて、厩舎係に厩舎へ移されるのを待っていた。

従者がぎょっとしたように声をあげ、レディ・シャーロットに的を示そうと急いでやってきた。

シンは笑いを押し殺した。

マーガレットが手を打ち鳴らした。「ご婦人方！　そろそろはじめましょう！　レディ・シャーロットが一番に撃つのよ」

そうして試合がはじまると、矢が雨あられとすぐそばにある森に撃ちこまれた。地面に落ちるものもあった。一本か二本、ほぼ真上へと飛ぶ矢もあれば、閉じた鎧戸に突き刺さる矢もあった。噴水にあたったり、見物人のいるテントに突き刺さったりする矢もあった。

シンはこれほどに愉快な情景ははじめて見る気がした。彼の笑い声を聞いてほかの男性たちも窓辺に寄ってきた。みなポートワインと葉巻を手に試合を見物し出した。

三巡目が終わるころに、的にあたっていたのはたった五本で、そのうち三本がローズの矢だった。

レディ・シャーロットの順番になり、彼女が前に進み出たところで、どすんという大きな音がしたと思うと、鳴き声が聞こえ、芝生の向こうから毛の塊が飛び跳ねるようにやってきた。

ロクスバラ家のパグたちが厩舎から逃げ出したのだ。

イチゴを載せたトレイを持っていた従者が小さな茶色のパグにつまずいてひっくり返った。

トレイが宙を飛び、ジャムのはいった大きなボウルに落下して、テントの下にいた人々にジャムを跳ね飛ばした。イチゴはスチュワート夫人に降り注ぎ、夫人はイチゴを扇で払いのけようとしたが、できなかった。最初の従者がひっくり返ったのに気をとられた別の従者が、レディ・マクファーリンの寝椅子の端につまずいて給仕用のテーブルの端にぶつかり、ティーポットをあたためるのに使われていた小さなランプをひっくり返した。その火がテーブルクロスに燃え移り、騒ぎがさらに大きくなったが、公爵夫人が冷静さを失わずにウールのショールを燃えるテーブルクロスの上にかけ、火を消し止めた。

そのあいだ、二匹のパグがテントの柱からなびくリボンを見つけ、一心不乱に引っ張りはじめた。さらに別のパグは、嚙み殺すことも辞さないというようなうなり声をあげ、噴水のまわりを悲鳴をあげて逃げるメイドを追いかけていた。

「おやおや」シンの隣に椅子を寄せてすわっていたキャメロン卿が笑い声をあげて言った。「大混乱だ！」

リボンを引っ張っていたパグたちが突然同じ方向にリボンを引っ張ると、大きなかすれた音とともに、テントそのものが倒れた。

ぎょっとしたレディ・シャーロットは矢を上に向けて放ち、矢は湖のそばにある小さな茂みのなかに落ちた。

腹を抱えて笑っていたマンローが手の甲で目をぬぐった。「こんな愉快な光景は久しぶりに見たな！」さらにしばらく笑い声をもらしてから、多少の冷静さをとり戻し、声を震わせながら言った。「誰もけがをしなかったならいいんだが」

スチュワートはまだテントから逃れようともがいている妻を眺めながら葉巻をふかした。

「みんながすわっていたところは倒れた柱からは離れていたようだ」

「下へ行って手を貸すべきかね？」キャメロン卿が騒ぎをよく見ようと身を乗り出して訊いた。

「いや」スチュワートがすげなく答えた。「マクドゥーガルがすでにご婦人たちを救い出しはじめているし、みな無事のようだ」

マクドゥーガルと彼の指示を受けた従者たちが急いで駆けつけ、公爵夫人と客人たちを倒れたテントから助け出そうとしていた。最初にテントから抜け出したのは公爵夫人で、腹は立てているようだったが、装いに乱れはなかった。奇跡的にかつらも頭に載ったままだ。それに感心したスチュワートが一度ならずそのことを口にしていると、公爵夫人と助け出された客人たちは芝生の上に集まり出した。

すぐにも全員がテントから逃れ、マクドゥーガルに導かれてテラスへのぼってきた。テラスでは客人たちを慰労するために急いでお茶が用意された。

「こうなると、ミス・バルフォアは試合前にきみから受けた助言をありがたがるだろうな」マンローがシンに言った。「私も助言しておけばよかったと思うよ」

「そうですかね」とシンは答えた。「最後まで試合ができなかったわけだから、誰の勝ちにもなりませんからね」

マンローはうなずいたが、すっかり納得しているふうではなかった。外の騒ぎがゆっくりとおさまるのを眺め、ローズがテラスのスチュワート夫人の隣に腰を下ろすのを目で追いながら、その顔はどんよりとくもりはじめている。

マクドゥーガルが大勢の使用人たちに指示してパグたちをつかまえさせ、寝椅子を家に戻し、行方知れずの矢を見つけさせていた。ふたりの従者が派手なリボンのついたテントをたたみ、別のふたりが的と弓台を片づけている。アーチェリーの試合には終止符が打たれることになった。

片づけがすむと、シンの愉快な気分も失せた。くそっ、こうなると、アーチェリーの道具をもう一度出してくれとマクドゥーガルに頼まなければならない。彼はまわりで噂話を交わしている男性たちを見まわし、それから、テラスに集まった面々にちらりと目を向けた。いずれにしても、今ローズと勝負するのは得策とは言えない。

こわばった笑みを浮かべ、シンは男性たちに挨拶してその場を辞した。

12

ロクスバラ公爵夫人の日記から

ミスター・マンローはとても役に立ってくれた。ちょっとほのめかすだけで——シャーロットがそれを担ってくれた——彼はミス・バルフォアを熱心に追うようになった。

シンがそれをうんと悪い兆候ととってくれると思っていたんだけど、シンはマンローがしじゅうローズのまわりにいることよりも天気のほうが気になる様子に見える。まったく、百まで長生きしたとしても、あの子のことをすっかり理解することはないだろう。

「ミス・バルフォア？」

その声ははるか遠くの場所から聞こえてくるように思えた。それはかなり心地良く耳に響いた。ローズはさらに枕に顔をすり寄せた。

「ミス・バルフォア？」声がしつこくなった。ローズは顔をしかめた。眠っているのがわからないの？

「ミス・バルフォア！」

ローズがはっと身を起こすと、目の前に笑みを浮かべたマンローの顔があった。彼女は両手で目をこすった。

「起こしてしまって申し訳ない」彼は言った。「ただ、居眠りされていたのでね」

ああ、これは夢ではないのね。ローズは両手を膝に落としてまわりを見まわし、自分がどこにいるのかたしかめようとした。細かい雨が窓をたたくなか、小さな居間のソファーの隅に身をあずけていた。

レディ・シャーロットがそばの椅子にすわって一定の調子で編み棒の音を立てている。ロクスバラ家のパグのうち三匹がその足もとにいた。レディ・シャーロットは励ますようにローズにほほ笑みかけた。「昼寝して気持ちよかった？　きっとアーチェリーの試合のせいでまだ疲れているのよ」

「もう二日も前のことですわ。それよりはお天気のせいです」それと、いっしょにいる人間のせい。

アーチェリーの道具があれほどすばやく片づけられたことにはがっかりしたのだった。シンが目を向けてくるたびにそれを意識し、賭けについて書いた紙がポケットのなかで燃えているように感じられるなか、ようやくの思いで夕食を終えると、ローズは頭痛がすると訴えて早々に部屋に引きとった。部屋ではシンに関してばかな振る舞いをしているのではないかと考えながら、眠れない夜を過ごした。ようやく眠りに落ちても、シンの夢ばかり見て、夢のなかで何度となく彼とキスすることになった。夢を見るたびにさらに激しいキスをすることになり、ローズはほてった体であえぎながら目を覚ました。

翌朝、前の晩半分も眠れなかったにもかかわらず、ローズは気持ちよく待ちきれない思いでベッドから起きた。今日こそは勝負をつけようという気持ちだった。しかし、雨が降っていることがわかって、思惑は崩れた。意気消沈してローズはシンを探しに行ったが、マンローに出くわしてしまい、船についたフジツボさながらにそばに貼りつかれることになった。この一日半ほど、ずっとそうだった。

シンも傍目《はため》にはわからないながら、ローズ同様、その状況に苛立ちを募らせていた。アーチェリーの試合からずっと怒りに駆られていて、誰彼かまわずその苛立ちをぶつけていた。ほかの家庭で言ったら〝大げんか〟と呼べるほどの言い争いを大伯母と二度もしていたが、この家ではレディ・シャーロットがパンにバターを塗る手を止めることもなかった。

「もう少し読んだほうがいいかな？」マンローが言った。ローズは彼の手から本を奪いとって部屋の向こうへ放りたくてたまらない思いだった。「私はシェイクスピアの台詞《せりふ》の朗読に関してはたいていの人よりは上手だと自負しているのでね」

「たぶん、また今度。今日の午後はいくつか用事があるものですから。申し訳ないですが、ちょっと失礼しますわ」ローズがあくびを噛み殺しながら立ち上がると、パグたちもみな勢いよく立ち上がって彼女の足のまわりに集まり、女王を見つめるように彼女を見上げた。

「どこへ行くんだね？」マンローがはっきりした意志をこめて訊いた。

ローズはパグを一匹ずつ撫でた。「ミス・イザベルが持っている鞄の型紙について、彼女と話がしたいんです」

「いっしょに行こう」ローズが礼儀正しく断ることばを見つける前に、本を脇に置いてマンローも立ち上がっていた。「行くかい？　きっとミス・イザベルは妹さんとキャメロン卿といっしょに図書室にいるはずだ」

ローズはため息をつき、同意しかけたが、そこで突然、外が静かになっていることに気がつき、窓のほうを振り返った。「雨がやんでいるわ！」

レディ・シャーロットが窓の外に目を向けた。「そうね」

雲のすきまから太陽が顔を出し、前日に的が置かれていたあたりの芝生に日の光が斜めに射した。

「きっと晴れるわ」ローズがかすれた声で言った。「レディ・シャーロット、シンクレア様がどこにいるかご存じ？」

レディ・シャーロットは眉を下げた。「きっと彼も図書室よ。でも、たぶん、彼には――」ローズはすでに扉へと向かっており、そのあとをマンローが追った。

ローズが図書室へと廊下を急ぐあいだ、マンローは軽い会話をつづけようとした。ローズは礼儀正しく笑みを浮かべながら、内心悲鳴をあげていた。人生でひとりの人間にこれほどうんざりしたのははじめてだった。彼の会話は彼自身のことばかりで、ほかの誰のことも話題にのぼることがなかったからだ。

図書室にたどり着くと、ローズは開いた扉からなかへはいった。やはり雨のせいで眠気を覚えたらしいミス・ミュリエラがソファーの端で膝に本を開いたままぐっすりと眠っており、ミス・イザベルとキャメロン卿はテラスの扉のそばに立っていた。

「シンクレアはいないようだね」マンローは見ればわかることを言った。

「今日は姿を見てないな」キャメロンが肩をすくめて言った。

「わたしもよ」ミス・イザベルも言った。「気分がすぐれないんじゃないかしら？　昨日の晩はかなりの量のポートワインを飲んでいたから」

ローズは眉根を寄せた。「キャメロン様ほどは飲んでいなかったわ」

キャメロン卿は気取った笑みを浮かべた。「そうだが、私のほうが二日酔いはましだというわけさ」

ミス・イザベルが忍び笑いをもらした。

ローズは唇をきつく引き結んだ。「ほかでシンクレア様を探してみます」そう言って軽くお辞儀をすると、踵《きびす》を返して図書室を出た。マンローはそばで息を切らしている。

「今度はどこへ行くんだい？」ローズがすばやく階段をのぼりはじめると、彼は訊いた。

「ビリヤード室へ。たぶん、彼はそこにいますわ」

「そいつはいい考えだ。私自身、ビリヤードは好きだからね。ビリヤードはやるのかい、ミス・バルフォア？」彼女がその質問に答える前に、マンローはまた自分語りをはじめた。

「そう、前にリッチモンド公爵とビリヤードをしたこともある。いいやつだよ。彼のところの台は――」これまで興じたすべてのビリヤードの試合を思い出しながら、話は延々とつづいた。踊り場に着くころには、マンローを振り払うことは無理だと気づき、ローズはわざと足をゆるめてゆっくり歩きはじめた。

自分の話に夢中になるあまり、マンローはそれに気づかず、廊下を先に立って肩越しに後ろにいる彼女に話しかけながら、ビリヤード室へと廊下を渡っていた。

ビリヤード室のすぐそばまで来たところで、扉の開く音が聞こえ、腕をきつくつかまれた。声を発する暇もなく、ローズは脇に引っ張られ、ヴェルヴェットのような暗闇に包まれていた。背中を何か硬いものに押しつけられたと思うと、シンの腕に包まれた。

ローズは暗闇のなかでまばたきした。真っ暗闇だったのが、薄ぼんやりとあたりが見えてきて、リネンを積んだ棚らしきものが見分けられた。糊のかすかなにおいがして、それがたしかにリネンであることがわかる。ああ、なんてこと。ここはリネン置き場なのね。

ローズは口を開いたが、シンの指が唇に置かれた。「しっ」彼がささやいた。

なんてこと、リネン置き場に隠れるなんて。リネン置き場！ 胸から笑いが湧き起こってきて、それを抑えるためにローズは唇を噛んだ。なんてとんでもない人なの！ 怒り狂うべきであるのはわかっていたが、なんとも言えない愉快な気分といたずらをしているわくわく感を抑えきれなかった。

一方、マンローは彼女がそばからいなくなったことに気づいていないようだった。廊下を進みながら延々と話しつづけている声がまだ聞こえてくる。

突然、声がやみ、静けさが広がった。

「ミス・バルフォア？」

ローズは忍び笑いをこらえるために唇を噛んだ。体にまわされたシンの腕に力が加わり、顎が頭のてっぺんに載せられた。

男性の広い胸に背中をあずけ、あたたかい腕に包まれて立っているのは驚くほど親密なことだった。心に深い安らぎが広がり、忍び笑いをもらしたいという思いがやわらいで笑みに変わった。やがて、こらえなければならない衝動は、シンの腕のなかで身をまわして彼にすり寄りたいという思いだけとなった。

廊下に大きなため息が響き、マンローが「音楽室を見てみよう」というようなことをつぶやくのが聞こえた。大きな足音が廊下を戻ってきてリネン置き場を通り過ぎた。マンローの影がドアの下からもれ入る明かりを横切り、ローズは目を凝《こ》らして息を止めた。影が去り、足音も聞こえなくなると、シンは忍び笑いをもらした。ローズは背中を押しつけている胸が震えるのを感じ、ため息をついた。天にものぼる心地だった。

「行ったよ」シンが声をひそめて言った。

「ありがたいわ」ローズが言った。「ここまで叫び出したくなったのは生まれてはじめてよ。あの人、最悪だわ！」

「ここに隠れていれば、なんでも好きなことができるよ」耳のすぐそばにあるシンの唇からあたたかい息がもれ、ローズは肌がちくちくする気がした。「ただ、叫ばないでくれるとありがたいけどね」

ローズは振り向きかけたが、シンが腕に力をこめてそれをさえぎった。「もう少しじっとしているんだ」

それからそっと耳を噛んだ。全身に震えが走り、ローズは息を呑んだ。「シン、それって――」

また耳を噛まれる。ローズはよく考えずに首をそらしてさらに耳を彼の唇に近づけた。シンに耳を噛まれ、耳や首にキスをされて、感覚がざわめき、頭が真っ白になった。

シンはわざとなぶるようにゆっくりと口を動かしつづけた。息が肌にあたたかくあたる。

彼は首に顔をすりつけた。「昨日の晩の夕食の席で、きみがミス・ミュリエラにケイス・マナーについて話しているのが聞こえたよ。きみの家のことを教えてくれ」

ローズは頭を働かせようと努めながら眉根を寄せた。「わたしの……家？　どうして？」

シンの手が腰へと降りた。「きみに興味があるからさ」

わたしに興味がある？

「家では幸せに暮らしているのかい？」彼は頬にそよ風のようにやさしいキスを降らせながら訊いた。「家にいるときには何をしているんだ？」そう言って頬を頬にこすりつけた。ローズはひげそりあとの肌の感触に身震いした。

「家事をとりしきって妹たちの面倒を見てるわ――」耳に息を吹きかけられ、ローズははっと息を呑んだ。「シン、何をするつもりなの？」と訊く。

「きみの限界を試しているのさ」彼は繊細な肌にあたたかい息を吹きかけながら耳たぶを嚙んだ。

頭を働かせるのはとてもむずかしかった。全身に火がついたようで、喉のあたりで心臓の鼓動が響いている。肌がぴんと張りつめてうずいた。

彼は何を訊いたの？　ああ……そう、ケイス・マナー。「わたしが家のことを話したら、あなたもあなたの家のことを話してくれる？」

「どの家のことだい？」

ローズは目を開け、首をめぐらして彼を見つめた。「いくつもあるの?」

薄暗いなかで彼の歯が光った。「十二ある」そう言って彼は手を腰から腹へとすべらせ、顔を彼女の首にうずめた。「きみの家のことを話してくれ」

ローズは息を吸い、考えをまとめようとした。「ケイス・マナーはとても古い家よ。うちにはちゃんと手入れするお金もないから、床板もたくさんゆるんで——」彼が首にキスしはじめたせいで、ローズは息を呑んだ。何を言おうとしていたんだったかしら?

ローズはせき払いをした。「床板もたくさんゆるんでいるし、煙突は煙がこもるし、窓はすきま風を通すの」

シンの手が胸の下にすべりこんだ。

即座に胸の頂きが硬くなる。ああ、胸にさわってほしくてたまらない。ローズは背中を彼に押しつけ、両手を彼の太腿の脇に動かして上着のやわらかいウールをつかんだ。

両手を脇に下ろしたことで、体の前面を彼に自由に触れさせることになった。ああ、さわってほしくてたまらない。

彼の親指が胸の下に押しつけられると、ローズは深々と息を吸い、その感触をたのしんだ。これまでずっと、自分のことはあとまわしにして妹たちと父の世話をあれこれと焼いてきたのだった。そうしてきたことを後悔はしないが、そのために得られずにいたことがあるのはわかっていた。

しかし、今この瞬間は自分のために行動することができる。生涯忘れられないことができる。魂に火をつけるようなことが。

「つづけて」首に顔を押しつけたまま、彼はくぐもった声を出した。「きみの家は?」

ローズはせき払いをし、かすれた声で言った。「ケイス・マナーは古くてガタがきているけど、恋しいわが家であることに変わりはないわ」

シンは彼女の耳にキスをした。「昔からそこに住んでいるのかい?」

「ええ」ええ、ええ、ええ。キスに合わせるように胸の内でつぶやく。

シンはざらざらする顎を彼女の耳にこすりつけた。「ケイス・マナーではどんなたのしみがあるんだい?」

「みんなで――」ローズは息を呑んだ。今は何も思いつけない気がした。頭を働かせるのよ、ローズ。彼女は自分に言い聞かせた。「みんなでチェスやホイストをしたり、ボートがあるから、父の温室のそばにある湖でボートを漕いだり――」彼の唇が彼女の唇の端にすべり、ことばが途切れた。

「それから?」口に口を寄せたまま彼はささやいた。「ほかには?」

「ときどき、ペルメルもするわ。父の果樹園の木に的を吊るして矢を射ることも」

これほどに官能的な行為にふけりながら、これほどにありふれた話をしているのは奇妙なことだった。頭では懸命に会話をつづけようとしていたが、体はその行為のせいでうずいていた。「ケイスは小さな森のなかにある低い丘の上に建っているの。樹齢八百年と言われる木が敷地内に生えているわ」

「いい家だな」シンは顎に沿って歯をあてながらつぶやいた。

「ええ、そう、とてもいい家よ」ローズはため息とともに言った。触れられて全身が震えはじめていた。「あなたも訪ねてきてくださるといいんだけど、きっとたのしい――あっ！」

彼が手を胸にすべらせて包んだ。熱が全身に広がる。

ローズは彼の上着をさらにきつくつかんで身を震わせた。ドレスの薄いモスリンの生地とシュミーズ越しに彼の親指が胸の頂きを見つけた。

彼女は小さく声をもらし、首をめぐらして顔を彼のほうへ向けた。

即座に唇を奪われ、濃厚なキスをされると、ローズは荒れ狂う情熱の波に呑みこまれた。体の隅々までが彼を求めてうずいた。さわられて胸は腫れたようになり、硬くなった胸の頂きを親指で円を描くようにこすられ、腰が絶えず動いた。こんな苦痛を覚えるほどの甘い感覚ははじめてで、感じたことのないほどのうずきとともに欲望が募った。

ローズが身もだえすると、シンが口づけたまま声をもらした。硬くなった彼のものがズボンを押し上げているのがわかる。彼も同じぐらい興奮しているのだ。そう考えると、誇らしさで胸がいっぱいになった。

ローズはつかんでいた上着を放し、片手を彼のふくらんだものへとすべらせた。自分の大胆さに自分で驚く。

手で彼を包むと、シンがはっと息を呑んだ。

ローズは自分の大胆不敵さに興奮した。誰かの思考能力を奪うことができるのは彼だけではないのだ。シンの顔に浮かんだ苦痛にも似た悦びの表情が見まちがいでなければ、わたしにもその能力があるということ。シンのような人を溺れているかのようにあえがせられる能力。

ローズはそのうっとりするような感覚にひたりながら、厚手のズボンの生地越しに彼のこわばったものをこすった。

シンは声をもらし、彼女の手を自分から引き離した。リネン置き場の静けさのなか、そのかすれた息遣いが大きく聞こえた。彼は彼女の額に頬を載せ、かすれた声で言った。「急がないでくれ、ローズ」

「気に入らないの？」

シンは低く太い笑い声をあげた。広い胸にその音が響いた。「おおいに気に入ったさ。気に入りすぎるほどに」と言って腕のなかで彼女の体をまわし、向き合う格好になる。それから彼女を腕に抱き上げ、顔を首にうずめた。ローズは腕を彼の首にまわし、彼の呼吸がふつうに戻るまで抱きしめていた。

しばらくしてシンはため息をつき、ゆっくりと彼女の体を下ろした。「ここは天国だが、そろそろ出たほうがいいな」

ローズの心が沈んだ。「でもどうして？」そう言って彼のクラヴァットのピンをもてあそんだ。

「マンローが探しに戻ってくるだろうから。彼に大騒ぎされるような危険は冒せない」

「わたしがどこにいるか誰も知らないわ」

「ぼくがどこにいるかも誰も知らない」彼は答えた。「そうなると、お互い身の破滅を招くことになりかねない」

ローズはため息をついた。もちろん、彼の言うとおりだ。自分が慎みを守る必要があるのもわかっている。しかし、それはどんどんむずかしくなっていた。もう少し天国をたのしんでもいいのでは？　少なくともあとほんの少しのあいだぐらい？

彼女は手を彼の胸にすべらせた。今このときをできるだけたのしもうとするように。もうすぐこの隠れ場所から出て慎み深いミス・マナー・バルフォアに戻らなければならないのだ。なお悪いことに、数週間のうちにはケイスに帰ることになる。家に帰ったら以前の暮らしに戻るのだ。以前は幸せだと思っていた暮らしに。でも、こうなると……ローズはシンの顔を見上げた。自分の内面は変わりつつあった。それはいいことなのだろうか？

ローズにはわからなかった。わかるのは自分を止められないということだけ。今はもう。

シンが彼女の手をつかまえ、てのひらにあたたかいキスをした。「できるうちに逃げ出したほうがいい」そう言って彼女の脇をすり抜けて扉を慎重に細く開け、左右を見まわしてから大きく開いた。

それから、ローズににやりとしてみせた。彼女が口角を下げているのがわかったからだ。

「きみが先に行くんだ、お嬢さん」

ローズは最後に一度物欲しそうな目をリネン置き場に向けてから、廊下に足を踏み出した。シンも廊下に出て扉を閉めた。

彼女のがっかりした顔を見て、シンはあいびきを途中でやめなければよかったと思わずにいられなかった。「またマンローがきみに対して延々と自分語りをしつづけたときのために、このリネン置き場を覚えておかなくちゃならないな」

ローズは目を輝かせた。「あの人のせいでおかしくなりそうだったの」

「彼の話を聞かされたら、ヤギの耳だってとれてしまうだろうさ」

ローズは笑った。「すでに話の途中で居眠りしちゃったわ」

「それは運が悪い。気づかれたかい？」

「ええ、でも、レディ・シャーロットが彼に教えてあげたからだけど」

「まぬけな男だ。もしかして、彼をビリヤード室へ連れていこうとしていたのは、キューでなぐって気を失わせるためかい？」

「いいえ」ローズは頬をかすかに染めて口ごもった。「あなたを見つけに行くところだったのよ」

シンの胸に不思議にあたたかいものが広がった。「そうなのか？」

「太陽が出てきたから」ローズは眉を上げた。「アーチェリーで勝負することになっていたでしょう」

わずかに乱れた髪とキスのせいで腫れた唇をして廊下に立ち、笑みを向けてくる彼女は、十七歳そこそこに見えた。

胸がさらにあたたかくなる。「だったら、アーチェリーの勝負をつけないとな」

「マクドゥーガルに準備してくれるよう頼むわ」ローズは踵を返した。

「待って。一時間半後に準備するように言ってくれ」

ローズは足を止めて振り向き、眉を下げた。「今すぐじゃなくて？」

「まず、やらなくちゃならないことがあるんだ」少なくとも一時間は寒い荒野で馬を走らせなければ。彼女といっしょのところを人に見られる前に、どうにかしてどくどくと脈打つうずきを燃やしつくしてしまわなければならない。

ローズは目に当惑の色を浮かべたが、肩をすくめて言った。「いいわ。一時間半後に」

シンはお辞儀をしてまつげ越しに彼女に横目をくれた。ローズの頬がうっすらと赤くなった。「ではそのときに、ミス・バルフォア」

ローズはお辞儀を返した。「そのときに」

そしてスカートをはためかせてその場から立ち去った。

マクドゥーガルは的の正面に踵を合わせ、それから二十歩数えた。足を止めると、従者が急いで歩みより、距離を示すひもを渡し、すぐに別の従者がそれを釘で固定した。マクドゥーガルは一歩下がってそのできばえを眺めた。「これでいいですか、ミス・バルフォア？」

的は数日前と同じ場所にきちんと固定されていた。芝はみずみずしい宝石のような緑色で、湿った草のにおいがあたりにただよっている。頭上の空では雲がちぎれ、急に強くなった風によって吹き飛ばされている。ローズは執事にほほ笑みかけた。「完璧だわ」

「先日の試合のために奥様が青いペンキで塗らせたときほどきれいじゃありませんが、草がこれだけ濡れていることを考えれば、これが精一杯です」彼は弓を試しているローズを見守った。「従者はふたりでほんとうに大丈夫ですか？　お望みであれば、厩舎にいる連中のなかからあと何人か連れてきますが」

「いいえ、ふたりいれば足りるわ」ローズはシンが芝生を横切って近づいてくるのに気がついた。思わず心臓の鼓動が速くなる。

どうやら馬に乗ってきたようだ。まだ乗馬服を身につけていて、前を開けた上着を後ろになびかせている。濃いブロンドの髪は風のせいで乱れている。彼が官能的な笑みを向けてくると、リネン置き場でのあいびきを思い出してローズも思わず笑みを返していた。

シンは仮ごしらえのアーチェリー場まで来ると、全体を見渡してうなずいた。「いい感じだ、ミス・バルフォア。さて、勝負をつけようか」

その声のあたたかさはまるでじっさいに触れられているかのようで、ローズは身震いし、マントの襟をきつく引き寄せた。

「マクドゥーガル、矢はどこだい？」

「今、運ばせているところです、シンクレア様」マクドゥーガルはそう言って両脇につぶれた矢筒をひとつずつ抱えて広い芝生を横切って近づいてくる従者を示した。「あれが最後の矢です。あなたとミス・バルフォアが勝負をつけるには足りるでしょう」

「そろそろ時間だな」シンは闘争心あふれる笑みを浮かべてローズに言った。

「キャメロン様、あなたのおっしゃったとおりでしたわ」ミス・イザベルの声がした。「アーチェリーのコースがまたしつらえられています。もうひと勝負できますわ！」

顎をこわばらせ、シンが肩越しに後ろに顔を向けると、キャメロン卿とスチュワート姉妹が近づいてくるところだった。シンはうんざりしてため息をついた。「今度は――」

「ミス・バルフォア！」マンローがそう呼びかけながら別の方角から芝生を横切ってきた。

「ここにいたんですか。また矢を射ると？」

「あいつを射てやってもいい」シンが声をひそめて言った。

ローズもため息をついた。「邪魔が多すぎるわ。レディ・シャーロットもやってくる」

そのことばどおり、年輩の女性が、裾が濡れた草につかないようにスカートをつまみ上げて急いで近づいてくるところだった。シンは首を振った。「ちくしょう。こんな大きな城にこの少人数でいるというのに、リネン置き場を使わないことには、ほんの少しのあいだもふたりきりになれないのか？」

「わたしも同じことを思ったわ」とローズも言った。

やがて、ミス・イザベルと、ミス・ミュリエラと、キャメロン卿がそばまでやってきて、そこへすぐにマンローが加わった。四人はもう一度アーチェリーの試合をやるのはなんともいい考えだとにぎやかに話していた。マクドゥーガルが従者に追加の弓と矢をとりに行かせ、マンローはアーチェリー場の専門家であるかのように歩数を数えながら的のほうへと近づいた。

シンは顔をしかめた。この二日ほど、運命が自分からローズを引き離そうとしているとしか思えなかった。自分にできるのは離れたところにすわって彼女を見つめることだけで、欲求不満が募るあまり、なんとか事態を打開しようとリネン置き場を利用することになったのだった。それも泊まっているのが大伯母の家であることの利点だった。隠れ場所ならすべて知っている。

ローズは顔に礼儀正しい表情を貼りつけて、マンローが自分のアーチェリーの腕前を誇張して話すのに耳を傾けている振りをしていた。ほかの人間はこのローズしか知らない。ぼくの知っているローズは、胸に触れられ、耳にキスされて声をもらすローズだ。ぼくだけが知っている秘密。

つまりは雨に降りこめられた日々もまったくの無駄ではなかったということか。リネン置き場に隠れて甘いひとときを持ち、彼女にさらなる魅惑の世界が待ちかまえていると教えてやることができただけでなく、ほかの客人たちとの会話から、ローズについての興味深い情報を得ることもできた。彼女がカメのスープは好きではないこと。シェイクスピアは好きだが、訳知り顔の人間のつまらない朗読よりも自分でその作品を読むほうが好ましいと思っていること。妹たちと仲良しであること。そのことはマーガレットが昨日の晩夕食の席でローズに質問したときにわかったのだった。ローズの顔に表れた喜ばしい笑みは、これまで見たことがないほどのものだったからだ。

今、その顔に笑みは浮かんでいなかった。礼儀正しく振る舞ってはいるものの、ローズが苛立っていることは感じとれた。彼女も自分と同じ気持ちでいるとわかっただけで、シンは多少救われた気がした。

従者がマクドゥーガルに何か告げ、マクドゥーガルが客人たちに向かって言った。「残念ながら、矢が足りません。数えておくべきでしたが、忘れておりました」

「矢がどこにあるかは知っているわ」ローズが言った。「いくつか湖の近くの茂みに落ちたものがあるの」

「かしこまりました。従者に探しに行かせましょう」

「わたしがとりに行ったほうが早いわ。どこに落ちたかこの目で見たから」

執事はためらう顔になった。「でも、お嬢様、茂みは濡れているでしょうし――」

「家ではいつも、雨でもかまわず歩きまわっているのよ」ローズはほかの客人たちのほうを振り返った。「試合をはじめてらしたらどうです？　わたしは最後に射ますから」

マンローが前に進み出た。「お手伝いしますよ、ミス・バルフォア」

「いいえ、だめよ」レディ・シャーロットが口をはさんだ。「わたしがミス・バルフォアに付き添うわ。男性とふたりきりで林のなかを歩きまわらせるわけにはいかないもの」

ローズは首を振った。「レディ・シャーロット、ひとりで行けますから――」

「さあさあ、言い争っていても時間の無駄よ」レディ・シャーロットは丘を下りはじめ、肩越しに振り向いて言った。「ミス・イザベルが矢を射る準備をしているわ。急がないと」

シンはふたりが木立のほうへ向かうのを見守っていた。木々のそばまで行くと、ローズはレディ・シャーロットと何かことばを交わし、木々のあいだへと姿を消した。シャーロットのほうは木立の端で警備についた。

シンはほほ笑んだ。従者にポートワインと熱いお茶を頼んでくると言い残して、彼は城へ向かった。誰も見ていないと確信すると、植えこみのなかにはいり、こっそり湖のそばの木立へと向かった。

ローズは茂みのなかをのぞきこんだ。

「見つかった?」とレディ・シャーロットが木立の端から呼びかけてきた。

「いいえ」ローズは返事を返し、クモがいないといいけれどと思いながら、大きな茂みを押し分けた。うっそうとした木々のあいまから木漏れ日が射し、湿った葉のにおいが鼻腔《びこう》をくすぐった。

「探してくれてありがたいわ。ほんとうに手助けしなくていいの? ふたりでやれば二倍広く探せるわよ」

「いいえ、大丈夫です」ローズは急いで答え、さらに茂みを押し分けた。か弱い年寄りにこんな足場の悪いところを歩かせるわけにはいかない。

「ああ、よかった!」レディ・シャーロットの声がしたが、声は今や遠くなっていた。「マンローがミス・ミュリエラにちゃんとした弓矢のかまえ方を教えてくれているわ。彼女はちゃんと教えを受けたほうがいいわね。わたしが思うに——あら、どうやらミス・イザベルとキャメロン卿が勝負をはじめようとするところよ」

「よかった。わたしも長くはかかりませんわ」

「たぶん——あら、あの人たち、何か合図しているわ——よく見えないけど、きっと矢を見つけるのに急ぐ必要はないってことね」

「よかった」ローズは声をひそめて言った。「昨日の矢はこの辺のどこかにあるはずなんです。わたしたちの順番が来たらわかるように試合を見ていてくださいね。わたしはもう少し奥を探してみますから」

とくにうっそうとした茂みがあり、矢が隠れているとすればそこしかない気がした。ローズは木々のあいだに目を凝らしたが、矢は見えなかった。

レディ・シャーロットが呼びかけてきた。「キャメロン卿が射るかまえをしているわ」

「わかりました」おそらく矢はからみ合う木の枝葉に引っかかってしまったのでは？ ローズは上を見上げながら、ゆっくりと体をまわした。

そうして体をまわしていると、突然小さな空き地に立っているシンの姿が目に飛びこんできた。ローズは抑えきれず、にやりとした。

シンも愉快そうな顔でいたずらっぽい笑みを返してきた。ローズも同じ気分だった。「シン、ここで何をしているの？」

レディ・シャーロットが答えた。「どうしたの、ローズ？」

シンは小さな空き地を横切りながら、手を掲げてみせた。その手には三本の矢がにぎられていた。「この辺に飛んだうちの三本さ」彼は声をひそめて言った。「向こうの茂みで見つけた」彼は自分がやってきた方向へ顎をしゃくった。「何本なくなったんだ？」と小声で訊く。

「わからないわ」

シンは身をかがめて三本の矢を空き地の中央に突き刺し、彼女のそばまでやってきた。腰に手をまわし、体を引き寄せる。

「こんなことをしていては矢なんて見つからないわ」ローズは抗議する振りをした。

シンは彼女の体を持ち上げ、「どうしてそうとわかる?」とささやき返した。

ローズは小さな笑い声をあげ、彼の首に腕をまわした。「だって、あなたの顔が目の前にあったんじゃ、矢を探すことはできないもの」

「きみは文句の多い女だな」

「あなたのほうは救いようのない男ね。下ろしてくださいな」

シンの目は彼女の唇に釘付けになっているようだった。「下ろさなかったら?」

「そう、助けを呼んでもいいのよ」と彼女は小声で言った。

「呼べばいいさ」彼は欲望をあらわにした顔でささやき返した。「でも、そうなると、これを見つける手助けができないけどね」そう言って彼女の顔をそばの木に向けさせた。幹に刺さっていたのは銀の矢だった。

「ローズ?」レディ・シャーロットが呼びかけてきた。心配そうな声になっている。

「このあたりにもっと矢があるはずなんです! こっちへ飛んだ形跡があるから」

「わかったわ」レディ・シャーロットが声を張りあげた。「ミス・ミュリエラにはマンローの教えもなんの役にも立たなかったようよ。彼女の射た矢がもう少しで従者にあたるところだったもの。ありがたいことに、その従者はみんなの外套《がいとう》を運んできてくれるところで、それで矢を受けたのよ。とてもすばしこい若者なのはたしかね」

ローズは忍び笑いをもらし、シンは彼女を抱く腕に力を加えた。

「あら、今度はミスター・マンローの番よ」レディ・シャーロットが言った。「まだ矢は見つからないの?」

「もう少し待ってください!」ローズは答えた。「たぶん、この茂みのなかに何本かあると思うので」

シンはローズの背中にまわした手を腰に下ろし、そっと彼女を抱き寄せた。すぐにローズは彼に身をあずけた。「キスするためだけにこんなところまでわざわざやってきたの?」とささやく。

「そうさ。感動したかい?」彼は彼女の頬を唇でなぞった。

ローズの全身に震えが走った。「ええ、とても」とささやき返す。

シンは彼女の耳たぶを噛み、それから、ゆっくりと熱いキスを首に降らせた。「きみはすばらしい味がする。唇を離すことができないよ」首に口を押しつけているせいで、くぐもった声だ。

ローズは膝がもろくなった気がして彼にしがみついた。「あなた……あなたってとても上手なのね――」

「あっ！」レディ・シャーロットが言った。「ミス・イザベルがまた射るわ。さっきは外側の円にあてたのよ。たしかにとても上手ね。もちろん、あなたほどじゃないけど、見こみがあるわ」

ローズは答える前にせき払いをしなければならなかった。「今ここから出ますわ」

「よかった。すぐに順番がまわってくるわよ」

心臓の鼓動が大きくなるあまり、レディ・シャーロットの声が聞こえないほどだった。シンはキスを深めながら、いたぶるように彼女の体のあちこちに手を這わせた。こんなことはやめなければ。そう思いながらも、ローズの体はあともう少しだけと懇願していた。キスをもう一度だけ、もう一度だけ――

「気をつけて！」とレディ・シャーロットが叫んだ。

低くかすれた音がして、シンがローズの体を思いきりまわした。ローズは自分がぬいぐるみになった気がした。ぐさりという音がして、矢はローズの腰のすぐそばにある木の幹に刺さった。ほんの一瞬前に彼女がいた場所だ。

しばしふたりとも口をきかなかった。

「ミス・バルフォア！」レディ・シャーロットが呼びかけてきた。「警告しようとしたんだけど、あまりに飛んでくるのが速くて。けがをしなかった？」

「ええ、大丈夫です！」

「よかった！」

ローズはスカートの皺を伸ばしたが、指が腰をかすめたところで手を止めた。スカートに細く鋭い切れこみがあったからだ。矢はすれすれのところを通ったのだ。驚きに呆然とし、ローズはその切れこみに触れながらしげしげと眺めた。「間一髪だったわ――」そう言って目をぱちくりさせ、切れこみをさらによく見つめた。「シン」と声を出す。妙な声になった。「血がついているわ。わたしに矢はあたらなかったけど、きっと誰か――」そこで突然、矢が木にあたってからシンが声を発していないことに気がついた。

見上げると、彼は目を閉じ、太腿に手を押しあてて立っていた。鹿革のズボンには血がにじんでいた。

「ちくしょう、ダン！」

シンの従者は眼鏡の縁越しに主人に目を向けた。「旦那様、痛くないやり方でこの傷をきれいにすることはできませんよ」

シンは顔をしかめた。「痛むとは言っていたが、こんなひどい痛みだとは言わなかったはずだ」

「申し訳ありません、旦那様。次に旦那様が矢を受けてけがをしたときには、ひどく痛むと申し上げることにします」

シンは顔をしかめた。「くそっ、黙って傷を洗え――うっ！」

ダンは布を洗面器のそばに置き、包帯を広げた。「我慢していただければ、太腿に包帯を巻こうと思いますが」

シンは痛みに歯を食いしばりながら立ち上がった。「シカさながらに矢で射られたことと、森のなかでミス・バルフォアと何をしていたのか大伯母に説明しなきゃならなかったことと、どっちが最悪かわからないな」

「深手を負わなくて運がよかったですよ。もっと深かったら縫ったほうがいいと申し上げるところでした」

「ああ、えらく運がよかったよ。さて、着替えに手を貸してくれ」

「でも、旦那様、まだ二時間もありますよ――」

「夕食前に約束があるんだ」

「ほう？」従者は詳しい説明を待ったが、シンがそれ以上説明するつもりがないのを見て、鼻を鳴らし、シンの夜用の服を用意しはじめた。

多少むずかしくはあったが、シンはすぐに着替えをすませた。

従者は部屋の片づけをはじめた。「見た感じでは、ミス・バルフォアとの勝負はあまり旦那様に有利に進んでいないと言っていいようですね」

「伯爵の従者の地位が惜しくない人間ならそう言ってもいいだろうさ」とシンは応じた。振り返って鏡のなかの自分を見ると、顎の治りかけた傷とかすかな青あざが見えた。矢による傷と合わせて、戦場にいるような気分だった。

それでも、結局その価値はあったということになるはずだ。ああ、彼女は魅惑的だが手に余る女だ。林のなかでキスしたときには、こちらの思惑どおりの反応を見せてくれた。彼女の抵抗も薄れてきている。まもなく彼女も――

「旦那様、にやにやしておいでですね。愉快な状況とはとても思えませんが」

「何が賭けられているかおまえは知らないからさ」

ダンは目を細めた。「旦那様、ミス・バルフォアとの勝負に勝つことで得られる褒美《ほうび》だけが目的なのはたしかですか？　どうも私にはミス・バルフォアご自身が目的のように思えるのですが」

「ぼくの関心はあるべきところにある。不要な助言が終わったら、サファイアのクラヴァット・ピンを見つけてくれるかい？　今夜はあれをつける」

従者はピンをとってきて、シンが器用にそれをクラヴァットにつけるのを見守った。「夕食のあと、お戻りをお待ちしましょうか？」

「その必要はない。ベッドにはひとりではいれるから」事を急ぎすぎているのかもしれないが、ローズとのあいだには片のついていない問題があり、それに片をつけずにはもうひとときも無駄にするつもりはなかった。

最初は誘惑を成し遂げるのに三週間は長いほどだと思ったのだった。今はあまりに短い気がする。あと数日で一週間が過ぎることになる。シンは残された時間を最大限利用するつもりでいた。「ダン、下がる前にローブを出しておいてくれればいい。ひとりで大丈夫だ」

「かしこまりました。気が変わられたら呼び鈴を鳴らしてください。部屋にいて、今後の旦那様のミス・バルフォアとの遭遇に備えて、包帯を巻き戻したり、湿布を作ったりしておりますから」

「ありがとう、ダン。おまえがそこまで信頼してくれていることに礼を言うよ」シンは足を引きずりながら扉へ向かった。脈が速くなる。片をつけるときが来たよ、かわいいローズ。

13

ロクスバラ公爵夫人の日記から

シンがローズ・バルフォアを林のなかに誘いこんでいたときに、それた矢から彼女を守ることになったらしい。けががひどくなくてよかったけど、ふたりきりにすることでふたりともを失うことになったかもしれないのだ。レディ・シャーロットが即座に機転をきかせなかったら——彼女はふたりの姿がずっと見えていたと言ってまわり、矢があたったときのことについてすばらしい説明まで作り出してくれた——どうなっていたかわからない。シャーロットのおかげで悪い噂は出まわらず、誰も評判を落とさずにすんだ。

今のところは。

このことについてはシンに〝貸し〟ができたわね。もちろん、目的をはたすためでなかったら、嘘をつくなんていやでたまらないのだから。目的がはたされれば、その手段も正当化できるはず。でも、彼の目的はそこまで高尚なものではないようだけど。

寝室を出るときに、ローズはシンがメイドを介してよこした書きつけをとり出した。心臓の鼓動が大きくなる。身につけた優美なドレスによって穏やかでおちついた様子に見えるといいのだけれど。スピタルフィールズで買った美しいブルーのシルクを白い平織りの絹の上にかぶせて作ったドレスで、裾と袖には白いチュールの線がはいっていた。リリーのお気に入りのきれいなドレスだった。

部屋の外の廊下で足を止めると、ローズは書きつけをもう一度読んだ。

七時に小さい居間に来てくれ——その勇気があれば。勝負はまだついていない。遅れないでくれ。

最後に、百あるサインのなかから選ばなければならないとしても彼のものとわかるであろう、流れるようなサインがあった。

勇気があれば？　ふん！　どっちが勇気があるか見せつけてやるわ！

ローズは角の向こうに誰もいないことをたしかめるためにときどき足を止めながら、廊下を進んだ。ようやく階段に達する。玄関の間を通り抜けるのはもっとむずかしいことがわかった。玄関のそばに立つふたりの従者が夕食の給仕はどちらがするかと言い争っていたからだ。少しすると、マクドゥーガルがやってきて、従者たちを仕事に追い立てた。ローズは遠ざかる彼らの足音に耳を傾け、もう少し待って近くに誰もいないことをたしかめると、そっと階段を駆け下りた。小さな居間への扉は開いていた。最後に一度あたりをうかがってなかにはいると、扉を閉めた。

部屋に明かりはなく、急速に薄れゆく夕方の光が窓から射しこんでいるだけだった。「シン?」ローズは小声で呼びかけた。

答えはなかった。

早すぎたのだ。ローズは窓辺へ寄り、風が湖に白波を立て、芝を騒がせている情景を眺めた。

少ししてシンが部屋にはいってきて扉に鍵をかけた。すでに狂ったように速まっていた鼓動がさらに激しくなる。

シンは夕食のためにダークブルーの上着と栗色のウエストコートとズボンに着替えていた。足をわずかに引きずっている。ローズは彼の太腿にちらりと目を向けた。ズボン越しに包帯を巻いているのがわかり、心が沈みこむ。「脚はひどく痛む?」

「死ぬほど痛むさ」シンは前に進んだ。顎のあたりに決意が感じられる。

「ほんとうにごめんなさい。わたしを助けてくれたのに、お礼を言う暇さえなかったわ。あなたがわたしを引っ張って矢をよけさせてくれなかったら――」ローズは首を振った。

シンは目を輝かせた。「ああ、そうさ、きみを助けたわけだ。このために」

ローズはなかばキスを期待していたが、彼は彼女の脇をすり抜けて窓辺に寄り、ガラス窓を開けて窓を乗り越えた。

ローズは目をぱちくりさせた。「何をしているの?」

「勝負をつけるのさ」彼は部屋のなかをのぞきこんで手を差し出した。「来るかい?」

ローズはその手を見つめた。何もかもとんでもなく不適切なことばかりだ。それでも、こんなふうにいたずらっぽく目を輝かせた彼にほほ笑みかけられると、いやとは言えないばかりか、応じることばもすぐには出てこなかった。

ローズは差し出された手に手をあずけ、スカートをつまみ上げて窓枠に目を向けた。「こんなことをしてドレスが台無しにならないといいんだけど。これは妹のお気に入りなの――」

シンは窓から部屋のなかに身を乗り出し、彼女をすくい上げると、外の地面の上に下ろした。ローズには彼が何をするつもりなのか想像する暇さえなかった。「まったく、シンったら! けがをしたばかりなのよ! こんなことをしては――」

シンはすばやく激しいキスをして彼女を黙らせた。それから、満足そうな目を彼女に向けると、彼女の手を自分の肘にかけさせて芝生の上を仮設のアーチェリー場へと導いた。

そこへ着くと、弓をふたつ選び、ひとつをローズに手渡し、矢を三本選んだ。「矢を選ぶんだ」

湿った草のにおい、涼しい夕方の空気、彼の目に浮かんだいたずらっぽい光。そうしたすべてが、子供のころの冒険を思い出させた。すぐそばに城がそびえ、窓から外に目を向けた誰かに見られる可能性があるとはいえ、彼とふたりきりでいるうっとりとした気分にひたれた。

ローズはにやりとして矢を選び、矢柄を見下ろしてまっすぐであることをたしかめた。

「これを使うわ」

「きみからどうぞ」

ローズは最初の矢を弓で引き、狙いを定めて放《はな》った。中心からひとつ外側の円に矢はあたった。

彼女は顔をしかめた。「少し風があるわ」

「それを覚えておこう」

ローズは二本目の矢をかまえて狙いをつけた。矢につけられた羽根が頬にあたるのを感じながら矢を放つと、それは中心の円にあたった。

「すごいな」

矢はもう一本あった。ローズは肩を怒らせ、大きく深呼吸すると、弓を引いてじっくりと狙いを定めた。ぐさっ。矢はまた中央の円にあたった。

ローズは笑った。「さて、シンクレア様？　わたしに勝てる？」

シンは矢を手にとり、狙いをつけて放った。あとの二本も同様にすばやくつづけざまに射た。すべてが中央の円にあたった。あたった場所が近すぎて先に射られた矢を裂いてしまっている矢もあった。

ローズは目をみはるしかできなかった。「あなたの勝ちね」矢が裂かれているのを自分の目で見てもそれが信じられないほどだった。賭けのことを思い出して心臓の鼓動が速くなる。あまりに事が早く進みすぎる……あまりに早く。もっとゆっくり進めなければ。賭けの約束についてシンに時間をくれと頼まなければ。

それでも、彼女の奔放《ほんぽう》な一面は先へ進みたいと望んでいた。こういう刺激がもっとほしい。彼がもっとほしい。ほんの数週間のうちにいつもの生活に戻り、またケイス・マナーで日常の細々したことにかかりきりになったら、シンとのこういう思い出が、自分をほほ笑ませてくれるものとなるだろう。思い出はそれほど多いわけではないが、これまでの人生に比べればずっと多かった。

シンは弓を台に戻すと、彼女の手を自分の腕にたくしこみ、窓へと戻った。それから窓を乗り越えて部屋にはいり、彼女に手を差し伸べた。

「いいえ、これ以上あなたの脚が痛むようなことはしたくないわ。そこをどいて。自分で窓を乗り越えるから」

ローズはスカートをつかんでつまみ上げ、窓枠を乗り越えて部屋のなかへはいった。すでに前よりもだいぶ暗くなっていて、部屋のなかは闇に沈んでいた。

シンは彼女の手をとって暖炉の前のソファーへ導いた。「では、ぼくの勝ちだね。賭け金を回収するときが来た」

ローズは口のなかがからからに乾くのを感じつつ、うなずいた。シンはソファーに腰を下ろして膝に彼女を乗せた。彼の熱い目はこれからしようとしていることを物語るように燃えていた。

突如としてローズは唾を呑みこむこともできなくなった。ああ、この人がほしい。こんなことを許してはいけないのだけれど、こうして見つめられると、この人の感触がもたらす興奮がほしくてたまらなくなる。

わたしは二十二歳で、社交界の基準から言えば、適齢期をすぎているぐらいだわ。こうしてたのしんでどうしていけない？　別に害はないのでは？

しかし、今は害があったとしても気にもならなかった。

シンはローズの目をのぞきこみ、彼女も自分と同じ欲望のうずきにさいなまれているのだろうかと考えた。

六年前に、自分と彼女にこれまで会った誰よりも共通するものがあると誰かに言われたならば、その考えをあざ笑ったことだろう。しかし、いっしょに過ごす時間が長くなればなるほど、彼女が独立心あふれる精神の持ち主であることがわかり、その強さを称賛せずにはいられなくなった。どちらも誰かに指示されるのを好まず、負けるのが大嫌いな性格だった。

彼女は六年前に思ったのとはまるでちがう女性だった。あのときは温室育ちの花だと思ったのだが、そうではなく、もっとずっと荒々しく、もっとずっとおもしろいスコットランドの野生のバラなのだとわかった。

ローズは緊張した面持ちで唇を噛み、彼の膝の上で身を動かした。そろった白い歯がふっくらした下唇に押しつけられるのを見て、こわばったものがさらに硬くなった。シンは首をかがめて彼女の唇を自分の唇でとらえた。ふいに激しい情熱に襲われてそのキスはやさしいものではなくなった。シンは彼女の腰を手でつかみ、自分のものだと刻印するような熱いキスを何度もした。

それはただのキスではなく、求め、奪うキスだった……彼が求めるすべてを、彼女は喜ばしいほど進んで与えてくれた。彼女は彼の上着の襟を指でつかみ、彼をさらに引き寄せた。

シンは抱く腕に力をこめ、彼女をさらに引き寄せると、舌を唇からすべりこませて彼女の舌に触れた。予期せぬ感触にローズはびくりとした。すでにドレスを押し上げるほどに頂きがとがっていた胸は彼にさわってほしくてうずいた。

シンは彼女の名前を小声で呼び、唇から顎、首へと軽いキスの雨を降らせた。

すねに置かれたあたたかい手の重みが彼女の体に震えを走らせた。彼はその手をゆっくりとスカートの下へと動かし、すねから……ふくらはぎ……そして膝へとすべらせた。あたたかい指がシュミーズの下の太腿へとすべりこんでくるとローズははっと息を呑んだ。彼の腕に抱かれて自由に体を探られていることがあまりに無防備な気がしたのだ。しかし、そのせいでいっそう興奮を覚え、気がつけば彼のために膝を開いていた。

シンは熱いキスをやめないまま、そっと彼女の内股を撫でた。ローズは彼を求めるあまり体を押しつけた。

指がさらに奥に進み、もっとも秘められた部分をかすめた。ローズは息を呑んで体をこわばらせ、唇を引き離した。

シンの手は彼女をあたたかく包み、てのひらを押しつけるように動かした。ローズは驚くべき感覚にすっかりとらわれたようになり、目を閉じて彼に体を押しつけて揺らした。ああ、彼が何をしているにしろ、やめてほしくない。やめようとしたら、手首をつかんで手を離させないようにしよう。

シンは手を上にすべらせ、指で羽根のように軽く彼女に触れた。彼の動きのひとつひとつが痛いほどに意識され、ローズは背をそらすようにして身を押しつけた。彼のウエストコートのボタンが脇に押しつけられ、舌がまた誘うように唇をいたぶる。圧倒されるような男らしい香りも意識させられたが、何よりもその手が引き起こす魔法が強烈だった。

ローズは彼に体を押しつけるようにして動かずにいられなかった。これまで感じたことのない、いても立ってもいられないような感覚がどんどん強くなる。まるで炎がさらに高く燃え盛るようで、ローズにはどうしていいかわからなかった――

突然、燃える火に体をつかまれたようになり、ローズは背をそらして彼に体を押しつけた。荒れ狂う情熱の波が脈打つように全身に走る。シンは手を止めず、彼女がぐったりと体をあずけてくるまできつく抱きしめていた。ローズが物を考えられるようになるまで、かなり時間がかかった。

ああ、これは何？　もっと何度も経験したくてたまらなくなる。これほど多くの人が愛のために人生を投げ出してしまう理由はこれなの？

呼吸がふつうに戻るまでのあいだ、そればかりが頭に浮かんだ。愛？　シンとのあいだに愛はない。彼は刺激的で、ハンサムで、おもしろい人だが、女が心を捧げていい類いの男ではない。誰よりも彼自身がそれを認めることだろう。以前、すでに彼に心を奪われそうになったことがあり、同じ過ちを再度犯そうとは思わなかった。

心が沈んだ。いったいわたしは何をしているの？　何年も前に身を焼かれた炎をまたもてあそんでいるなんて。こんなの正気じゃない。

ダイニングルームで夕食の準備が整ったらしく、居間の外を行き来する足音が聞こえてきた。ローズは身を起こし、シンの腕から離れた。

シンもそれを止めなかった。「すごい賭け金だったよ、情熱的なローズ」

「それに——」ローズは自分の感情を言い表すに足ることばを思いつけず、震える唇を見られまいと顔をそむけた。「その価値は充分あったわ」

シンは小さな笑い声をあげた。「きみは魅惑的な女性だな、ミス・ローズ・バルフォア。きみが何を言おうとしているのかはわからないが——」

「だったら、彼女はどこにいるの？」公爵夫人が居間の扉のすぐ外にいるようだ。「誰か迎えに行ってもらわなきゃならないわ。ダイニングルームにいないなら、図書室を見てみて。ロクスバラのように、あの子も本なしにはいられないみたいだから」

ローズは立ち上がり、シンの脇をすり抜けて鏡に映った髪にちらりと目を向けた。「ああ、いやだ！」ローズはピンをあちこち動かして、ほつれた束をまとめようとした。「これをやり直すのにアニーの手を借りなきゃならないわ。でも、少なくとも、これで部屋までは行けるわね」

ローズはドレスを払い、腰の帯を直した。そうするうちにどんどんおちつかない気分になっていった。彼のもとを去ろうと準備しつつも、彼がほしくてたまらなかったからだ。ただひたすらあたたかい腕のなかへと戻りたかった。さみしさが波のように襲ってくる。すぐそばに立っている人を求めてさみしさを感じるのは妙に心痛むことだった。ローズは喉の奥でふいに大きくなったように思える塊を呑みこんだ。

シンはまるで動じていないように見えた。マントルピースに寄りかかり、かすかな笑みを浮かべて彼女を見守っている。「きみをメイドのところへ連れていくよ。ただ、まずは別の賭けをしなくては。もっと……報いの多い賭けを」

そしてそれからどうなるの？　ローズは胸の内でつぶやいた。また別の賭け？　そしてまた次？　賭けをするごとにわたしはあなたに引き寄せられてしまう。そしてどんどん失うことになる――何を？　何を失わなければならないの？

ローズにははっきりとはわからなかった。心がかき乱されるあまり、何にしても今はまともに考えられなかった。「それは別のときに話しましょう」ローズはすばやく言った。「どうやったら人に見られずに部屋に戻れるかしら？」

「窓の外へ出て、テラスへ向かうんだ。図書室の扉はいつも開いている。部屋のなかに誰かいたら、夕日を眺めていたと言えばいい。ぼくは二十分ほど待ってから、玄関の扉からはいってくるよ」

ローズはうなずき、窓へ向かった。シンがそのあとにつづいた。窓の外へ出るころには心が沈みこむあまり、唇を噛んでそれを表に出さないようにしなければならないほどだった。シンはあとから外へ出ると、彼女を腕に引き寄せ、すばやく激しいキスをした。

ローズは顔をそむけ、急いでテラスの扉へ向かった。目に涙をあふれんばかりにして。

14

ロクスバラ公爵夫人の日記から

思いきった手段をとるべきときが来た。

これまではあまりシンと張り合うことはせず、彼がミス・バルフォアと多少ふたりきりの時間を持てるよう、力を貸してきた（よき監視役として、いつもそれに反対はしていたけれど）。ふたりの邪魔にならないようにほかの客たちを忙しくさせて……すべてふたりのあいだでお互いへの関心がふくらむかもしれないと思ってのことだった。

でも、シンはそうやって手にしたふたりきりの時間をあまり賢く使っていない。

だから、今後わたしはミス・バルフォアの力になろうと思う。ふたりがいっしょにいられるように骨を折るのをやめ、シンから逃れようとする彼女に手を貸すことにする。

女とは対照的な生き物である男たちにとって、女の冷淡な態度ほど興味をかきたてられるものはない。そしてそう、シンはそうやって刺激を与えてやる必要のある人間だ。


数日後、シンは図書室へと忍びこんだ。「ここにいましたね」

マーガレットはテラスへと通じる開いた扉の前で振り向いた。パグの一匹を抱いている。ほかのパグたちは足もとに散らばって荒い息をしていた。「ほかにどこにいるっていうの？昼食をテラスでとろうとしているんだから。あなたもいっしょにどう？」

「結構です」とシンは短く答えた。

「残念ね。みんなあなたに会いたがっているのに」マーガレットは抱いているパグを撫でた。ほとんど目が見えなくなっている年寄りのパグだ。「かわいそうなランドルフは今朝、具合がよくないんだけど、キャメロン卿が朝食の席で犬たちにベーコンのかけらをあげてしまうの。体の弱いランドルフにとっては命とりなのに」そう言って彼女はテラスに目を向けた。あたたかいそよ風が着ているブルーの朝のドレスを揺らした。「こんなあたたかい秋ははじめてね。冬の大舞踏会もあまり冬らしくはならないわ」

「昔から、どうしてもっと寒い時期にやらないんだろうと思ってましたよ」

「だって、部屋をあたためるのにものすごくお金がかかるんだもの。一日じゅう全部の部屋の暖炉をつけていたんじゃ、ロクスバラ家は破産よ。みんなが冬のことを考えはじめるぐらいの早い時期に舞踏会を催すことで、寒さを思い出させるような装飾ができるわ。まあ、少なくとも、涼しければできるでしょうね」

「きっと冬のように見せることもできるでしょうよ」

「氷が溶けなければね。氷の彫像を四十ぐらい飾るつもりだったの。別の案を考えなければならないかもしれないわ」マーガレットはため息をつき、やがて彼に笑みを向けた。「でも、きっとあなたがここへ来たのはかわいそうなランドルフの消化の問題や舞踏会について話すためじゃないわね」

「ええ。でも、あなたがひとりでいてくれてよかった」

大伯母の顔に浮かんだ笑みは消えなかったが、目に警戒するような光が宿るのがわかった。

「もちろんよ。お気に入りの大甥とのおしゃべりはいつでも大歓迎よ」

「今朝、もっと早い時間に話そうと思ったんですが、朝食に降りてきたときにはもうあなたはいなかった」

「そう、お客様の何人かが川で日の出を見たいとおっしゃったから、馬車に熱いお茶を積んでちょっと遠足してきたのよ」マーガレットは軽い笑い声をあげた。「ここ数日で疲れちゃったわ！　ひとりきりになれた時間なんて五分もなかったんじゃないかしら。ピクニックをしたり、巨石記念物まで馬に乗ったり、教会のお庭を訪ねたり、正面の芝生ですてきなペルメルの試合をしたり、毎晩ホイストをしたりで……」笑みが消えた。「ああ、でも、マンローは敵になるとひどいわよね。昨日の晩は司祭とけんかになるんじゃないかと思うほどだった。マンローがあのばかげた手を使ったら、司祭が彼のことを――」

「ふたりともぼくに庭に放り出されなくて運がよかった」シンが言った。「言い争いをあと一分でもよけいにつづけていたら、きっとそうしていたでしょうからね」

大伯母の眉が上がった。「機嫌が悪いのね？」

くそっ、たしかに機嫌は悪かった。これほど不機嫌になったことはこれまでない気がした。マーガレットは首を傾げた。「正直、昨日の晩、あなたがホイストに加わったのは意外だったわ。嫌いだと思っていたから」

シン自身、自分がホイストをしたことに驚いたのだった。ホイストは大嫌いで、そこに加わっていた連中にはうんざりだった。ホイストのあいだ、それが決まりとでもいうように絶えず浴びせられるひやかしもいやでたまらなかった。それでも選択肢はなかった。遠い昔に思える五日前、ローズと情熱的なひとときを過ごして以来、彼女に避けられていたからだ。最初の一日か二日は気にならなかった。結局、次の試合にのぞむ前にはそれぞれ自分のコーナーに戻るのは当然だったからだ。

しかし、さらに何日か過ぎてもローズが会話を交わそうともしないことで、苛立ちが募った。なお悪いことに、目に見えて避けられはじめた。どれほどがんばってみても、ひとりでいる彼女を急につかまえられなくなったのだ。

一度も。

苛立ちは怒りに変わりつつあった。日がたつにつれて、機嫌はどんどん悪くなる一方だった。

シンは顔をしかめた。いまいましい女だ。これほど客の数が少ないときに、誰かを避けるなど不可能と思われたが、ローズはマンローや厩舎係と馬に乗りに出かけたり、キャメロン卿と庭を散策したり、スチュワート姉妹とペルメルをしたり……と、際限なく忙しくしているように思えた。それも彼以外の数少ないほかの客たちと。

昨日の朝、朝食に降りてきたときに、シンは限界に達したのだった。階段の下の玄関の間にローズはひとりでいて、大喜びで彼女の足もとに寝転がるパグの一匹を身をかがめて撫でながら、くだらない褒めことばをつぶやいていた。

シンはしばらくその様子を眺めていた。彼女が自分に気づいていなくても、黙っていっしょにいる時間を持てるだけでもうれしかったのだ。しかし、自分が何か音を立てたらしく、彼女は目を上げた。その輝かしくもすばらしい一瞬、ローズは彼を避けつづけていることを忘れていたらしく、笑みを浮かべた。

その瞬間、ふたりは居間での出来事以前のふたりに戻った。ほっとしてシンは笑みを返し、彼女のほうへと階段を降りはじめた。すると、ローズの笑みが薄れた。シンの足が最後の段にかかる前に、ローズはすばやく身を起こして居間へとはいっていってしまった。

怒りに駆られてシンはそのあとを追った。説明してもらわなければと思ったからだ。しかし、居間にはいってみると、ローズは最新の流行について語るミス・ミュリエラのそばに立ち、ミス・イザベルとレディ・シャーロットがソファーにすわって編み物について話をしていた。

引き下がるのを拒み、シンはローズの目をとらえようと努めた。頬が赤くなっていることから、彼が部屋にいることに気づいているのはたしかだったが、ローズは話に夢中になっている振りをして、ミス・ミュリエラから目を離そうとしなかった。彼女たちの会話に無作法に割りこむわけにもいかず、シンは踵を返して部屋をあとにしたのだった。

苛立ちをおさめることもできなかったが、人前でばかげた振る舞いをするつもりもなかったため、シンは打つ手に窮した。しかし昨晩、いい機会がめぐってきた。ローズのテーブルでホイストをしていた司祭が席を立ってテラスへ葉巻を吸いに行ったのだ。シンはその機会に飛びつき、ローズのテーブルに加わった。しかし、自分の思惑を口にする暇もなく、大伯母のマーガレットがせかせかと現れ、〝女性専用〟のテーブルを作りたいと宣言した。誰にも抗議する暇を与えず、大伯母はローズをシンの手の届かないところへ連れ去ってしまった。

そのときに、ローズが急に態度を変えたことに厄介な大伯母がからんでいることにシンは気づいたのだった。

その大伯母は今、大甥に向かってほほ笑みかけていた。「それで、シン、何を話したいの？　昼食のテーブルのしつらえをたしかめなきゃならないから、ほんの数分しか時間はないわよ」

「ミス・バルフォアのことです」

「そうだと思ったわ。話すあいだ、ランドルフを抱いていてくれる？」そう言ってマーガレットはパグをシンの腕に押しつけ、ポケットからリボンをとり出すと、それをパグの太った首に巻きつけはじめた。

シンはリボンを嫌悪の目で見つめた。犬の顔にも同じ表情が浮かんでいる。「どうして首にリボンなど巻くんです？」

「全部の犬の首に巻くつもりよ。そうすれば、昼食の飾りと合うから。使用人たちがテーブルクロスの端にリボンを結びつけて風でめくれないようにしているの。ほら、リボンをつけるとハンサムに見えない？　ここにいるビーニーと同じぐらいに」

「一匹はリボンが嫌いだと思いましたが？」

「かわいそうなミーニー。マクドゥーガルが昼食が終わるまで自分の部屋にとじこめておいてくれるって言ってるわ。ベッドの足もとで眠らせてもらえるから、彼の部屋が大好きなのよ」マーガレットはシンの腕からパグを受けとり、床に下ろしてリボンを直した。「とてもハンサムよ、おちびさん」そう甘くささやくように言うと、耳が曲がっている銀色の毛のパグを抱き上げ、シンの腕に載せた。

「マーガレット伯母さん、ミス・バルフォアに何を言ったんです?」

彼女はポケットから別のリボンをとり出し、パグの首に結びはじめた。「彼女に何を言ったかですって? 何度も会話しているから、思いつくかぎりありとあらゆることを言ったわ」

「マーガレット伯母さん、あなたは彼女に何か言ったはずだ。それはお互いわかっている。ミス・バルフォアはぼくとまったく口をきこうとしないんです。あなたのしわざなのはたしかだ」

「あら、大げさなことを言わないで。いつだって口はきいているじゃない。夕食の席でも、図書室でも、馬に乗っているとき――」

「みんなの前ではそうですが、ぼくとふたりきりで話そうとしないんです」

マーガレットは小さなパグの首にリボンを結び終え、パグを床に下ろして顎をかいてやった。「ミス・バルフォアとあなたがふたりきりで話したときのなりゆきを考えれば、そうするのが双方にとってもっともいいはずよ」

シンは伯母をにらんだ。「彼女から何を聞いたんです?」

「何もかもよ。そう、慎みが許すかぎりすべてをね。数日前、わたしが図書室にいるときにミス・バルフォアがテラスからはいってきたの。ひと目見て、彼女が動揺しているのがわかったわ」マーガレットはシンに鋭い目を向けた。「それで、彼女があなたとふたりきりで会うのは賢明なことじゃないと判断したの」

シンは顎をこわばらせた。「彼女は子供でも無垢でもなく、成熟した大人の女性なんだ。ぼくは彼女の意に反するようなことは何もしていない」

「だからこそ、彼女に手を貸すと約束したのよ。あなたは拒むのがとてもむずかしい男性だから。たとえ拒むべきだと女が思ってもね」マーガレットは険しい目で大甥をにらんだ。

「このことについてわたしに言えるのはそれだけよ。さらに訊きたいことがあるなら、ミス・バルフォアに訊いたほうがいいわ」

「あなたは干渉しているんだ——」シンは〝ぼくの計画に〟と言いかけたが、大伯母の目に突然危険な光が宿るのがわかって口を閉じた。

「干渉はしてないわ」彼女は見下すような口調で言い、別のパグを彼の腕に押しつけた。

「手を貸しているだけよ。それも頼まれたときだけ」

シンは眉をひそめてみせた。「ぼくたちのことを監視していたんですね」

「どうして見ないでいられて？　気を惹かれて無視できないもの。シャーロットとわたしはあなたたちがずぶ濡れで乗馬から戻ってきた日からずっとあなたたちに目を配ってきたのよ」

「ぼくたちは川に落ちたんだ」

「あなたは川に飛びこんだわけじゃないはずよ」

「たしかに。ミス・バルフォアのたくらみで地面の足場の悪いところを走らされ、馬が足をとられて川に落ちたんです」

「それから？」

「仕返しに彼女を川に放りこんだ」

「それって恥ずべきことだわ」

シンは歯噛みした。「くそっ、ぼくたちのことは放っておいてくださいよ。事あるごとにあなたが干渉してくるんだから！」

マーガレットはパグをシンの腕から抱き上げてキスをすると、赤ん坊に話すように言った。「さあ、かわいくなったのは誰かしら、ウィーニー？　あなたよ！」それから、犬を床に下ろし、別の犬をシンに手渡した。今度は尻尾に銀色のはいった茶色のパグだった。「最後のリボンを結ぶあいだ、ティーニーをしっかり抱いていて。すぐに飛び上がる子だから」

そのことばを証明しようとするように、犬はシンの腕から逃れようともがいた。

シンがぴしゃりと言った。「動くな！」犬はもがくのをやめ、マーガレットがすばやくリボンを首に巻いた。

犬は尻尾を絶えず振りながらシンをうっとりと見上げた。その顔はあまりに醜《みにく》く、かわいく見えるほどだった。シンは犬に向かって眉を上げてみせた。

犬は鼻を持ち上げ、ひげを揺らしながらシンの顎のにおいを嗅いだ。

マーガレットはにっこりした。「この子、あなたのことが好きみたいね」

犬はシンの顔にまともにくしゃみをした。

「ああ、まったく――」シンは犬を大伯母の腕に戻し、ハンカチをとり出して顔をぬぐった。「腹の立つ犬だ」

マーガレットは犬の額にキスをした。「かわいそうなティーニーは風邪を引いたのかしら?」

シンはハンカチをポケットに戻した。「ぼくの質問に答えてませんよ」

「ごめんなさい。何の話をしていたかしら?」

「どうしてミス・バルフォアとぼくのことに干渉しようとするんです?」

彼女はため息をついた。「シン、干渉なんてしてないわ。何度同じことを言わなきゃならないの?」

「そりゃそうでしょう。手を貸しているわけだ」

「ええ。必要なときに助言していると言ってもいいわね。でも、干渉はしてないわ」

「それで、ミス・バルフォアにぼくを避けるよう助言したときには、誰に手を貸しているつもりだったんです?」

マーガレットは犬を床に下ろした。「両方よ。ミス・バルフォアと話をしたときに、あなたたちふたりがずいぶんとややこしい状況におちいっているのに気がついたの」

「ややこしい？　ややこしくなんてなかった」

「あなたたちふたりはここへ来てまだ一週間ほどなのに、会えば激しいことばのやりとりをせずにいられなかったじゃない」

それと激しいキスだ。それをあきらめることになるのは絶対にいやだ。「話し合う時間を持てていたら、今頃すべて解決していたはずです」言ってやるとすれば、愛撫に生き生きと応える彼女を目にするのがどれほど気に入っているか、自分の体にぴったり合う彼女の体の感触を何度思い出したか、そして——

「今話し合ってくれてもいいわ。ただ、社交界の決まりにそむかないかぎりでね」

ちくしょう。「いったい彼女になんと言ったんです？」

「あなたも過去のまちがいをくり返したくはないはずと言ってやったわ」

シンはうなり声を発した。「マーガレット伯母さん！」

「それから、あなたと彼女がそれをくり返しそうになっているように見えるとも言ってやった」マーガレットはそこで一旦ことばを止めた。「わたしの家で何かまちがいが起こったら、それが誰のせいかわかっているとも言ってやったの」

「彼女を責めることはできないはずだ——」

「責めたいのは彼女じゃないわ」マーガレットは言った。「無垢な女性を誘惑しようとしているのはあなたよ。彼女はそれに屈するという罪を犯しているだけ」

「少なくとも、それについては安心していいですよ。ぼくは処女を誘惑しようとは思ったこ
とも試みたこともない。これからだってそうだ」

「ミス・バルフォアが処女かそうじゃないかはわからないでしょうに」マーガレットは辛辣な口調で言った。「あなたたちふたりがこっそり会うのは正しいことじゃないわ。どちらにもそれはわかっているはずよ。かかわりのある誰にとっても、こうしているほうが安全だわ。冬の大舞踏会まであとたった一週間よ。それが終わったら、あなたもミス・バルフォアも好きにすればいいわ……ほかの誰かの家でね」

一週間。大砲の砲弾をくらったかのようだった。ちくしょう、あとたった一週間でローズは帰ってしまう。おそらくもう二度と会うことはないだろう。焦れる思いに胸をつかまれる。

マーガレットはあまったリボンを拾い上げた。「さて、悪いけど、昼寝でもしたらどう？　昼食の準備ができているか見に行かなくちゃ。いっしょに昼食をとらないなら、昼食の準備ができていれば、気分もましになるでしょう」彼女はそう言って部屋を出ていった。リボンをつけられたパグたちが鼻をぴくつかせながらそのあとにつづいた。

床にリボンがひとつ落ちていた。シンはうわの空でそれを拾い上げた。ヤグルマギクのような青いシルクのリボンだった。ローズの目の色と同じだ。

シンはリボンをにぎりしめ、声をひそめて毒づくと、踵を返して部屋をあとにした。

15

ロクスバラ公爵夫人の日記から

今、敵は門前に押し寄せてきている。でも、シャーロットとわたしの手で、プリンセスの戦闘準備は整えてある。シンが何をたくらんでいるかはわからない。海さながらに気分屋で予想のつかない人間だから。でも、真の戦いがはじまろうとしている。

ローズは部屋の姿見の前に立っていた。インド・モスリンで作られた、やわらかい青いドレスに手を走らせて息を呑む。ドレスには裾にライラックの花や葉を巧みな針さばきで描いた刺繍がはいっていた。同じ色のバラの花飾りが襟元のレースにつけられている。「ああ、アニー、これってすばらしいわ」

ローズの足もとでは、ティーニーが銀色の尻尾を振っていた。小さな茶色のパグは、公爵夫人がローズに着てほしいと言ってよこしたドレスを山と抱えてきたアニーのあとから部屋にはいってきたのだった。

ローズはドレスを断ろうとしたが、アニーがどうしてもと言ってきかなかった。今、ドレスのなかでもっとも美しい一枚を着てみて、ローズはありがたいと思わずにいられなかった。自分の持っているどのドレスも、これほどに美しく作られたものはない。

ゆっくりとローズのまわりをまわっていたアニーは犬につまずいた。それから首を傾け、唇を引き結んでうなずいた。「まあ、どうにか着られますね」

「どうにか着られる？　アニー、非の打ちどころのないドレスだわ！」

アニーは忍び笑いをもらした。「襞《ひだ》飾りをひとつふたつとって、袖を少しつまめば、あつらえたようにぴったりになりますよ」

ティーニーも同意するように尻尾を振った。

ローズは犬にほほ笑みかけた。「アニーはとても針仕事が上手よね？」

ティーニーはそれ以上激しく尻尾を振れなかったのか、ローズの靴に顎を載せて彼女をじっと見上げた。

ローズは笑い声をあげた。「公爵夫人のところに戻してあげなくては。心配なさるわ」

「あら、大丈夫ですよ、お嬢様。この子はしじゅうどこかへいなくなってしまいますが、奥様は気がつきもしませんから」

「それはよかったわ。公爵夫人にこれ以上心配をかけたくないもの」ローズは鏡に映ったドレスを眺めた。それを着ているのが自分だとは信じられないぐらいだった。ドレスのおかげで女らしく、洗練されて見える。どちらもふつう自分を言い表すのに使うことばではない。シンはドレスのおかげでわたしがちがって見えると思うかしら――

そんなことを考えてはだめ。この五日間、あれこれについてシンがどう思うだろうかとか、降霊会を信じているスチュワート姉妹をどんなふうにあざけるだろうかとか、過去に自分が狩りに秀でていたという、明らかに嘘とわかるミスター・マンローの話を聞いたり、ホイストのときに誰も見ていないと思って司祭がカードを隠す様子を見たりしたら、彼がどんな嫌悪の表情を浮かべるだろうかとか、そんなことばかり考えて過ごしていたのだった。日々のありとあらゆることについて、シンがどんな反応を見せるのか、想像せずにはいられない気がした。シンを避けようと決めたのは自分だったが、彼とほほ笑み合えないことで、なんとも言えぬさみしさを感じずにいられなかった。それは自分が急速に彼の魔法にかかりつつあることのさらなる証拠でもあった。

自分の心の状態を示す悲しい証拠。ふたりがこのまま戯《たわむ》れの恋に夢中になっていくのは危険だという公爵夫人の危惧《きぐ》を証明するものでもある。ローズはため息をつき、それから肩を怒らせた――守るべき決まりがあるなら、守らなければならない。あの日、シンと別れてから図書室で公爵夫人に会ったことを、今後ずっとありがたく思うようになることだろう。

あのときはあまりに心がかき乱されていたため、もっと冷静でおちついた頭脳に物の道理を教えてもらう必要があった。後悔していたからではない。シンとのあいだにあったことは何ひとつ後悔するつもりはなかった。少なくとも、今ここでそれを終わりにするならば。公爵夫人と交わした会話はほとんど覚えていなかった。泣いているのを見られたことで恥ずかしくてたまらなかったからだ。しかし、公爵夫人が言ったことで、心に残っていることがひとつあった。「あなたとシンがロンドンであんな嘆かわしい事態を引き起こしたときと同じまちがいをくり返さないように祈らずにいられないわ。シンにとってはひどく辛いことだったもの。彼が口に出す以上にね」懸念するように公爵夫人の目は暗くなっていた。「彼がまたああいう思いをすると考えると耐えられないわ」

それを聞いてローズの心は痛んだ。公爵夫人の言うことが正しいのはたしかだった。シンと自分はまたあやうく人前で許されない行動に走りそうになっていたのだから。会うたびにどんどんとんでもない行為へとふたりを駆り立てるものはいったいなんなのだろう?

それがなんであれ、もう終わりにしなければならない。思っていたよりもずっと辛いことだったが、シンとは二度とふたりきりにならないようにするのだ。

訝るようなアニーの目と目が鏡のなかで合い、ローズは自分があまりに長く物思いにふけっていたことを知った。「ごめんなさい。ちょっと考えごとをしていたの……あれこれと」無理に笑みを作る。「公爵夫人がくださったドレスはとてもすばらしい仕立てね。妹のリリーだったら、有頂天になるほどだわ」

「その方がうちの妹みたいだったら、家に帰ったときに盗まれないように気をつけなきゃなりませんね」アニーは一歩下がってドレスをまた眺めた。「奥様が流行を追うんじゃなく、体に合ったドレスを見つける方でよかったですよ」

驚いてローズは目をぱちくりさせた。「これって最新流行のものじゃないの？」

「ちがいます。スチュワート家のお嬢さん方が着てらっしゃるのが最新流行のドレスです。このドレスは三年か、もしかしたら四年前のものです。でも、奥様はご自分の考えをお持ちで、気に入ったデザインがあれば、それをためらわずに着つづける方です」

「とても賢い女性だわ」

「そりゃあ、もう。体形が近くていらっしゃるのは運がよかったです。奥様のほうが少し背が高いですが、同じぐらいやせてらっしゃいますから、いい具合に体に合ってます」

「きれいなドレスね。でも……どうして公爵夫人はこれだけのドレスをわたしに？」

「きっと新しいドレスのために場所が必要だったんです。奥様のメイドのミセス・デニスが、衣装ダンスを整理して一度も着ていないドレスをあなたに差し上げるようにと言われたそうです。それでミセス・デニスは言われたとおりにしたというわけです。あなたが要らなかったら、捨てていいとも奥様はおっしゃったそうで」

ローズは息を呑んだ。「まさか」

「奥様はそうおっしゃったそうです」

「でも、ほかに誰か着られる人はいないの？　ほかのメイドの誰かとか？」

「あら、フロアーズ城にこれが着られるだけやせたメイドはいませんよ」アニーはにやりとして自分の腹をたたいた。「そんな体形を維持するには階下《した》の食事はよすぎますからね。これだけは言えますが、奥様は手放したいと思わないものはけっして手放しません。倹約家なんです。ふつう、誰かに何かをあげるときには、そこには――」アニーは眉を下げてことばを止めた。

「何？」

アニーはただ考えこむような顔でローズに目を向けただけだった。

ローズは答えを待った。「何？」

アニーは肩をすくめた。「忘れました。ドレスがあんまりお似合いなんで、それに――ティーニー、お嬢様の靴をなめてはだめ！」

ローズが目を落とすと、パグに靴の端をなめられていた。アニーにやさしくしかられて、パグはなめるのをやめて目を上げた。なんともかわいらしい仕草だった。「おばかさんね」

ローズは身をかがめて顎をかいてやった。

「この犬は困った子なんです。ショールをとってきますね」アニーは衣装ダンスのところへ行ってバラ色のカシミアのショールをとってきた。

ローズはショールを受けとり、ティーニーがその端に噛みつこうとするのを見て忍び笑いをもらした。犬の届かないところにショールを持ち上げると、時計が目にはいった。「あら、大変。もう行かなくちゃ」

「いいえ、夕食まではまだ一時間あります」

「わかってるわ。でも、ミス・イザベルに彼女が読みたがっている本が図書室にあるって話したの」それに、シンが夕食のための着替えをしているはずの今行かなければ、明日まで本をとりに行くことができなくなるかもしれない。

アニーはローズのベッドのそばに積み上げられた本に目を向けた。「あの方もお嬢様と同じぐらい読書家なんですか？」

「わからないけど、今日の昼食の席でキャメロン卿が勧めていた本なのよ。だから、どうしても読むって言ってたわ。今とりに行けば、夕食の席に持っていってそこで渡してあげることができる」

「かしこまりました。あたしはほかのドレスの裾上げをはじめておきます。それが終わったら、ドレスを着たお嬢様は王女様みたいに見えますよ」

ローズは笑った。「わたしが王女様に見えるためにはドレスだけじゃだめね。でも、ありがとう」ローズはメイドに別れを告げ、扉へと向かった。小さなパグも身を起こし、伸びをしてからゆっくりとそのあとに従った。

扉を閉めると、ティーニーはローズを残して廊下をそのまま進み、角を曲がって行ってしまった。

「まあ、いいわ」ローズは犬が姿を消した廊下に向かって言った。「あなたともお別れね」それから、悲しげに首を振ると、図書室へと向かった。

ローズは本棚を見上げ、キャメロンが勧めていた本をどこで見たのか思い出そうとした。『『ローマ人の戦闘研究』』そうひとりつぶやく。「どこでその題を見たんだったかしら?」はしごのところへ行ってはしごをつかむと、本を見たと思われる場所に動かした。それから、裾を踏んで破いてしまわないようにそっとスカートを持ち上げ、はしごをのぼった。途中までのぼったところで足を止め、本棚を探しはじめた。

少ししてため息をついた。見あたらないわ。ローズは片腕をはしごにかけ、一段一段目を凝らしながら本を探した。もしかして窓際だったかも。アフリカの川についての本を見つけたあたり。そこではしごを降り、はしごを窓のほうに引っ張った。はしごは窓辺まであと少しというところで止まってしまった。

ローズは本棚を見上げた。本が落ちかけて引っかかっているのではないかと思ったのだ。しかし、はしごの動きを止めるようなものは何も見あたらなかった。ローズはため息をついてスカートをつまみ上げ、はしごのてっぺんまでのぼった。てっぺんに来てみると、部屋全体にはしごを動かすために細いレールにつけられた車輪に目を向けたが、車輪もとくに壊れている様子はなかった。

まあ、どうしようもないわね。どうにかしてはしごを動かしてみるしかない。そうして降りはじめたところで、ふとひとつ横の棚の本の並びに目を向けると、その中央に、探していた本があった。

ローズははしごの横に腕をかけ、できるかぎり手を伸ばした。指が本をかすめたが、どれほどがんばってみても、それ以上は届かなかった。もうっ!

ローズは目を細めた。はしごの外側に体を乗り出し、足を横の手すりにかけて手を伸ばせば、本をつかむことができるかもしれない。

そこで腕をはしごの段にまわし、若干勢いをつけて足を横の手すりにかけた。両足ではしごの手すりをはさむようにする。その体勢は思った以上にあぶなっかしかった。はしごも片側に傾いたように思えた。

慎重に棚に手を伸ばすと、ほっとしたことに楽に本をつかむことができた。「さあ、つかまえたわよ!」

勝ち誇って顔を輝かせながら、ローズははしごの内側に体を戻そうとした。もう少しで戻るというときに、静けさを破るほどの大きな音がして、はしごが片側に傾き、レールからたったひとつの車輪でぶら下がる格好になった。

ローズは酔っぱらった水夫のようにゆらゆらと揺れるはしごに必死でしがみついた。

「ああ、いや！」彼女は部屋の開いたままになっている扉に目を向けた。「助けて！」と呼びかける。「マクドゥーガル！　誰か！　お願い！」

16

ロクスバラ公爵夫人の日記から

わたしの母は偉大な女性だった。家を牛耳っていたのは父ではなく、母だった。夜に子供たちをベッドに入れてくれるのも母で、家庭教師を選んだり、着る物を管理してくれたり、悪いことをするとしかったりするのも母だった。母はまた、子供たちがちゃんと勉強するようにうながし、やたらと褒めることはせず、褒めるべきときだけ褒めてくれた。

母から受けた助言はこれまで誰から受けた助言よりもすばらしかった。あまりにすばらしいので、ロケットにそれを彫りつけたほどだ。

「マーガレット」母は折に触れて言った。「あなたはどんな人間になってもいいわ。退屈な人間じゃないかぎりは」

このことばの意味を理解するまでほぼ三十年もかかったが、ようやく理解できるようになった。

わたしは退屈な人間には絶対にならない。

マーガレットと話したあとでシンは長く馬を走らせた。最初は怒りのあまり頭がまわらないほどだったが、やがて大伯母の言ったことをじっくり考えられるようになった。ひどく衝撃的な事実に気づいたのもそのときだった。六年前のあの晩に味わわされた屈辱への復讐を望んでいたのが、今はそれがもっと大きく、さらに複雑な望みにとって代わられていた。自分はローズ・バルフォアを望んでいる。

彼女を望む気持ちには、あのやせた頑固な女にはこちらの体に火をつける何かがあるという事実以外、いかなる理由も目的もなかった。彼女からはこれまでどんな女からも受けたことがないほどの刺激を受けた。

ここにいるあいだに彼女との逢瀬《おうせ》をたのしまないのは愚かなことだ。どちらも大人で、互いに与え合える悦びを止めるものは何もないのだから。ここで過ごす時間に終わりが来たら――来るのはたしかだ――そうしたら、なんの悔いもなく互いのもとを去ればいい。

なぜか、大伯母のマーガレットはその理想的な計画をねじ曲げて受け止めてしまったのだ。もちろん、慎重に振る舞う必要はあるが、官能的な悦びを得たからといって、必ずしも評判に瑕がつく事態になるとはかぎらない。それがそうであるなら、社交界の誰もいい評判など保っていられないはずだ。ローズも自分も大人なのだから、人に見つからないようにうまくやることはできるはずだ。あとはそれをローズに説明すればいいだけのこと。

そろそろ彼女とのことにおいて主導権をとり戻さなければ。避けられていることに抗議すれば、多少彼女に譲歩することになってしまうだろうが、より官能的な勝利を手に入れるためなら、多少の負けは受け入れるつもりだった。

シンは誰もいない廊下を居間の前まで来ると、カフスを直すために足を止めた。たぶん、待っているあいだ、ポートワインを一杯やっても――

「助けて！」ローズの叫ぶ声がした。シンは考える暇もなく図書室にはいった。ゆっくりと揺れるはしごの一方の端にローズがあぶなっかしくぶら下がっている。はしごの車輪はひとつしかレールにおさまっていなかった。いつ何時、はしごからローズが落下してもおかしくない。

シンがはしごのそばに達したところで、大きな音を立てて車輪がはずれた。はしごは下の絨毯の上に落ち、シンはローズを受けとめた。

ローズは彼の首に顔をうずめ、命綱につかまるかのように彼につかまった。目はきつく閉じられ、濃いまつげが三日月のように頬に降りている。放したらまた落ちるとでもいうように、彼女は本をきつく抱きしめていた。

「ローズ？」

彼女はゆっくりと目を開けてまばたきした。「わたし、死んだの？」

「まだだ。ただ、きみに関してはあのはしごが呪われているんじゃないかと思えてきたけどね」

ローズは震える笑い声をあげた。シンには彼女を抱く腕に力をこめずにいるのが精一杯だった。

ローズは悲しげな目を彼に向けた。「はしごが悪いんじゃないの。わたしのせいよ。この本をとりたかったんだけど、はしごが動かなかったの。それで、外側の端に足をかけて本をとろうと手を伸ばしたら……あとはご覧のとおりよ」

シンはゆっくりと彼女を下ろした。シルクのようにやわらかく、みずから意志を持つかのように巻いていているふさふさとした黒い髪はすでに片側がほつれて垂れていた。シンは腕を彼女の腰にまわしたままでいた。彼女の髪が彼の動きを封じるように腕にからみついている。

「シン、もう放してくれていいわ」

シンは永遠に彼女を抱いていてもいいと思った。

「シン？」

彼ははっとした。「ああ、そうだな」そう言って彼が腕をはずすと、ローズはふたりのあいだに適切な距離を置いた。「ここから出るときにマクドゥーガルにはしごのことを言っておこう」

ローズはうなずき、気まずい沈黙のあとで言った。「受けとめてくれてありがとう」

「どういたしまして」

ローズはにっこりすると、ドレスの襟ぐりを飾る薄いレースを指でなぞった。

シンはそのふわふわとした白いレースの下に隠されている宝について思いを馳せずにいられなかった。「そう、ぼくがきみを避けているんじゃなくて運がよかったよ。そうだとしたら、助けを求めるきみの声が聞こえなかったかもしれない」

ローズは真っ赤になって怯《おび》えたシカのようにドアへ向かおうとした。

シンがそれをさえぎるように前に進み出た。「くそっ、だめだ。逃げないでくれ。きみと話がしたい」

「それって賢明なこととは言えないわ」

「だったら、少しのあいだ愚かでいてくれ。大伯母が何を言ったか知らないが、われわれが互いを避けるのはおかしい。いっしょにもっとすばらしい時を過ごせるというのに、貴重な時間を無駄にしているのも同然だ」

「シン、前のときのように運を試すべきじゃないわ。誰かに見られたら……」ローズは首を振った。

「運を試す？」彼は彼女の体に目を走らせた。「ああ、ローズ、ぼくたちは運以上のものを試していたじゃないか」

「かつて悪い噂の的となったときにはいやな思いをしたはずよ」と彼女は言い返した。「どうして今はそれをたのしめると思うの?」

「たぶん、そうなる危険を冒してもいいほど価値のあるものを見つけたからさ」

ローズは目をぱちくりさせるしかできなかった。「わたしってこと? わたしにその危険を冒す価値があるというの?」

「ほかに誰がいる?」シンはさらに彼女に近づいた。その危険なほど優美な動きを見てローズは口のなかが乾く気がした。「ローズ、ぼくはふたりがこうして惹かれ合うのはなぜなのか知りたいんだ。それによってぼくたちがどうなるのか知りたい。そして、それがつづいているあいだはそれをたのしみたい」

ふたりの関係は「それがつづいているあいだ」だけのこと。そのことばがローズの頭に冷たい水を振りかけた。「だめよ」彼女はドアへと向かった。

彼女が入口に達しようとしたところで、彼が呼びかけてきた。「どうしたんだ、ローズ? ぼくと探検するのが怖いのか?」

〝探検〟という言い方を聞いて、ローズの背筋に震えが走った。まるで埋蔵された宝を探しに行くかのよう。彼の愛撫が自分にどんな影響をもたらすか考えれば、あながちまちがった表現とも言えない。「いいえ。あなたが怖いわけじゃない」怖いのはわたし自身。

シンはドアのところまでついていって彼女の頬に手をあてた。指で触れた彼女の肌はやわらかくあたたかかった。「わかるかい、ローズ？　ぼくが触れるときみがどんな反応を見せるか？」彼は身をかがめ、彼女の耳に口を寄せた。「ぼくも同じなんだ。きみがそばにいるとこんなふうになる」そう言って親指で彼女のやわらかい唇をなぞった。

ローズははっと息を呑んだが、身を引き離そうとはしなかった。シンにもその理由はわかった。自分と同じように彼女もふたりのあいだで燃え上がる情熱を拒むことはできないのだ。シンの体には火がつき、彼女を求めてうずいていた。ああ、この女《ひと》がほしい。

彼女を自分のものにするには、自分のことばがほんとうであることを見せつけてやらなければならない。大伯母のマーガレットが冷たいことばで情熱に水をかけたとしても、それをまた燃え上がらせるすべはわかっていた——行動を起こせばいい。

シンは手を彼女の腰にすべらせ、きつく引き寄せた。「ローズ、何より最悪なのは未知の瞬間を怖がることじゃない。その瞬間を逃すことだ。過ぎ去ってしまうのを止めないことだ。そういう瞬間は二度と訪れないかもしれないんだから」

シンが唇を奪おうとすると、ローズが手を上げてそれを防いだ。「シン、何をするつもり？　何が望みなの」

「互いをたのしみ、どこへ向かうにしろ、この情熱をとらえることさ」シンは手を彼女の髪に差し入れ、顔をあおむかせた。「ぼくといっしょに人生をたのしもう、ローズ。それがどんな結果をもたらすにしろ、思い悩むのはやめるんだ。きみとぼくはこれまで充分頭を悩ませてきたんだから」

ローズは彼とまっすぐ目を合わせた。「それでそのあとは？」

シンは肩をすくめた。「そのあとはそれぞれの道を行くのさ。短いあいだでも、ともに過ごせたことに満足して」そう言って彼女にほほ笑みかけた。「以前の結末よりはずっとましなものになるのはきみも認めざるを得ないはずだ」シンは首をかがめ、彼女の首に顔をすり寄せてその甘さを味わった。そうやって触れることで、体に生命力がみなぎる気がしたが、ローズはまた彼を押しのけた。

「だめ、だめよ」そう言って背を向け、絨毯の上を歩きはじめた。「そうなるのが怖かったのよ」

シンはドレスの下で彼女の腰が揺れるのをじっと見つめた。「何が？」

「シン、何が起こっているのかわからないの？　わたしたち、会うたびにこういうことになるじゃない。最悪の結末へとわたしたちを押し流してしまうような正気とは言えないことに」

「惹かれ合うのが最悪かい？　人生が与えてくれた贈り物をたのしむのが最悪のことだと？　それが正気じゃないと言うなら、ぼくはそれでもまったくかまわない」

「でも、あなたとわたしだけの問題じゃないのよ」ローズはどんどん興奮した様子になり、両腕を振りまわして言った。「わたしたち、どうにかこういう衝動を抑えなきゃだめよ。終わりにしなきゃ。こういうことの結果がどうなるか、すでに一度経験したんだから、どちらも同じことをくり返すべきじゃないわ」

「一時期、ぼくも同じことを考えた」

「一時期？」ローズは足を止めて彼を見つめ、目を細めた。「わたしがここへ来た日にあなたがそう考えていたのはたしかよ！」

「気が変わったんだ。今は――」

「ああ、黙って」

シンは目をぱちくりさせた。黙れだって？　生まれてこのかた、誰にも黙れなどと言われたことはない。シンはなんと答えていいかわからなかった。

「六年前――」ローズは言った。「わたしが衝動に駆られたせいでわたしたち、キスをすることになったわ。それはたしかよ。でも、あなたが情熱を抑えきれなかったせいで、それがあんなに……」ローズは首を振った。「今日キスされてもきっと同じ衝動を感じるわ。あなたとわたしはたきつけの小枝のようなものよ。マッチをひとすりするだけで、炎が燃え上がってしまう」

「それは悪くない――」

「悪いわ。たきつけの小枝がどのぐらいすぐに燃え尽きてしまうかわかる？　わたしはそういうのはいやなの、シン。誰ともそんな関係は結びたくない」

シンは〝関係〟を結んでいるとは考えていなかった。笑みが顔から失われる。

「それに」ローズはつづけた。「あなたのせいでわたしは気まずく、居心地の悪い思いをしているのよ」

「どうして？」シンは訊いた。

「それは……あなたのせいで何もかも変わってしまったから。もうケイス・マナーに戻って前のように幸せでいられるかどうかわからない」彼女の笑みが揺らいだ。「以前は読書をしたり、乗馬をしたり、家計を管理したり、父の園芸を手伝ったりしていたわ。これからはあなたのことばかり考えることになる」

シンはなんと答えていいかわからなかった。

ローズはシンが躊躇しているのを見てとり、唇を引き結んだ。「あなたの大伯母様のおっしゃることは正しかったのね。あなたとこんな火遊びをするのはばかなことで、ばかはわたしだわ。そう、これからはもうあなたのことをまったく考えないことにする。さようなら、シン」

ローズは踵を返し、シンをあとに残して勝ち誇った将軍さながらに部屋から出ていこうとした。そう、彼をあとに残して。怒りに色があるとしたら、部屋全体がねっとりと赤くなった気がした。自分でもわけがわからないまま、シンは手を伸ばし、彼女の手首をつかんで振り向かせた。

ローズの背中がこわばった。「放して」

「いやだ」

彼女は目をきらりと光らせたが、すぐにその目に涙があふれそうになった。そのせいで、シンは心に短剣を突き立てられたような気がした。「シン、あなたは何がしたいの?」と彼女は訊いた。

ちくしょう。自分が何をしたいのか、自分でもわからない。彼女がドアから出ていくのを見たくないだけだ。それでも、自尊心が邪魔をして、それを口に出して言うことはできなかった。そんな無防備な自分を誰かにさらすなど最悪だ。とくに彼女には。

どうしてぼくがそんな思いをしなきゃならない? 終わりにしようと脅しているのは彼女のほうだ。「きみとぼくはこういうことをふたつの賭けからはじめた。乗馬の賭けはきみがずるをして勝った。アーチェリーの勝負はぼくが才能を発揮して勝った」

彼女の顔を失望の影がよぎった。ローズは彼の手から腕を引き抜いた。「それはもう終わったことよ」

「このままだと引き分けだ、ローズ。勝負をつけるためにもう一度賭けをする必要がある」

もう一度賭けをしてどうなるものか、シンにもよくわからなかったが、少なくとも、それで時間稼ぎはできる。

「だめよ」

シンは彼女とドアのあいだに立った。「行ってはだめだ。決着をつけなくては」

ローズは眉を下げ、彼をまわりこんで行こうとした。

シンは彼女に一歩近づいた。性急なことをするつもりはなかった。ただ、どうにかしてもっと近づく必要があっただけだ。彼女にわからせる必要が。

ローズは口をきつく引き結び、声を殺して毒づくと、彼の脇をすり抜けて椅子の後ろにまわった。「そこから動かないで。もう話すことはないわ」

シンは自分が何をしようとしているのか自分でもわからなかったが、何かをせずにはいられなかった。「いや、ぼくにはある」

ローズは椅子の背をつかみ、部屋の入口のほうへ目を向けた。逃げ道を探っているのは明らかだ。

シンは椅子を持ち上げて脇に放った。椅子が脇卓にあたって倒れ、キャンディーのはいった水晶の皿がひっくり返ったが、気にもならなかった。

ローズは息を呑み、くるりと振り返って逃げようとした……が、二歩ほど進んだところでシンにつかまった。彼は彼女を小麦粉の袋のように肩に担ぎ上げた。

17

ロクスバラ公爵夫人の日記から

まったく、窓のそばを通りかかるたびに、大甥がミス・バルフォアを抱えているのを目撃することになる気がする。恋愛をうたった偉大なる詩では、情熱に駆られた主人公が女主人公を抱き上げるという情景が描かれるものだが、残念なことに、シンのやり方には疑問を呈さずにいられない。

驚きなのは、女性が運ばれるときに、髪がぼさぼさになり、顔も真っ赤になるのは好きではないと、気づいていないことだ。

残念だけど、あの子にまた言い聞かせてやらなくてはならないだろう。

ローズは両手でシンの上着をつかんだ。「下ろして!」

「いやだ」

「よくも――ちょっと――わたし――よくもこんなことを！」彼女は彼の背中をこぶしでたたいた。シンは部屋を横切り、テラスの扉を勢いよく開けた。「シン、やめて！ こんなふうにわたしを外へ連れ出すことはできないわよ。誰かに見られるわ！」

「今回の大伯母の客人たちのありがたい点は、誰も遠くが見えないことさ。耳もかなり遠いしね。だから、助けを求めて叫びたかったら、叫んでくれてかまわない」涼しい夜風に包まれたと思うと、雨が一粒顔に落ちてきた。彼女が足をばたつかせはじめると、シンは手を尻にあて、体を抱え直した。

「放して。下ろして。今すぐ」

テラスを横切りながら、シンは霧雨に顔をさらした。雨粒を含んで彼女のドレスが湿るのがわかる。「雨も正気を保つには悪くない」

「でも、わたしの上等の靴にはよくないわ！」

シンはシルクの靴を見やると、足から脱がせて自分のポケットにおさめた。

「シン――」

「シッ」くそっ、いい気分だ。

ローズは甲高い怒りの声をあげ、彼の背中をたたいた。

シンはまるで動じなかった。ふつふつと沸き立っていた心が爆発しそうになり、そこに欲望のみが残った。自分と同じだけ、彼女の感情も揺さぶってやりたかった。笑うのは今度はこっちの番だ。

テラスの端まで達すると、目が湖の岸辺にある小さなパント舟をとらえた。彼は苦々しい笑みを浮かべると、水辺へ向かった。

ローズがまだ腕から逃れようともがいていたので、シンは彼女の脚をつかむ手に力を加えた。「身動きをやめるんだ。さもないと落とすぞ」

「結構よ!」ローズはさらに激しくもがきながら言った。

シンは彼女の尻を思いきりたたいた。

「痛!」ローズは身をこわばらせ、彼の背中をこぶしでたたいた。「よくも! やったわね!」

シンは湿った草の上で足をすべらせないように気をつけながら、忍び笑いをもらした。何かが上着にあたるのを感じ、目を下に向けると、ほつれた彼女の巻き毛が胸のポケットにからみついていた。二週間前には、どう見てもローズは美人とは言えないと思ったのだが、今は彼女にも魅力的と言えるものがいくつもあるのに気づきつつあった。

とくに気に入っているのが言うことを聞かない巻き毛だった。今も上着にへばりついているそれに触れたくてたまらなくなる。うっとりするほどやわらかいその巻き毛が、ほかの女性たちの生気のないシルクのような髪とちがって元気がいいのもわかっていた。ローズの髪はそれ自体が命を持つかのようだった。とくに今のように霧雨のせいで湿っているときには。

濡れてへばりつき、巻いてからみついてくるその髪は、彼を髪の毛の主にしばりつけるかのように思われた。

ローズは顔を左右に動かし、彼がどこへ向かっているのかたしかめようとした。「どこへ行くの？　シン、こんなのおかしいわ！　わたしは——何をするつもり？」

ふたりは湖に達していた。シンはさっと肩を動かすと、身を折り曲げて彼女をなかば水に浮かんでいるパント舟のなかに下ろした。舳先《へさき》の大きな金属の輪には長い竿が差してある。

ローズは揺れる舟の上で体勢を保とうともがき、ようやく両方の舷側をつかんで体をまっすぐ起こした。「いったい何を——」

シンは舳先にブーツを載せ、パント舟を湖へと押し出した。

「あ！　ちょっと——」小舟が湖へと勢いよく押し出され、ローズは目をぎらつかせた。水に落ちる雨粒がまわりで泡立つような音を立てている。

「パント舟の竿をつかんでいたほうがいいぞ」

ローズはまわりを見まわした。「何を？」

「パント舟の竿さ。その——」竿は金属の輪からはずれ、水に落ちた。

ローズは竿を失ったパント舟で流されることになった。雨足が激しくなり、ドレスの肩はずぶ濡れだった。「こんなこと許されないわ」

「許されるし、もうしてしまったことさ。さて、ぼくは大伯母と客人たちとの夕食の席に加わることにしよう」

ローズは声を殺して何かつぶやき、舟の舳先へ寄って両手で舟を漕ごうとした。しかし、平底のパント舟はその場でゆっくりとまわるだけだった。

「そんなことをしても時間の無駄だ」

ローズは両手で水をかきつづけたが、パント舟は岸から離れて後ろに動きはじめた。

ローズは身を起こして息を切らしながら彼をにらみつけた。「いいわ。あなたは自分の言いたいことをはっきりさせたってわけね」

「言いたいこと？」

ローズは口を開けたが、すぐに閉じた。「よくわからないけど」

シンは腕を組んだ。「きみは自分を抑えられないのをぼくのせいにしているんだ。きみがキスをひとつ得たら、ぼくがひとつとり返す。ローズ、これは一方通行ってわけじゃないんだ。惹かれ合うのに逆らおうとしているのはきみだけじゃない」

ローズはしばらく彼と目を合わせていた。雨が湖面に落ちる音だけが響いた。しばらくして彼女は言った。「たぶん、あなたの言うとおりね。わたしもこれほど……無防備な気がするのは好きじゃない」雨のせいでずぶ濡れになった髪は滴《しずく》をしたたらせながら、後光のように頭をとり巻いていた。

〝わたしも無防備な気がするのは好きじゃない〟。「ぼくらはどちらも、ときどきそんな感じを抱いてしまうわけだ」

ローズの目が険しくなった。「たぶんね。あなたが自分の欲望に正直であるのは認めざるを得ないけど」

彼は眉を上げた。「それで？」

「ああ、まったく――」ローズはこぶしをにぎった手を目に押しつけた。「いいわ！」そう言って目を上げた。「キスのすべてがあなたのせいだとは言えない。いくつかはわたしのせいでもある」

「それもまた重要な真実だ。きみからそれを無理やり引き出さなきゃならなかったのは残念だよ」シンは家へ向かって戻りはじめた。

「シン、こんなふうにわたしを舟に乗せて置いてきぼりにするなんてできないわよ！」

「どうしてできない？　きみには馬もろとも川に落とされたことがあったが、そのときには舟なんて贅沢なものはなかったぞ」彼は体を後ろに揺らした。「ぼくがきみなら、ゆったりとひとりきりの時間をたのしむけどね」

「わたしが夕食の席にいないことを公爵夫人が訝るわ」

「きみが夕食の席に来られないことをぼくが伝えれば大丈夫さ。そう、頭痛だと言ってやればいい。よく眠れば治る類いの頭痛だとね」

ローズは唇を引き結んだ。「そんなことさせないわ」

「そうかい？」

ローズは目を彼から湖へ、そして小舟へと移した。突然唇が震え、忍び笑いがもれた。

「わたしたちってばかよね、シン」

彼女の笑いが彼の苛立ちをやわらげた。

「だからこそ、お似合いなのかもしれない」彼女は首を振った。「わからないけど、あなたの言うことにも一理あるわ」

「ぼくを懐柔しようとしているのかい？」

「いいえ。あなたの言うことも正しいと言っているだけよ。ここにこうして置いていかれるなら、その状況をたのしんだほうがいいってわけ」ローズはドレスのポケットに手をつっこみ、図書室であれだけ苦労して手にとった本をとり出した。「少なくとも、読む本もあるし」

「じゃあ、ひとりでたのしみたまえ」

彼が背を向けると、ローズは本を開いた。「この霧雨で本が濡れてしまわないといいんだけど」

シンは歩きつづけた。

ローズは声を張りあげた。「これってあなたの大伯父様の本で、とてもきれいな本だわ。革の装丁でとっても古いものね。ああ、ほら！　公爵への献辞まで記されているわ——なんてこと、国王からの献辞？」

シンは足を止めて振り向いた。

ローズは本に手を走らせた。表紙は湿って光りはじめている。「きっと、あなたの大伯父様はこの本を大事にしているはずよ。あなたの大伯母様もそうだわ。湖に落としてしまわないといいんだけど」そう言いながら、ローズは本を水の上に差し出した。

「ほんとうにきみは手に負えないな」

ローズは手を頬にあて、いかにも驚いたという振りをした。シンは水のなかを舟まで歩いていって、彼女を湖のなかに放りこんでやろうかと本気で思った。もちろん、本は舟に残して。

ローズは彼に目を向けた。「大伯父様の本を返してもらいたい？　公爵がご自分の蔵書をどれほど大事にしてらっしゃるかは周知の事実だわ」

シンは悔しいながらも、彼女を称賛せずにいられなかった。「きみほど生意気な女には会ったことがないな。湖の真ん中で、舵も櫂《かい》もない舟に乗ってただよっているってのに」

「びしょ濡れでおなかも空きつつあるし、新しいドレスがだめになるのもいやよ」ローズは眉を上げた。「取引するのはいやよね？　本を渡す代わりに竿をもらえれば、自分でどうにかできるんだけど」

シンは空を見上げた。今は雨もやんでいたが、いつ何時また降りはじめるかしれなかった。

「いいだろう」彼はほかの舟から長い竿をはずした。「端を持ってくれ。引き寄せるから」

すぐにローズは岸から差し伸べられた竿をつかんだ。「竿の端をしっかり持つんだ」と彼は命じた。

ローズが端をにぎると、シンは竿を放した。「さあ、本を投げてくれ」

ローズは本を投げた。本は彼のずっと後ろに落ちた。

「これでおあいこね」ローズは舟の上に腰を下ろすと、竿を金属の輪に通して漕げるようにした。「すてきな船旅をありがとう。夕食後だったらよかったのにと思うけど。それともちろん、雨の降っていないときだったら」

「はっきりさせておくが、まだ、話し合わなければならないことはある」

「いいえ、ないわ。もうふたりきりで会うこともないし」

「あるさ。きみがこの家から去る前に」そう言うと、彼はお辞儀をし、途中で本を拾い上げて家へと向かった。

認めるのは癪だったが、自分が怒りに駆られたせいで、ローズとのことは振り出しに戻ったわけだ。櫂のない舟に乗せて湖の真ん中に押し出してやったのでは、彼女の信頼をとり戻せるはずもない。

シンはうわの空で手に持った本に目を落とし、本を開いて献辞を読んだ。〝ロクスバラ、これはなくしてしまった本の代わりです。いとこのハリー〟

シンは足を止めた。ああ、あの女……国王からの献辞が書かれていると言っていたのに！

シンが振り返ると、ローズは舟を桟橋につないでいるところだった。それから手のほこりをきれいに払うと、芝の上を歩きはじめた。シンが本を開いているのに気づくと、にやりとして手を振った。

シンは歯を食いしばり、家へとまた向かった。しかし、彼女に背を向けるやいなや、ついかすかな笑みがこぼれた。ローズ・バルフォアといると何が起こるかわからない。おそらく、今度はこっちがびっくりさせてやらなければ。

楽観的な気分になって彼は城のなかへはいった。マクドゥーガルを見つけると、ミス・バルフォアが散歩していたが、そろそろ傘が必要なはずだと言ってやった。

18

ロクスバラ公爵夫人の日記から

叔父が昔よく言っていた。後悔とはあたたかいパンにつけるにぴったりの苦いスパイスだと。その意味はわからないけど、そのことばを誰かに話すたびに、みな一様にはっとした顔になる。なんとも深みのある、役に立つことばだとでもいうように。

このことばを大甥に言ってやったら役に立つかしら？　彼を前に進ませる何か手を考えなくては……

ダンはシンのヘシアンブーツを持ち上げた。ブーツの踵には泥がこびりついていた。「公爵夫人は夕食会を雨に濡れた森のなかで催したんですか？」

「夕食前のことさ。狩りに行ったんだ」シンは暖炉のほうへ足を伸ばして言った。

「ああ、狩りですか。夕食前にね。けがはしてらっしゃらないようですから、きっとミス・

バルフォアはごいっしょじゃなかったんでしょうね」

「いや、いっしょだった」

「もちろん、そうでしょう。ブーツは廊下に出しておいてきれいにさせましょう」

シンはうわの空でうなずいた。湖への小旅行は少なくともふたりのあいだに立ちこめていた暗雲を払ってくれたようだ。ローズは夕食の席に二十分遅れで現れ、ドレスの裾がほつれたとかなんとか言い訳していた。ふだんは夕食の時間にうるさい大伯母が、驚くほど穏やかにローズの遅刻の言い訳を受け入れ、ローズの衣服にさらに修繕が必要だった場合には自分の衣装係を使ってくれてかまわないと申し出た。

そして、フロアーズ城に来てはじめて、ローズの席はテーブルの反対側の端ではなく、彼の席から二席離れただけのところだった。会話ができるほど近くはなかったが、隣の席の人間が言ったことに対しておもしろがるような目を見交わすことは何度かあった。目が合ってほほ笑み合うこともよくあった。そうしてほほ笑み合うたびに、キスや愛撫の記憶がよみがえってきた。少なくともシンはそうだった。ローズに関しては、わずかに頬を染めている以外はあまり変わらないように見えた。

女性とこんな奇妙なやりとりをするのははじめてで、火に焼かれる責め苦を受けているような気分だった。

ダンが戻ってきて小さな真鍮《しんちゅう》のポットを吊るしてあった暖炉に近寄ると、火かき棒を使ってそれを持ち上げ、ふたを開けた。

クローブのにおいがシンの鼻をくすぐった。「おまえの熱いトディー（スピリッツに甘みを加えて湯で割った飲み物）は魔法のようだな、ダン」

「よく言われます、旦那様」従者はトディーをカップに注ぎ、シンに手渡した。

「ありがとう、ダン。おまえはいいやつだ」

「ありがとうございます、旦那様。明日のご予定についてうかがってもいいでしょうか？　お召し物を出しておきますので」

「ペルメルの試合をするという話だったが、ぼくがペルメルが大嫌いなのはおまえも知っているだろう」

「ええ」ダンはそっけなく言った。「アーチェリーとホイストと同じぐらいに」

「それ以上言うと無礼だぞ」

従者は笑みを浮かべたが、お辞儀をした。

ペルメルを自分がどう思っているか、大伯母のマーガレットには伝わるようにしておいたのだった。そして、ローズが口もきいてくれないという状態ではなくなった今、彼女と多少なりともいっしょに過ごせるような何かを計画してくれないかと期待していた。しかし、スチュワート姉妹はペルメルに大賛成で、それはマンローも同様だった。シンにはそれをくつがえすために言えることはほとんどなかった。「ほかの連中があの最悪のお遊びに興じているあいだ、ぼくは馬に乗りに行ってもいいな」

「かしこまりました」シンがトディーを飲んでいるあいだ、ダンは忙しく立ち働いていた。

今日は思ったとおりのなりゆきにはならなかったが、少なくとも多少はかたくななローズの心をほぐすことはできたはずだ。あと一週間しかないと考えると苛立ちが募った。またローズを乗馬に連れ出すのは悪くないはずだ。しかし、どうやって？　日に日に選択肢は少なくなっていた。おそらく、あまりに横柄な態度をとるのはやめるときなのだろう。たとえ大伯母に自分はペルメルをやるつもりはないと宣言したとしても——

廊下で音がした。「ダン、今の聞こえたか？」

衣装ダンスの扉のそばで小さな服をたたんでいたダンは顔をしかめた。「何が聞こえたと、旦那様？」

「まあ、いいさ。きっと気のせい……」シンは眉根を寄せて扉を見つめ、それから立ち上がって入口へ歩みよった。しかし、扉のそばに寄るころには、かすかな物音はおさまっていた。声を出すなというように手を上げると、シンは片手でドアノブをつかみ、耳を扉板にあてて耳を澄ました。

少ししてから、一歩下がり、勢いよく扉を開けた。扉の外にいたのが誰にせよ、嘘をつくつもりだったのだが、廊下に人影はなかった。

シンは顔をしかめた。おかしい。たしかに物音がしたんだが。もしかして——

目を下に落とすと、そこにはきれいにさせるために廊下に出したブーツがあった。「ちくしょう、このちびめ！　ぼくのブーツを噛むな！」シンは小さな茶色のパグの首の後ろをつかんで持ち上げ、にらみつけた。

怒られて犬は謝るように耳を下げ、小さな尻尾をぐるぐるまわした。シンの苛立ちは即座に消え去った。

ダンは非難するように口を引き結んでブーツを手にとった。「左のタッセルが破れておりますし、右のタッセルは食われてしまったようです」ダンは犬をにらみつけた。「この汚い生き物をキッチンに連れていきましょうか、旦那様？」

少し廊下を渡ったところの部屋の扉が開き、マーガレットの衣装係のデニス夫人が頭を突き出した。左右の廊下を見まわし、パグに気がついた。「あら、そこにいたのね！　奥様が夕方からずっと探していらしたのよ」彼女は甘い声を出しながらパグを引きとりに来た。「ああ！　なんてかわいい子犬でしょう！　つかまえてくださってありがとうございます、シンクレア様」

「ぼくはつかまえていない」シンが答えた。「廊下をうろつきまわっていたんだ」

「ふだんはそんなことしないんですけど、ミス・バルフォアのお部屋に隠れていることが多くなって――」衣装係のメイドは彼の部屋からふたつ離れた部屋に目を向けた。「このかわいい子犬は彼女のことが大好きなので。きっと彼女の部屋の扉が閉まっていてはいれなかったので、あなたのお部屋に行ったんですわ」

「失礼だが」ダンが凍るように冷たい声で言った。「そのかわいい子犬はシンクレア様のブーツの片方のタッセルを食ってしまい、もう一方をだめにしたんですよ」

「あら、まさか！」彼女はぞっとした顔でパグに目を向けた。「そんなこと！」

「ええ、ほんとうです」

彼女は犬を抱きしめた。「かわいそうなおちびさん！　気分が悪くならないといいんだけど」

「かわいそうなおちびさん？　かわいそうなシンクレア様はどうなるんです。金のタッセルだったんですよ」

デニス夫人は口を引き結んだ。「あなたがタッセルを返してもらいたいとお思いだと、奥様にきっと伝えますわ」そう言って眉を上げた。「従者に探させられると思うので」

「いや」シンが急いで言った。「その必要はない」そう言ってダンの肘をつかんで部屋に押し戻した。「おやすみ、ミセス・デニス。大伯母にぼくからよろしくと伝えておいてくれ」

「かしこまりました、シンクレア様」デニス夫人が軽くお辞儀をし、シンは扉を閉めた。

ダンはブーツを明かりにかざしていた。「生意気な女性ですな。このブーツがいくらするのか知ったら、ちがう言い方をしたんでしょうが」

「タッセルならとりかえればいいさ」機嫌をよくしたシンは心ここにあらずで言った。つまり、あそこがローズの寝室というわけか。笑みを浮かべ、彼は暖炉のそばの椅子に戻り、燃える火に足を伸ばした。ありがとう、犬よ。それを知らせてくれたのは金のタッセルふたつ分の価値があった。

翌日、外に出たローズは風に飛ばされないように大きなつばのついたボンネットのリボンをきつく結んだ。それから、あたたかい草と陽射しのにおいを深々と吸いこんだ。夕方に近い時間で、太陽は大きく傾き、暗くなる前に最後の金色の光をあたり一面に投げかけていた。悪くない一日だった。シンとは休戦協定を結んだ形で、彼はとても礼儀正しく、非常に気安く話しかけてくれ、何度かつい心から笑ってしまうこともあった。しかし、それは甘苦いひとときでもあった。というのも、心のなかではまだ彼を強く求めてやまなかったからだ。

耳障りな鳴き声がして、ローズは芝生の先に目を向けた。外に出られたことがうれしくてたまらない様子のパグたちがふざけ合いながら、ハチの大軍のようにこちらへ向かってくる。急ぎ足の従者を従えてパグたちは彼女の足もとへ達し、積み重なるようにして鼻を動かし、短い尻尾を振りまわした。ティーニーがミーニーの頭の上にすわり、動くまいとしたため、ミーニーがそこから逃れようともがくのを見て、ローズは笑わずにいられなかった。

「わたし、おまえの兄弟じゃなくてよかったわ」ローズはティーニーに向かって言った。犬は自分の行いを恥じる様子もなく、舌を口の片側から出して荒い息をしていた。

ビーニーが吠えた。目にも止まらぬほどの速さで尻尾を振りまわしている。ローズはにやりとして、身を折り曲げ、パグたち全員を撫で、耳や腹をかいてやった。やがてレディ・シャーロットが現れると、彼女が持つ毛糸のはいったおもしろそうな袋に気づいてパグたちはみなテラスへと突進していった。

ひとり忍び笑いをもらしながら、ローズはマクドゥーガルがいるところまで芝生を歩きつづけた。彼は従者たちがペルメルの試合のための輪を設置するのを監督していた。

ローズが近づいていくと、マクドゥーガルは笑みを浮かべた。「こんな感じでどうです、お嬢様？」

ローズはペルメルのコースに目を向けた。「最後のふたつの輪がちょっと近いわ」

「そう思われますか、お嬢様？」マクドゥーガルは革の入れ物から木槌をとり出して距離をはかった。「ああ、おっしゃるとおりですね」そう言って従者に合図した。「デイヴィーズ、いい子だから、その二番目の輪を動かしてくれ。ちょっと近い」

命令された従者は輪を直した。

「ペルメルはよくされるんですか、お嬢様？」マクドゥーガルは礼儀正しく訊いた。

「ええ。妹たちとよく勝負するの」そしてほぼいつもローズが勝ち、ダリアがひどく悔しがるのだった。リリーは賞金がかかっていないとあまり熱心ではなかった。賞金がかかっていないとなると、よく気をそらし、絶えずあなたの番よと言われてばかりいた。

しかし、ダリアは……ローズは笑みを浮かべた。下の妹の負けん気はとても好ましかった。ダリアほど勝ち負けにこだわる人間はいない。そう、わたし以外では。

ローズは木槌のところへ行って明るい赤の木槌を選んだ。

「選ぶ木槌をまちがったな」と太い声が言った。

振り返ると、驚いたことにシンがすぐ後ろに立っていた。生い茂る草とボンネットの広いつばのせいで彼が近づいてくるのに気づかなかったのだ。「どうして赤い木槌がだめなの？」

「不運の象徴だからさ。きっときみも聞いたことがあると思うが」

「いいえ、赤はすべての色のなかでもっとも運のよい色だと聞いたわ」と彼女は言い返した。

シンは乗馬服に身を包んでいた。それによって彼が午後のあいだどこにいたかがわかった。

シンは輝く笑みを浮かべた。「緑が最高の色だが、残念ながら」――彼は彼女の横に手を伸ばし、緑の木槌を手にとった――「もうとられてしまった」

ローズの心は浮き立った。「あなたもペルメルをするの？　昨日の晩はこんなの子供の遊びで退屈だと言っていたのに？」

「ぼくはただ、みんなを脅して勝負を挑ませないようにしただけさ。どうもそれが功を奏したようだ。試合場にはぼくたちだけみたいだからね。ほかの連中は勝負を放棄した」シンは彼女にほほ笑みかけた。夕方の陽射しが彼を金色のたくましいライオンのように見せた。

「どうやらきみとぼくだけで勝負することになりそうだ」

きみとぼくだけ。彼のその言い方を聞いてローズは笑みを浮かべた。「どうやってほかの人たちに棄権させたの？」

「うんと巧妙な策略を用いたのさ」

ローズは笑った。「そう」

「ほんとうのところ、きみが女性のなかでは一番ペルメルが上手で、男性のなかではぼくが一番だと指摘してやっただけさ。そんなふうに言ってやったら、みな勝負を放棄して、くつろぎながらぼくたちの大勝負を見物することにしたわけだ」

ローズはひとところに目を留めないように努めながら彼の全身を眺めまわし、値踏みする振りをした。「たぶん、あなたは交替要員としては悪くないようね。従者の仕事もきっと減るわ。ミス・イザベルはいつもとんでもないところに球を打つんですもの。昨日は球が木にあたったのよ」

「ここからかい？」彼は手庇《てびさし》を作って湖のそばの木立に目を向けた。「すごいな。死人が出なかったのが驚きだ」

「たぶん、公爵夫人は窓ガラスを割られるんじゃないかと心配したと思うわ」

「当然だな」彼は最初の輪を身振りで示した。「はじめるかい？」

ふたりは芝の上を歩いた。いつになくふたりのあいだに親密なあたたかい空気が流れていた。ローズはまつげ越しに彼に目を向けた。「正直、これは昨日のパント舟の冒険よりずっと気分がいいわ」

シンは足を止めた。「それについては謝らなくてはならないだろうね」

「それから、たぶん、わたしのほうはあなたを疫病のように避けていたことを謝らなくては」ローズは彼に顔を振り向けた。「図書室で話したことについて、あなたに言いたいことがあったの」

「また言い争いになるのかい？　もしそうなら、お互い武器を手にしていないときのほうが安心だな」

ローズは笑い声をあげた。「木槌を武器としては使わないと誓うわ。だから、あなたの身も安全よ」

「だったら、ぼくも同じく誓うよ」彼は手を上げて、〝木槌〟と〝けっして〟ということばを含む誓いのことばをつぶやいた。

「ほら」シンは手を下ろした。「これできみもなぐられて死ぬ危険からは解放された」

「よかった」ローズは声が笑い声にならないように努めながら言った。「前にも言ったけど、あなたの大伯母様が心配なさっているのを知って、ちょっと用心しすぎたの。公爵夫人の言うとおり、わたしたちはもっと慎重に行動すべきだけど、あなたに直接そう言うべきだったわ。それなのに、わたしはひたすらあなたを避けた。臆病なやり方だったわ」

「たぶんね。もしくはとても賢いやり方と言うべきか」シンは彼女に燃える石炭ほども熱いまなざしを向けた。「きみをベッドに連れこみたくないと言ったら嘘になる。そう思っているのはたしかだからね。それに、きみをベッドに連れこもうとするのをやめると言ったら、それも嘘だ。やめるつもりはないんだから」シンは身をかがめた。声が親密な響きを帯びる。「ただ、ひとつだけ断言できるよ、ローズ・バルフォア。いつかきみがぼくの誘いを受け入れる日は来る」

ローズは彼の目をのぞきこんだ。甘く切ない思いが全身に広がる。目を閉じても、彼のいる場所ははっきりわかる気がした。彼の存在そのものに体が惹きつけられていたからだ。ローズはその誘いに応えたくてたまらなくなった。正直に言えば、彼が誘惑をやめたら、死ぬほどがっかりするだろうと思った。これほど一心に追い求めてくれる男性がいるということに、うっとりせずにいられなかったからだ。「わたしもそんな気がするわ」

シンは驚いてローズに目を向けた。その目の光を見れば、彼がキスしたがっているのはわかった。

ローズは彼の首に腕をまわしたくなる衝動と闘わなければならなかった。どうしてすてきなことはこんなにすぐに終わりが来てしまうの？　望ましくない、つまらないことは永遠につづくように思えるのに。彼とのことがすてきなことであるのはまちがいなかった。永遠にはつづかないが、けっして後悔しない人生の一部。

シンは首を傾げた。風が髪を乱し、陽射しのせいで目はほぼ金色に見える。わたしにはあとたった一週間しか自由が残されていない。ただのローズでいられるのもあと一週間。家事をとりしきるローズでも、靴下を繕うローズでも、付き添いのローズでもないただのローズ。この機会を利用しなければ。さもないと、残りの人生、それを悔やんで過ごすことになる。大きく鼓動する心臓の音越しに自分が声を発しているのがわかった。「この試合をもっとわくわくするものにできるわ。たしか、わたしたち、一対一の同点だし」

「ああ、もっともだ！　それで何を賭ける？」

「勝者の望みをなんでもかなえるの」

シンは彼女の目から目を離さず、お辞儀をした。

これほどに潑剌とした気分になるのはローズにとってはじめてのことだった。彼女は最初の輪を身振りで示した。「でしたら、はじめます？　ほかの……ことについて用意ができるまでの時間つぶしとして」

「見物している連中がいなかったら、ほかのことにもぼくが準備万端だと見せてやれるんだけどね」

「見物？」ローズは手庇を作り、シンの目を追ってテラスに目を向けた。「まあ。公爵夫人とレディ・シャーロットとスチュワート夫妻とレディ・マクファーリンもいるわ。司祭様まで」

「そうさ。ぼくたちは今日の夕方の娯楽だからね。まるで舞台に立っている気分だよ」

「歌ってもいいけど、近くにいる牛を動揺させるだけだわ。その代わり、すぐれたペルメルの技で驚かせてやらなくちゃ」

「すぐれた？　何と比べて？　ぼくは子供のころ、かなり上手だったんだぜ」

「あなたが上手だったことは疑わないわ……子供のころにはね。さあ、ちょっと離れて、大人がどんな打ち方をするのか見ていてちょうだい」ローズは身を折り曲げて木槌をかまえ、球を打った。

シンは眉根を寄せた。「悪くないな」そう言って球を置き、木槌をかまえて球を打った。球は彼女の球から一フィートも離れていないところに転がった。

「悪くないわ」ローズは彼にいたずらっぽい目を向けた。「でも、それほどよくもない」

「まだ準備運動さ、ミス・バルフォア。最後まで力を保っておくのが重要だと知っているんでね」

「馬だったら、そんな信条を持っていても悪くないけど」ふたりは試合をつづけた。さらに二度球を打ったところで、ローズが地面のへこみを見誤り、球が片側にそれた。「ああ、やだ！」

テラスからレディ・シャーロットが両手を口に添えて叫んだ。「もう少し左！」

ローズが驚いた目を家のほうに向けると、シンが忍び笑いをもらした。「まったく、日がな一日椅子にすわって編み物をしている女性とは思えない元気のよさだな」

ローズは彼に目を戻した。「ありがたいことに、まだ負けたわけじゃないわ。幸運の赤い木槌を使っているし」

「そしてぼくのは幸運の緑の木槌というわけだ。どちらかが不運を呼ぶ色ということになりそうだな」

ローズはやさしく彼の腕をたたいた。「不運を呼ぶのはわたしの木槌じゃないわ」彼女は次のふたつの輪で彼より高得点をあげ、それを証明した。

シンはどうしても勝ちたかった。賭けをしたからではない。ローズとの勝負では、勝たなければ満足できなかった。シンは球を打つことに集中し、次の輪では彼女より高い得点をあげた。

そうして三十分が過ぎた。ローズが打つたびに、シンは同点か、それに近い得点をあげた。しかし、どれほどがんばっても、彼女を超えることはできなかった。テラスから見物している面々は感想や助言を叫びつづけていた。そのほとんどが役に立たない、苛立たしいものだったが。

しばらくして、輪はあとふたつとなった。ローズは木槌をかまえた。球を打とうとしたところで、レディ・シャーロットがテラスから叫んだ。「重圧をかけるつもりはないんだけど、この勝負にはかなりお金が賭けられているのよ」

「すばらしい」ローズはつぶやいた。

「でも、緊張しないで」レディ・シャーロットは叫んだ。「いつものように球を打てばいいの」

「いつもよりうまく頼むわ」公爵夫人が叫んだ。

「ええ、ちょっとだけうまく」レディ・シャーロットがつづけた。「球を打って、ミス・バルフォア」

「妹たちよりたちが悪いわ」ローズが声を殺して言った。風が強まっていたため、木槌をかまえる際にスカートを気にしなければならなかった。球を打つときに強い風が吹けば、スカートが木槌にからまってしまう。

ローズは風がやむまで待ち、それから球を打った。球はまっすぐ輪を通り抜けた。テラスで見物している女性たちから拍手が湧き起こり、同時に男性たちからは不満の声があがった。

シンは夢中になっている見物人たちににやりとして見せ、球を打った。球はほぼ完璧に彼女の球のあとをなぞった。また拍手が湧いた。

ローズとシンは最後の輪のところで足を止めた。日はほぼ落ち、まもなくすっかり暗くなりそうだった。「芝生のこのあたりはちょっと岩が多いな」とシンが言った。

「慎重にやらなきゃだめね」

「ねえ、誰も打たないの？」スチュワート夫人がテラスから叫んだ。「ミス・バルフォアに二十シリング賭けたんだけど、もう昼寝の時間よ！」

ローズは笑ってボンネットの下からシンの顔をうかがった。「最後の一打よ。最高のペルメルの名手が勝ちますように」

「健闘を祈るよ」シンは脇に立ち、木槌をふるう準備をするローズを見守った。彼女は風に顔を向けて風を読み、荒れた芝に目を向けると、決然とした顔で木槌をにぎった。

それから、球を打とうと首をかがめた。ボンネットとドレスの襟のあいだに魅惑的なうなじがのぞき、突然そこに唇を押しつけ、彼女の体の震えを感じたくなる衝動に駆られて、シンの欲望に火がついた。

彼はうなじに目を据えたまま少し彼女のそばに寄った。見物人たちにこれほどじっと見られていなければ、その時その場でやわらかい肌にキスをしていたことだろう。

ローズは木槌を振り上げて――

「あっ！」シンは向こうずねをつかんで飛びのいた。「ちくしょう！」食いしばった歯のあいだから声がもれた。テラスからどっと笑い声が起こった。ローズのひと振りをみんなが見ていたのだろう。その半分は声をあげて笑い、もう半分は歓声をあげている。その声はすねの痛みと同じぐらい最悪に思えた。

ローズは目を丸くし、手を口にあてて彼を見つめていた。

「きみのせいじゃない」シンは歯を食いしばったまま言った。足はまだずきずきしていたが、すねから手を離して背筋を伸ばした。何度か深呼吸すると、比較的ふつうの声が出せた。「そのまま打ってくれ。そうじゃないと、テラスのハイエナどもが静まらない」

ローズはテラスに目を向けてうなずいた。それから、振り向いて球を打った。球はまっすぐポールへと向かい、楽々と彼の球をはじき出した。

「上出来!」公爵夫人が呼びかけてきた。

「女性陣に一点追加ね!」レディ・シャーロットが手をたたいて言った。

「それに、すねへの一撃もすばらしかったわ!」スチュワート夫人が付け加えた。「最高の戦略ね!」

すねが腫れてきているのを感じながらシンは歯をむいた。「ハゲタカだな、みんな」

「あまり心やさしい見物人じゃないわね」とローズも言った。

「まあ、一打あればきみを負かせるし、すねが痛もうとどうしようと、その一打はものにするつもりだ」彼は目で距離をはかり、足を引きずりつつ位置につくと、木槌をかまえた。

打とうと首をかがめたところで動きを止め、彼女に目を向けた。「きみが影になってる」

ローズは脇に退いた。夕方の風が強まり、スカートが風にはためくのを防ぐために両手を脇に下ろしておかなければならないようだった。

シンは木槌を振り上げた。ちょうどそのとき、芝生の上を一陣の強い風が吹き、ローズが押さえようとするもむなしく、彼女のスカートをめくり上げた。

木槌を振り下ろそうとした瞬間、シンは目の端でまくれ上がったスカートをとらえた。はっと彼女のほうに目を向けると同時に木槌もそちらへ向いた。木槌は球をとらえる代わりに茂みのそばの小さなくぼみを打った。

「くそっ!」シンは声を出した。

「また女性の得点よ!」レディ・シャーロットが編み物から目を上げて叫んだ。「ありがとう、シンクレア! 司祭様から二シリングまきあげたわ!」

「わたしもよ!」と公爵夫人も言った。

司祭はふたりをひややかに見つめていた。「あら」ローズが言った。「司祭様、ミセス・スチュワートとは賭けてないといいんだけど。彼女、ものすごくにやにやしているわ」

シンは答えなかった。

ローズが振り向くと、すでに緑の木槌は革の入れ物のなかに戻されていた。薄れかけた陽射しに広い肩を照らされながら、シンは足を引きずって厩舎へ向かっていた。

19

ロクスバラ公爵夫人の日記から

あんなことばを発する司祭ははじめてだ。あれほどすばらしい悪態をつけると知っていたら、お説教ももっと身を入れて聞いていたのに。

その晩の夕食の席はにぎやかだった。ローズは見物人たちに勝利を祝われ、ペルメルの女王として乾杯を受けた。銀紙で作った王冠も与えられた。レディ・シャーロットと公爵夫人は有頂天で、ペルメルの勝負について語るのをやめられない様子だった。たいていふた皿目で居眠りしてしまうスチュワート夫人ですら、司祭から一シリングまきあげたことに気をよくするあまり、どうにか夕食のあいだずっと起きていられた。

夕食が進むにつれ、試合の話があまりに誇張されて語られたため、シンは自分が参加したものと同じ試合のことだろうかと疑わずにいられなくなった。しかし、最悪だったのは、あざけりに耐えなければならないことだった。少なくともスチュワートぐらいは多少慎みを見せてもよかったはずだが、シンが足をけがしたいきさつをなんとも滑稽な顔で語り、それを聞いたキャメロンとマンローが大笑いした。

ローズはときおり同情するようなまなざしをくれ、それはありがたかったが、傷ついた自尊心をなだめるにはあまり役に立たなかった。

紳士たちとポートワインを飲むころには、シンは逃げ出したくてたまらなくなっていた。今夜はローズが注目の的だったため、彼女と話す機会はなさそうだった。そこで公爵夫人に早く部屋へ引きとると伝言を送り、静かな寝室へと向かった。

部屋に着くと、上着とウエストコートとブーツを脱いで脇に放り、窓辺に立って月が湖に光を投げかけるのをしばらく見つめた。それから、暖炉のそばの椅子に本が置かれているのに気がつき、それを読もうとしたが、すぐに眠りに落ちてしまった。

数時間後、暗い部屋で目覚めると、月明かりが部屋を銀灰色に照らしていた。暖炉の火は消えかけていて、家は静けさに包まれていた。顔をこすって眠気を払うと、シンは本を椅子のそばのテーブルに置き、大きくあくびをしてカーテンを閉めようと窓辺へ寄った。満月が明るく城のまわりを照らしていて、夜の風にそよぐ芝生が銀色の波のように見えた。

シンはその美しさにしばらく見とれていたが、やがてベッドへはいろうと振り返りかけた。しかし、そうしたところで、何か動くものを目がとらえた。曲がりくねった邸内路を馬が速駆けしていたのだ。マントをはおったほっそりした女性が乗っている。シンは息を殺して毒づいた。ローズだ。

しかも馬はただの馬ではなく、大きく荒っぽい馬だった。その背に乗っているローズは人形のようで、いつ振り落とされてもおかしくないように見えた。つき従う厩舎係もいない。彼女はたったひとりだった。

ローズは邸内路の端まで馬を進め、馬車道を東の方角へ曲がった。

シンは毒づきながら上着とブーツを身に着け、厩舎へと走った。馬たちの仕切りが並ぶ奥にランタンがたったひとつだけともっている。「誰かいるか?」と彼は呼びかけた。

がっしりした体つきの厩舎係が角を曲がってやってきて、信じられないという目をシンに向けた。「なんでしょう?」

「ぼくは公爵夫人の大甥のシンクレア伯爵だ。ミス・バルフォアの馬に鞍をつけたのはおまえか?」

「あのお嬢さんに危険はありませんよ」厩舎係はむっつりと答えた。

「おまえが用意したでかい馬を見たぞ。手にあまる馬のはずだ」

「そうかもしれませんが、プロントが言うことを聞かなかったら、手綱を引けばいいんです。あのお嬢さんが馬をちゃんとあつかえるのは馬を用意する前にたしかめましたぜ」

「きっとおまえも彼女も彼女があの馬をあつかえると思ったんだろうが、暗いなか、ひとりで馬を走らせているあいだに、それがまちがっていたことがわからないといいがな」自分が両手を脇でこぶしににぎっていることに気づき、シンは無理にそれをほどいて抑揚のない声で言った。「ミス・バルフォアの馬に追いつける馬を見つけてくれ」

「そいつは無理かもしれませんぜ」男はにやにや笑った。「プロントに追いつける馬はほかにたった一頭、サンダーしかいませんから」

「だったら、サンダーに鞍をつけるんだ。急いでな」

男は顎を突き出し、太い腕を組んだ。「サンダーは旦那様のお気に入りの馬です。お乗せするのはロクスバラ公爵様だけで、ほかはだめだ」

「それが誰の馬だろうとかまいはしない——鞍をつけるんだ」

「できませ——」

シンは男を厩舎の壁にたたきつけ、食いしばった歯のあいだからことばを押し出した。「夜にあんな荒っぽい馬に乗ってミス・バルフォアはけがをするかもしれない。彼女に何かあったら、ぼくはおまえに怒りをぶつけるからな。わかったか?」

厩舎係は目をみはった。「わ、わかりました。でも、ミス・バルフォアなら心配要りませんぜ。うまい乗り手だし、これだけの月明かりがあれば、昼間ほども明るいし——」

シンは男の足を地面に下ろさせた。「それで、月が雲に隠れ、馬がくぼみに足をとられたらどうする? もしくは、うさぎが馬の行く手をさえぎって馬を怯えさせたら? そうしたら、どうする？」

男は息を呑んだ。「わかりました」

シンは急がせるために鞍とくつわをそろえるのに手を貸した。「夜にミス・バルフォアが馬に乗りに行くのは今回がはじめてか？」

「ここ何日か、月が明るい夜には出かけています。その前は夜明けに出かけてました。奥様がなんでも彼女の望みどおりにするようにとおっしゃったので」

シンは厩舎係に目を据えた。「これからは彼女がひとりで出かけることは許さない。明日の朝になったら、大伯母からじかにおまえにそう言ってもらうことにする」

「かしこまりました。今夜もごいっしょしたほうがいいですか？」

「いや、彼女のことはぼくがつかまえる」

シンはサンダーにひらりとまたがり、広く平らな邸内路を走り出した。あちこちに雲が出ており、すぐに真っ暗になることもあり得た。ローズの馬が驚くようなことがあったら、いっそう危険だ。ほんのささいなことでもそうならないとはかぎらない——道に葉が落ちてきたり、低く枝が垂れ下がっていたり、馬に乗っている人間の衣服がこすれる音ですらもその原因となり得る。

シンはぞっとするような想像を心から追い払おうとしながら邸内路の端に到達すると、ローズが向かった方角へと道を曲がった。それから目をまっすぐ前に向けて彼女の捜索にとりかかった。

ローズは月に顔を向け、涼しく湿った森の空気を吸いこんだ。この十五分ほど、プロントのことは好きに走らせていた。

プロントも同じぐらい夜の涼しさと静けさが好きなようだった。ときおりいななきを発し、首を上下させている。それを見てローズはにやりとした。彼女は鞍の上で緊張を解き、行く手を照らす銀色の月明かりに目を向けた。広い道からはずれずにいると、ケイス・マナーでよく知った道を走るときほどの解放感は得られなかった。ケイス・マナーでは隠れているかもしれない木の根やすべりやすい岩がどこにあるか、よくわかっていたが、今夜は広い道からはずれずにいたほうがいい。

夜ごとの乗馬ほど、乱れた思いをなだめてくれるものはほかになかった。最近はそうやって心の平穏をとり戻すことが必要になっていた。

おちつかない思いのほとんどは、勝負するたびに絶対に勝とうと決めているように思える、ブロンドの髪と明るい茶色の目をした背の高い伯爵が引き起こしたものだ。彼は知らないだろうが、話をするたびに、そして笑いかけられるたびに、自分はばかな心を少しずつ彼にささげてしまっている。

彼にささげていない心など、もうあまり多くは残っていなかった。そしてそれでも、彼から遠ざかっていることができない自分がいる。試みてはみたのだが、そのたびに心にぽっかりと穴が開いて痛んだ。そんな思いは二度としたくない。しかし、あと数日のうちに、フロアーズ城の魔法とシンの笑みに永遠に別れを告げ、ケイス・マナーに戻ったら、きっと同じ痛みに襲われることだろう。

ふいに音が聞こえ、物思いが破られた。あれは蹄の音？

肩越しに振り返ってみると、道の後ろから別の馬がすばやく近づいてこようとしていた。夜のこんな時間にほかに誰が出かけてくるだろう？　あれは……シンだ！

ローズはにやりとしてプロントの足をゆるめさせた。シンを誘ってささやかな競走ができるかもしれない。行く手の道はまっすぐで、広く、平らだった。月明かりをさえぎる木々もない。この道はロクスバラ公爵家の領地の境界を示す石の塀《へい》のところにある、高い木の門までつづいていた。

近づいてくる蹄の音に耳を澄まし、道がまっすぐ伸びているところまでシンが到達したのがわかると、ローズはプロントに駆け足をうながした。馬はすぐにそれに反応した。

シンが毒づくのが聞こえ、全速力で追いかけてくる馬の蹄の音がとどろいた。

ローズは笑いながらプロントの首に身を倒した。興奮が全身に広がり、歓喜の思いに心が浮き立つ。プロントもそれを感じたらしかった。耳を伏せ、追いつかれまいと全速力で道を駆け出した。

シンと彼の馬も後ろに迫ってきた。喉から心臓が出そうになるほどに鼓動を速めながら、ローズはさらに身を倒した。帽子は脱げてずっと前になくなっていたが、気にもならなかった。湿った涼しいにおいの空気が風に運ばれて顔にあたり、わずかに世間体を気にする気持ちを吹き飛ばしてくれた。

プロントは喜んでいななき、ローズは笑った。両腕を横に伸ばしてもいい気分だった。プロントといっしょに空へ飛び上がり、タンポポの綿毛のように風に舞うこともできそうな気がした。ローズが忍び笑いをもらし、膝で馬をうながしながら励ましのことばをつぶやいていると、シンがすぐ後ろにつけたのがわかった。蹄の音からして、振り向けば、馬の首を並べようとする彼の姿が見えるだろう。

シンに負けるわけにはいかなかった。門はどんどん近づいていた。ああ、勝ちたくてたまらない。彼を打ち負かせる方法があるなら、持っている一番いいドレスを賭けてもかまわない。

シンの馬はじょじょに距離をつめ、今や肩先に姿が見えるようになっていた。

彼は馬の首に身を低くしていた。妙なことに乗馬服は身に着けていない。顔には真剣な表情が浮かび、両手はしっかりと手綱をにぎっている。

シンはローズが自分のほうに顔を振り向けるのを見て何か叫んだが、蹄の音がとどろいているせいで聞こえなかった。

切迫したような声の調子に、ローズの心臓の鼓動はさらに速くなった。最初に塀のところにたどり着いたら、数知れないご褒美をあげるとプロントに約束し、さらに速く駆けさせようとした。前に何度も塀を飛び越えたことはあったが、これほどに勝ちたいと思いつつ飛ぶのははじめてだった。

一方のシンはローズが正気を失っていると考えていた。しかし、彼女が乗馬の名手であるのはたしかで、馬にとって高すぎたり、幅が広すぎたりする塀を飛び越えさせることはないはずだと思っていた。彼女のことを信頼しなければならない——驚いたことに、自分が彼女を信頼しているのもたしかだった。彼女がどこへ行こうとついていってみせる。

そしてそのときだった——塀が現れたのは。ローズと彼女の馬がわずかに前を走っていた。プロントが体を丸めて足を持ち上げ、門の一インチ上をひらりと飛び越えた。シンもそれにつづいた。彼の馬も塀に足を引っかけることはなかった。

ローズは反対側で彼を待っていた。目を輝かせ、笑いを含んだ声で言った。「こういうのがしたくてたまらなかったのよ！」

「何が？　誰もいない道で向こう見ずな走り方をすることかい？」

「すばらしい道だし、月もとってもきれい！」ローズは月の光全体を示そうとするように腕を大きく振った。

「きみは夜に外に出るべきじゃないんだ。知らない人間がうろついているかもしれないし、馬が怖がって動けなくなってしまうかもしれない……窓から外を見て、きみがどこへとも知れず馬を走らせるのを目にしたときには、卒倒しそうだったよ」

「この二週間のあいだ、この道を毎日馬で走っていたのよ。荒っぽい乗り方をしたら、わたしの命は危険にさらされるかもしれないけど、馬が危険な目に遭うことはないわ」彼女はにやりとした。「あなたって、新しい形の二頭立て四輪馬車が旅行に使うには危険だと思っているミスター・スチュワートみたいね。次には冬にウールを着るようにとか、雨の日には外套のボタンをきっちりはめるようにとか言い出すわよ」

シンは彼女をにらみつけた。「ぼくは年寄りじみた振る舞いをしているわけじゃない」彼女がけがをしたり、命を落としたりするのではないかと心配のあまり、具合が悪くなっていたのに、彼女のほうはいつもと変わらず現実的に振る舞っていたというわけか。

「ちがうの？　だったら、どんな振る舞いをしているわけ？」

「どうってきみの身を――」案じて。そのことばは喉で引っかかった。くそっ、こんなことばがどこから出てきたんだ？　しかし、もちろん、ローズの身を案じてはいた。そのことは意外でもなんでもなかった。彼女は陽射しであり、あたたかい昼間のような存在だった。型にはまらず、衝動的で、そのほかにもいろいろなものにたとえることができたが、そのどれもがすばらしいものだった。

すでに彼女のことは自分に屈辱を与えた女性とはみなしていなかった。悪意から自分に恥をかかせた利己的な女とは。今、ローズについてひとつたしかなことがあるとすれば、彼女にはどこを探してもほんのわずかでも悪意などというものはないということだった。悪意があるとして責められるべき人間がいるとしたら、それは自分だ。

ローズは目を輝かせて彼を見上げた。無防備に笑み崩した顔だ。「それで、シン、またわたしの勝ちだわ」

たしかにそうだった。そして、そのことが気にもならなかった。彼女の目に勝ち誇った光が浮かんでいるのはすばらしく、そうして喜んでいるのをつかのまでも目にできるなら、何回負けようと気にならないほどだった。「ああ、きみの勝ちだ。今日ふたつ目の勝ちだ」

「それで、どちらの賭け金も徴収できていない」驚いたことに、ローズは熱く情熱的な目を向けてきた。シンは心臓が胸から飛び出すような気がした。「あなたが外に出てきてくれてよかったわ。フロアーズでのわたしたちの時間はもうすぐ終わるけど、少なくとも、月明かりの下でいっしょに馬に乗った思い出はできたから」

二週間半がこれほど早く過ぎたのははじめてだった。シンはかすかな笑みを浮かべた。

「それはそうだ」

彼がもっと何か言うことをローズは待っていた。それははっきりとわかったが、彼にはことばを口から押し出すことができなかった。あとたった数日。不気味に暗い響きをもってそのことばが心のなかで鳴り響く。舞踏会が終わり、馬車がひとつ去り、ふたつ去りし、みんながら帰ってしまえば、ローズのいない城は静かで心痛むほどに空っぽな場所となる。

ローズの顔に傷ついたような笑みがちらりと浮かんだ。「馬に乗りましょうか？」答えを待たずに彼女は乗ってきた馬のほうを振り返った。

ふたりは馬の蹄の音だけを響かせ、黙ったままフロアーズへ馬で戻った。夜の美しさも、空気のさわやかさも、通り過ぎる草原に生えている低木の香りも、ふたりの時間が尽きようとしていると考えると、すべて薄れていくように思われた。城に着くと、見慣れない厩舎係がシンを待つように命じられていた。

厩舎係は城の前でふたりを出迎え、馬たちを厩舎へ連れていった。

シンとローズはふたりきりになった。シンはローズのほうを振り向いたが、ことばは出てこなかった。「き……きみが行ってしまうのは残念だ──」

ローズは彼の首に腕を投げかけてキスをした。体を激しく押しつけられて、彼はわずかによろめいた。しかし、すぐに体勢を立て直した。いつものように、すぐさま体が反応する。彼女を強く求めるあまり、混乱した頭にとって、彼女への欲望と呼吸がもはやちがうものとは思えなくなっていた。

シンはしっかりと彼女を抱えて持ち上げると、キスに次ぐ熱いキスで口を奪った。どれだけ味わっても足りず、どれだけ触れても足りず……彼女を味わえば味わうほど、いっそうほしくてたまらない気持ちになった。うずくほどに。

彼女の引きしまった強い体を両手に感じ、彼女の唇の味わいを唇に感じ、彼女の髪の香りを――

ローズはキスをやめ、あえぎながら額を彼の肩に寄せた。シンは足がまた地面につくように彼女の体をゆっくりと下ろした。

彼女は体を震わせながらまだ彼にしっかりとしがみついていた。シンも息を整えようとしたが、不可能だった。うずくほどの欲望に体が燃えていた。欲望のあまり、彼女をほんの一時間――一分――でも押し倒せるなら、何を失ってもかまわない気がした。

「来て」彼女の声は焦がれるようにかすれていた。ローズは彼の手をとって振り返り、城のなかへ導いた。暗い玄関の間から階段へ、そして暗い二階の廊下へと進む。

シンは人生が夢に変わったように思いながらあとに従った。ローズは廊下を渡り、彼の部屋の前を通り過ぎて自分の寝室へと彼を連れていくと、入口のところで彼を見上げた。その目は大きく見え、唇は腫れて震えていた。「シン、ここでの数週間を記憶に留めるのに、月明かりのもとでの乗馬以上のものがほしいの」そう言って彼女は爪先立ち、彼の顔を両手で包んだ。「もうひとつだけ思い出がほしい。わたしが望むのはそれだけよ」

そのことばは彼の心に焼きついた。

肩越しに彼を見つめながら、ローズは自分の寝室にはいり、扉を開けたままにした。

20

ロクスバラ公爵夫人の日記から

愛とは押し留められないものである。

ローズは息を止めてベッドのそばに立った。彼はついてくるかしら？　ついてきてほしいと祈らずにいられなかった。かつて人生はふたりにとって不公平だった。前に出会ったときには、情熱を満たすのに自分は若すぎ、彼はあまりに自分勝手だった。

今回こうして再会してみれば、互いについて知っていると思っていたことがすべて霧散し、身を焼くほどの激しい情熱だけが残った。ローズは目が合うたびに自分をもろく感じるほどのこの情熱を昇華させるつもりでいた。

扉が閉まる音が聞こえ、鍵がまわされる、こすれるような音がした。

自分の大胆な行動に、ローズの体は震え、胸はうずき、太腿は湿っていた。シンは近くに来ると、彼女の肩を後ろからつかんだ。そしてことばもなく身をかがめ、首筋に熱い唇を押しつけた。

ローズは声をもらし、彼の胸に背をあずけた。体の硬さと腕のたくましさがわかる。手が腹に降りて抱き寄せられ、腰に硬くなったものがあたるのが感じられた。その手が上にすべって胸を愛撫し、親指が胸の頂きに押しつけられると、ローズは息を呑んだ。彼女は身を震わせて体を押しつけ、彼が望みのままにどこにでも触れられるようにした。

硬くなったものに体をこすりつけられ、シンは声をもらした。すばらしい反応だ。魅惑的な小さな胸を手で包みながら、胸の頂きがすばやく硬くなるのを見たくてたまらなくなる。口に含んだら、彼女は声をもらすだろうか、そして――

シンは唐突に動きを止め、彼女の体を引き離した。

ローズは顔に驚きと失望の色を浮かべて振り向いた。「どうかしたの?」

「このままここにいたら、愛撫だけではすまなくなる」

ローズは眉を上げてほほ笑んだ。「誰がそれを怖がるの?」

その甘いことばを聞いて、シンの感覚は欲望のあまり舞い上がった。

ローズは彼と目を合わせた。どちらも切れ切れの息をはずませている。ローズはスカーフをとり、すでに震えている指で短い乗馬服の上着のボタンをはずして脱いだ。その下には、襟ぐりと手首に襞のついた綿の平織りの白いシャツを着ていた。まだ彼の目と目を合わせたまま、ローズはシャツのひもをほどいてそれを頭から脱ぎ、上着の上に放った。

彼女は腰のところで結ばれた長いスカートと胸を隠すレースのシュミーズ姿となった。レースを透かして黒っぽい胸の頂きが見えた。頂きは誘うように硬くなっている。シンはその魅惑的な頂きをすぐに口に含みたくなり、官能の飢えのあまり、うなるような声を発した。

彼の反応を受けてローズの全身が脈打ち出した。「今度はあなたの番よ」こんなかすれた官能的な声をわたしが発したの？

シンはためらわず、すばやく上着を脱ぐと、シャツを頭から脱ぎ、魅惑的な金色の毛に覆われた広い胸をあらわにした。その毛は筋肉質の腹へとつながっていて、ズボンの下に消えていた。毛に沿って目を下へ向けると、彼の興奮の証《あかし》がすでにズボンを押し上げているのがわかった。それに応えるようにすぐにローズの体も熱くなった。

彼女は彼と目を合わせ、スカートをしばっているひもに手を伸ばしたが、彼のあたたかい手に手を払われた。驚くほど短いあいだに、スカートはペティコートといっしょに床に落ちた。冷たい空気が体をかすめる。ローズはシュミーズとストッキングと乗馬靴姿になっていた。

シンの目が胸や太腿のところで留まりながら、彼女の全身を這った……彼は荒々しく息を吸った。「またぼくの番だ」そう言ってブーツを脱ぎ、ズボンに手を伸ばしたが、その手首を彼女がつかんだ。

「わたしにやらせて」

シンは目をきらりと光らせて両手を持ち上げた。

ローズはズボンの留め金をはずしはじめた。引きしまったあたたかい腹を指がかすめたときに彼が息を呑むのにつかのま気をとられた。にっこりして彼女がズボンの留め金をはずし終えると、硬くなったものが外へ突き出した。

ローズはそれに触れようと震える手を伸ばし、ふくらんだ先端をかすめるようにした。

シンは声をもらし、彼女の手を自分に押しつけさせ、指できつくにぎらせた。ローズは頬を真っ赤にしたが、手は離さず、にぎる手に力をこめた。

シンは息を呑んだ。彼女の指のなかで彼はさらに硬くなった。突然、シンは音を立てて息を吐き出した。「もういい！　もう――」ローズが渋々手を離すと、シンは彼女を抱き上げてベッドに運んだ。

「もうこれは必要ないな」そう言って彼女のシュミーズを肩からはずし、はぎとる。

ローズは自分のブーツに手を伸ばしたが、その手首を彼がとらえた。「履いたままでいてくれ」

シンは彼女にキスをした。あたたかい肌と肌を合わせ、こわばったものを彼女の腰に押しつける。大きな手を腹から胸へとすべらせると、首から肩、胸へと口を這わせた。

舌で片方の胸の頂きをいたぶると、ローズははっと息を呑んだ。

彼女の太腿はなめらかで、胸は大きく上下していた。欲望に胸の頂きは腫れている。ローズは焦れるように彼を引き寄せようとした。その性急さにシンは笑みを浮かべ、彼女の太腿のあいだに身を動かした。彼女に自分のものを押しつけると、ローズは声をあげ、ブーツを履いたままの足をベッドに置き、腰を持ち上げた。シンはほんの少しだけなかにはいり、その瞬間を長引かせようとするようにゆっくりと動いた。彼がきつく熱いものに包まれ、血がどくどくと脈打った。

彼がさらになかに押し入ると、ローズは体の両側のシーツをつかみ、首をそらした。そして、喉の奥でうなるような声を発すると、シーツを放して彼の肩をつかんだ。さらに体を押しつけながら脚を彼の腰へとまわす。

自制心の最後の塊が失われ、シンが思いきり身をそらして彼女のなかにはいると、両方が衝撃を受けた。

処女膜が破れるのをシンが感じとるのと同時に、ローズが声をあげてきつくしがみついてきた。

シンははっと目を開けたが、彼女は動くのをやめようとせず、革のブーツをきつく腰に押しつけた。シンにはそこでやめるべきだとわかった。何かがまちがっている。しかし、血がのぼって混乱しきった頭では、ローズのきつさを感じることしかできなかった。彼女は腰を動かして悦びを得ようとしており、彼にも悦びを得るように求めてきた。

シンはその求めに応じ、何度も彼女を満たした。ひと突きごとにローズは脚を彼の腰にまわしたままそれに応えた。ブーツが官能的に腰にこすれた。

シンは募る情熱を抑えようと抗い、解放を求める気持ちを歯を食いしばってこらえた。そのぎりぎりのところで、彼に必死でつかまっていたローズが身をそらして情熱の頂点に達した。彼も同時にそこへのぼりつめた。

どちらも動かなかった。激しい行為にふたりの体は湿っていて、切れ切れで不規則な呼吸のせいで、ローズは頭がくらくらする思いだった。たった今経験したようなこのうえない感覚には心の準備ができていなかった。

シンが最初に息を整え、ゆっくりと身を転がして片方の肘をついた。

まだあえぎながら、ローズは彼に目を向けた。「この先ずっと心に抱きつづける思い出になるわ」

「きみは処女だったんだな」

そのことばには責めるような響きがあった。ローズの顔から笑みが消えた。「ええ。だからって別に――」

「別に?」シンは身を転がしてベッドから降りた。「そうじゃないと思っていたんだ」

少し前には天にものぼるほどだったローズの心が沈んだ。「どうしてそう思っていたの? そんなこと、これまで話したことなかったじゃない」

「きみの振る舞いやキスからさ。あんなふうにぼくに愛撫させたことや――」シンは片手で髪を梳いた。「そうじゃないと思っていたんだ」とうつろな顔でくり返す。

ローズは身を起こし、シーツを胸に引き寄せた。突然裸でいることがいけないことに思えたからだ。「さっきも言ったけど、そんなこと別にどうでもいいことよ」

「いや、どうでもよくはない」シンは目をくもらせ、険しい顔で彼女を見つめた。「ローズ、六年前、きみはどうしてぼくを噴水に突き落とした?」

「それとなんの関係が――」

「質問に答えてくれ」彼はぴしゃりと言った。

「キスにびっくりしたからよ。それまで誰ともキスをしたことがなかったし――」

内心シンはうなった。「あれははじめてのキスだったのか」

ローズはうなずいた。「あんな情熱と欲望に満ちたキスを返されて、舌で唇をなぞられたり――怖くなったの。気持ちはよかったのよ。でも、動揺してしまって……それで――そう、それでどうなったかはご存じのとおりよ」

シンは目を閉じた。今やすべてがはっきりした。彼女は若すぎて、自分でもまだ理解できない情熱に駆られていたのだ。その彼女が情熱を分かち合った自分は女に慣れすぎていて、彼女が真に無垢であると気づかなかった。

そしてそれから六年たった今、自分はまったく同じ過ちを犯してしまった。シンは窓辺に寄り、何も見えない外の暗闇を見つめた。

「シン、どうしたというの？」

シンは苦々しく笑った。「どうしたかと言えば、ぼくがきみの純潔を奪ったのさ」

「ばかなことを言わないで。わたしたちのしたこと、誰にも知られることはないわ。わたしは後悔なんてしたくない。あなたに触れてほしいとみずから望んだんですもの。あなたにいっしょにいてほしいと思った。わたしは悔やんでないわ」ローズの心は痛んだ。ふたりの情熱はとても美しく、ただもう信じられないものだと思っていたのだ。それなのに、シンは険しい顔をうつむけてそこに立っている。

「ローズ、これですべてが変わってしまった」

「いいえ、変わらないわ」

「いや、変わったさ」シンは暗い顔で顎をこわばらせていたが、目が合うと、彼女にほほ笑んでみせようとした。「特別な許可を得て、ぼくたちは二週間以内に結婚する。何も特別なことはしないが、あとから、身内だけでもう一度式を行えばいい」

ローズは息を整えながら待った。しかし、彼はそれ以上何も言わなかった。彼女は息を吐き出した。「シン、あなたとは結婚しないわ」

シンのこわばった笑みが消えた。「え?」

「断るわ」ローズはベッドの端に急いで寄り、シーツを体に巻きつけた。彼が背を向けているのをたしかめると、にじんだ涙をぬぐった。生まれてこのかた、今この瞬間ほど空っぽでひとりぼっちな気がしたのは生まれてはじめてだった。

「ローズ、きみは――」

廊下で音がした。ローズがため息をついた。「パグの一匹よ。夜になると訪ねてくるの」少なくともパグは喜んで自分に会ってくれるだろう。ローズはドアへと向かった。

「ローズ、だめだ――」

彼女はすでに鍵をはずし、ドアを開けていた。床に目を向ける。シルクのローブからピンクの上靴がのぞいていた。ぎょっとしてローズはローブをたどって目を上げた。そこにはミス・イザベルの驚愕した顔があった。

ミス・イザベルはシーツを巻きつけたローズの体から、窓辺で月明かりに裸身をさらして立つシンへとすばやく目を動かした。

そして目をみはったと思うと、悲鳴をあげた。

21

ロクスバラ公爵夫人の日記から

真夜中にフロアーズ城の廊下をうろついている人の多さには驚いてしまう。次にお客様を招くときには、廊下の隅々にネズミとりをしかけておくことにしよう。そうすれば、お客様たちにもいい教訓となることだろう。

公爵夫人は冷たい布を額に載せた。赤い色のかつらがあぶなっかしく片方の目にかかっている。「それで」

レディ・シャーロットはそのひとことがすべてを物語っているというようにうなずいた。

ローズは椅子に浅く腰をかけていた。「それですべてです」

「全部話してくれたっていうの？」と公爵夫人が訊いた。

「ええ、すべてです」ローズの頬はこれ以上はないほどに熱くなっていた。

レディ・シャーロットが舌を鳴らした。「それで、シンクレアはミス・イザベルにあなたとの……密会を邪魔されてから、何も言ってこないというの？」

「何も」ローズは手をきつく組んだ。てのひらに爪が食いこむほどにきつく。その痛みのおかげで泣かずにすんだ。「わたしはすぐに出ていかなければなりませんね。ミス・イザベルに見られただけじゃなく、キャメロン様にも見られてしまいましたから。ミス・イザベルが悲鳴をあげたときに部屋から急いで出てらしたんです」

「そう」

「そのあとはみんなが廊下に出てきました。イザベルのご両親と妹。それからそこへミスター・マンローが加わって――」ローズは涙をこらえようとしたが、できなかった。「今度ばかりはほんとうに終わりです」

公爵夫人が言った。「正直、シンがその場で結婚の申し込みをしなかったとは驚きだわ。自分の名誉のために何をすべきかわかっているはずなのに」

「すでに申し込みは受けましたわ。でも、わたしが断ったんです」

ふた組の目がローズに据えられた。公爵夫人はひどくゆっくりと身を起こした。「どうして断ったの？」

「だって……ほかになんて答えるべきかわからなかったから。彼の評判だって地に堕ちたわけですし」

「まったく！　この家ではいまいましい秘密が多すぎるわ！」怒り狂って公爵夫人はハンカチを丸めて床に放った。「ローズ・バルフォア、よく聞いて。わたしはあなたに手を貸したいと思っているのよ。でも、すべてを話してくれなければ――つまり、今までのことをすべてを話してくれなければ、手を貸すことはできないわ」

ローズはためらうようにうなずき、目をそらした。「重要なことかどうかはわからないんですけど、シンが――シンクレア様がわたしが処女だったと知って、結婚しなければならないと言い出したんです」

「言い出した？」

ローズはうなずいた。「ただ……結婚しなければならないと言ったんです」

しばらく誰も口を開かなかった。

しまいに公爵夫人が驚いたような声で言った。「結婚しなければならないと言うだけで、愛とか、誠意とか、信頼とか、そういうことばは口に出さなかったの？　あなたのことをきれいだと言うとか――」

ローズは首を振った。

「あのぼけなす！　断ったからってあなたを責められないわ。断ったら、なんて言ってきたの？」

「怒ってました。そうして言い争っているときに、廊下で物音がして、ビーニーだと思ったんです」ローズは彼女の上靴に顎を載せて眠っているパグに目を向けた。「ビーニーだったならよかったんですけど」

「みんな同じ思いよ」レディ・シャーロットが編み棒を勢いよく動かしながら言った。

「それで、ミス・イザベルが騒ぎ出してからは？　うちのぼけなすの大甥はどうしたの？」

「彼はミス・イザベルのご両親の部屋に気つけの塩を持っていくようマクドゥーガルに命令していました。キャメロン卿が彼女をそこへ運んだからです。それから、各部屋をまわってみんながまた眠りにつくのに寝酒がほしいかどうか訊くようにとマクドゥーガルに言いました。みんなには気を遣っていましたけど――」ローズの声が途切れた。

公爵夫人の縦皺が深くなった。「でも、あなたには――」

ローズはみじめにうなずいた。「か、彼がわたしとは出会わなければよかったと、お、思っているのはたしかですわ」最後はすすり泣くような声になり、レディ・シャーロットが編み物を放り出してローズのそばにすわった。

「ほら、ほら、泣かないで」

「あの、ばか！」公爵夫人は苛々と椅子の肘掛けを指でたたいた。「どうやら思いきった手を使わないといけないようね」

レディ・シャーロットは友人のほうを振り返った。「また何かたくらんでいるのね！」

公爵夫人はうなずいた。「まずは、ミス・バルフォアの言うとおりだと思うわ。彼女は自宅に戻らなければ」

さっきまでローズはこれ以上最悪の気分になることはないだろうと思っていたのだが、それを聞いてさらに気が滅入った。「え、ええ、レディ・ロクスバラ」そう言って目をハンカチでぬぐって立ち上がった。「荷造りしてきます」

「メイドを手伝いに行かせるわ。三十分で仕度できる？」

声を出せるかどうかわからなかったローズはうなずいた。

レディ・シャーロットは公爵夫人をじっと見つめた。「ちょっと、マーガレット、シンとミス・バルフォアの話し合いの席をもうけるべきだとは思わないの？」

「いいえ。こうなったのはシンのせいよ。彼には耐えてもらいましょう。ミス・バルフォア、家に帰すことになってしまってごめんなさい。でも、おわかりのとおり、選択の余地はないの」

「もちろんです。ありがとうございました——」声が途中でつまった。

公爵夫人は表情をやわらげ、ローズのそばによってすばやく抱きしめた。「わかってもらいたいんだけど、今回のことであなたを責めるつもりはないのよ」そう言ってローズの両手をとった。「今回のことはあなたに責任はないんだから。すべてに片がついたら、あなただけじゃなく、妹さんたちにもフロアーズ城に来てもらいたいと思っているの。そのときにはもっと活気のあるお客様たちを招くと約束するわ」

「妹たちもとても喜ぶと思いますわ。ありがとうございます」

公爵夫人はローズの手を軽くたたいてから放した。「マクドゥーガルに馬車をまわさせるわね」

ローズは振り返って部屋を出ていきかけたが、そこで足を止めた。「ひとつだけ、レディ・ロクスバラ、もし……もしできましたら、シンクレア様にはケイス・マナーの場所を知らせてほしくないんですが。こういうことはもうすっかり終わりにしたほうがいいと思うので……」

「それ以上言わないで。命に賭けても内緒にするわ」

ローズは弱々しい笑みを無理に浮かべると、お辞儀をした。「ありがとうございます」

ローズが部屋を出て扉が閉まるとすぐに、シャーロットがマーガレットのほうを振り向いた。「あなたのこと、貴婦人らしくない呼び名で呼びたくなったのははじめてよ」

マーガレットは忍び笑いをもらした。「そんなにすぐにあきらめないでよ、シャーロット。わたしは年寄りかもしれないけど、まだひとつふたつ手品を見せることはできるんだから」

シンは図書室でポートワインのグラスを手に立っていた。その日はほぼずっと、昨晩のことをくよくよ考えながら、あてどなく馬を走らせて過ごし、馬も自分自身もくたくたになって、ほかの面々が夕食の席についているころに家に戻ってきたのだった。空腹を感じなかったので、着替えてから図書室へ行き、ポートワインを飲みながら、ほかの客人たちがやってくるのを待っていた。

二杯目のポートワインをグラスに注いだところで、スチュワートとキャメロンとマンローが図書室にやってきた。そこでシンが待っているのを見てみなぎょっとした顔になった。

シンは彼らに会釈した。「マクドゥーガルがすばらしいポートワインを選んでくれましたよ。ワインセラーにあるなかでも最高級のものです」

スチュワートは見るからに怒り狂った様子でシンをにらみつけた。

キャメロンはこわばった笑みを浮かべてみせた。「すばらしい。夕食の席がえらく静かだったので、多少ポートワインを飲むのも悪くないな」そう言って三つのグラスにポートワインを注いだ。「マンロー？」

マンローはシンに目を据えたままでグラスをとりに行った。何度か大きくグラスの中身をあおってから訊いた。「それで……きみとミス・バルフォアは？」

何をほのめかしているかは明らかだった。

シンはグラスのポートワインをまわすだけで、何も答えなかった。

スチュワートはシンをにらみつづけていた。

キャメロンがせき払いをした。「マンロー、今夜出された肉料理は非常にうまかったよな？」

マンローはシンから目を離さないまま、さらに何度かグラスをあおった。「教えてくれ、シンクレア、彼女はどうだったんだ？　あのかわいいローズは？　なんとも焦らされたものだが」

「マンロー、いい加減にしろ」キャメロンが強い口調で言った。「やめるんだ」

「それなのに、私は彼女が無垢だと信じていたわけだ。しかし、きみは演技だと見破っていたんだろう、シン様？」マンローはいやらしく笑った。「教えてくれよ。彼女は見かけどおりに感じやすい女だったのか――」

シンはマンローの鼻をなぐった。マンローは思いきり後ろに飛ばされ、椅子にぶつかって椅子を倒した。

スチュワートが息を呑んだ。

シンはこぶしをにぎってマンローに向かっていこうとしたが、キャメロンに腕をつかまれた。「シン、頼むよ。彼はなぐられて当然だが、けんかをして事態をさらに悪化させるのはよすんだ」彼はシンの腕をさらにきつくつかんだ。「頼むよ。ご婦人方のことを忘れちゃいかん」

それが合図でもあったかのように、扉が開き、レディ・シャーロットが腕にスチュワート夫人をつかまらせてはいってきた。ふたりはマンローが鼻血を出しながら起き上がろうともがいているのを見て足を止めた。

「入口をふさがないで」マーガレットがそう言ってふたりを押しのけて部屋にはいってくると、ひと目でその場の状況を見てとった。「マクドゥーガル、ポートワインと女性たちのためのシェリーを持ってきて。いろいろ気をもむことの多い一日だったから。それと、従者に命じてミスター・マンローを部屋から運び出して。上等の絨毯を鼻血だらけにしてほしくないわ」

スチュワートはぽかんと口を開けた。「レディ・ロクスバラ、あなたは何があったのかおわかりじゃないんだ！」

「あら、わかってますわ。きっとミスター・マンローがよく事情を知りもせずに、ミス・バルフォアについてひどいことを言って卑劣なところをさらしたので、シンクレアが制裁を加えたわけでしょう」彼女はシンに眉を上げてみせた。

シンは大伯母にむっつりとした目を返した。怒りを押し殺すために口は青くなっている。そのそばで、キャメロンがうなずいた。「ええ、そうです。まさしくそのとおり」

「そうだと思ったわ。マクドゥーガル、ミスター・マンローをこの部屋から運び出したら、荷造りの手伝いをしてあげて。こんな手荒なあつかいを受けたあとでこの家に留まっていたいとはきっと思わないでしょうから。ここから四マイルほどのところにあるスタッグズ・ヘッドに空いているお部屋があるはずよ。嵐のときに馬車が故障して一度泊まったことがあるけど、悪くない宿だったわ」

従者たちがすばやくはいってきて、命令に従ってせわしなく動いた。キャメロンはようやくシンの腕を放し、シンはマンローに刺すような一瞥《いちべつ》をくれると、テラスへ出る扉のそばへ寄って、夜の闇を見つめた。マンローはぶつぶつと不明瞭な抗議の声を発していたが、シンの前から連れ去られることにはほっとしている様子だった。

シェリーと新しいグラスが運びこまれてきてはじめて、マーガレットはシンのほうへ向き直った。

「彼女はどこです？」彼の声は怒りのせいでかすれていた。

マーガレットは誰のことかわからないという振りもしなかった。「もう帰ったことはわかっているんじゃないの？」

「はぐらかさないでくださいよ。ぼくは一日じゅう外にいた。きっと彼女があなたといっしょにいると思ってね。彼女は頭痛を訴えて部屋に引きとったんですか？」

「いいえ」マーガレットはシェリーのグラス越しにシンをじっと見つめた。「帰ったのよ、シン。今日の午後に発《た》ったわ」

シンは頭をなぐられたような気がした。そのあまりに鋭い痛みは、頭を割られたのではないかと思うほどだった。「彼女は何も言ってくれなかった」

「すでに大騒ぎになったわけだから、これ以上事態を悪化させたくなかったのよ。でも、帰ってしまった。あなたのせいで」

「ぼくたちのあいだにあったことは彼女だってとてもたのしんでいた」

マーガレットの青い目が燃え立った。「ミス・バルフォアが自分の意志であなたと密会したからといって、昨日の晩、あのかわいそうな娘《こ》が恥ずかしい思いをしているのにあなたが何もしてやらなかった事実は帳消しにはならないわ」

「ぼくにできることは何もなかった」

「そう？」

にらまれてシンは顔を赤くした。「あなたにはすべてわかっているわけじゃないから」

「彼女がいつもの戯れの相手とはちがうとわかって、あなたが結婚の申し込みをしたのは知っているわ」

シンは顎をこわばらせた。「そう思いこんでいたことは悪かったと思いますよ。彼女にもそう言った」

「ええ。それほどに見くびられていたことについてあなたに謝られたと彼女も言っていたわ。でも、どうして結婚したいと思ったのか、その理由は言ってあげたの？」

「いいえ」

「どうして彼女と結婚したいと思ったの？　自分でもわからないわけ？」

「ぼくは責任をとろうとしたんだ」

「責任ある行動をとろうと思うなら、はじめからあの娘を誘惑すべきじゃなかったわね」

シンは目をぎらつかせた。

マーガレットは目を細めた。しばらくして、顔に驚いた表情を浮かべて腰を椅子に戻した。

「自分でもわからないのね？」

「わからないって何が？」

「ローズに結婚の申し込みをした理由よ」彼女は身を大楞に近づけた。「彼女の評判を守るために結婚の申し込みをしたわけじゃないわね。だって、彼女がドアを開けるまでは、評判に瑕がつくこともなかったわけだから。シン、結婚を申し込んだほんとうの理由は何？」

「申し込まなきゃならなかったからですよ」シンは頑固に言い張った。

「それが唯一の理由なの？」マーガレットはシンの目をのぞきこんだ。

胸に鋭い痛みを覚え、心のなかで吹き荒れる嵐に耐えながら、シンは皮肉っぽく言った。

「くそっ、それが唯一の理由だ」それだけ言うと、部屋を出ていった。

22

ロクスバラ公爵夫人の日記から

頑固で自尊心の高い男と愚かで自尊心の高い女。ふたりの共通点である自尊心がふたりの仲を裂いている。

こんなつまらない皮肉はない。

「奥様?」マクドゥーガルのノックににぎやかに吠える声が応えた。彼は若干強くノックした。「奥様?」

「ちょっと待ってくれる?」目を覚ましたマーガレットはベッドから応えた。それから、三つ編みした灰色の髪にナイトキャップをかぶり、ローブをはおると、入口へと向かった。扉を開けると、廊下に申し訳なさそうな顔をしたマクドゥーガルが立っていた。

パグたちが大喜びで飛びまわり、彼のズボンや靴にまとわりついた。「やめなさい、恩知らずたちめ！」と公爵夫人が命じた。

パグたちは飛びまわるのをやめたが、執事の靴のにおいを嗅ぐのはやめなかった。

「申し訳ありません、奥様」執事は手をもみしぼった。「遅い時間で、お疲れなのはわかっているのですが、シンクレア様のことで」

「大甥のこと？　戻ってきたの？」図書室で言い争いをしてから、シンは馬で出かけていき、二日も戻っていなかった。マーガレットは心配していない振りをしようとしていたが、今は声に不安が表れるのを隠しきれなかった。

マクドゥーガルの表情が即座にその不安を鎮めてくれた。「お戻りです、奥様。ただ、困ったことに……ミス・バルフォアに会わせてほしいとおっしゃっておりまして」

「でも、彼女が家に帰ったことは知っているはずよ。あの子が出ていく前にそう言ってやったもの」

執事は顔をしかめた。「でしたら、とり乱しておいでなんです。奥様を起こしたくはなかったんですが、ほかのお客様が起きてしまうのではないかと思いまして……そう、この一カ月、悪い噂を呼ぶようなことはもう充分ありましたので、たぶん……」

「マクドゥーガル、何がどうなっているのかちゃんとわかるように話して。そうじゃないと、火かき棒をとってきて、なぐって話させるわよ」

執事は目をぱちくりさせたが、やがて弱々しい笑みを浮かべた。「ええ、奥様。申し訳ありません。少々とり乱しておりますもので。ただ、シンクレア様が扉をたたいて〝ぼくのローズ〟に会わせろとおっしゃるものですから、動揺してしまいまして」

「〝ぼくのローズ〟？　そうシンが言ったの？」

「ええ、奥様。図書室にお通ししてどうにかおちついていただこうとしたんですが、聞く耳持たずでして。奥様、私にはどうすることもできません。いっしょにいらしていただいたほうがいいと思います。ただ、だいぶお酒を召してらっしゃるようです」

「泥酔しているってわけね？」

　マクドゥーガルはうなずいた。

「あの子のせいで寿命が縮むわ」マーガレットはベッドに戻り、上靴に足をつっこむと、暖炉のそばの椅子からショールを手にとった。それを肩にはおり、ショールの房を大きく揺らしながらマクドゥーガルのそばをすり抜けた。パグたちが跳ねるようにそのあとを追った。

「お茶とトーストを用意して図書室に運んで」彼女は肩越しに命じた。

「かしこまりました。ただ、シンクレア様は何かを食べられるご様子ではありませんが」

「わたしとの話し合いが終わるころには食べられるようになっているわ」マーガレットは苦々しい顔で答えた。「くみ上げたばかりの――凍るように冷たい水も要るわ」

「かしこまりました。洗面器に入れてタオルといっしょにお持ちします」

「バケツに入れて毛布といっしょに持ってきて」マーガレットは階段を降りきった。「水がた。

最初でお茶があとよ」

「はい、奥様」マクドゥーガルは急いで図書室の扉を開けた。マーガレットが部屋にはいると、パグたちがそのあとに従い、マクドゥーガルは扉を閉め

暖炉の火だけに照らされた部屋は暗かった。シンは荒々しい足取りで部屋のなかを行ったり来たりしていた。何度も指で梳いたように乱れた髪をしている。何日もひげを剃っていないような顔だ。衣服は乱れ、クラヴァットは一方にねじ曲がっている。上着とウエストコートの前は開けていた。シンは三週間前にこの家にやってきたときのしゃれた遊び人らしい見かけとは遠くへだたった様子だった。ああ、なんともひどい落ちぶれようね。

シンはマーガレットに目を据えた。「ローズに会わせてほしい。マクドゥーガルが彼女の居場所を知っているかと思ったんだが、教えてくれないんだ」呂律《ろれつ》がまわっておらず、目は真っ赤だった。「あなたなら、彼女の居場所を知っているはずだ」

「知っているわ」マーガレットは暖炉に近寄ると、炎のあたたかさに手をかざした。「あなたには教えないと彼女と約束したの」

シンは腹にこぶしをくらったかのような顔になった。「彼女にそう頼まれたんですか? ぼくに教えるなと?」シンは檻《おり》に入れられた野生のライオンのように行ったり来たりしていた。

その目にひりひりするような感情が表れているのを見て、マーガレットは喉がしめつけられるような気がした。おちついて、心を鬼にしなければ。「ミス・バルフォアは家に帰らなければならなかったのよ。ここに残ってほしかったなら、あなたも何か手を打ったはずだわ」

シンは床にくずおれるのではないかと思うほどに肩を落とした。「腹立たしい女だ」

「そんなことを言っているようでは、女性の愛情を勝ち得ることはできないわね」

彼は口を引き結んだ。「与えてくれないものを望むことはできませんよ」

暖炉のそばに立っていたマーガレットはすえたエールのにおいを嗅いで鼻に皺を寄せた。「あなた、居酒屋のにおいがする」

シンはあざ笑うように唇をゆがめた。「汝《なんじ》の罪を見よ！」

「〝汝の愚かさを見よ〟と言ったほうがあたっているわ」マーガレットは鋭く言い返した。「酔っぱらっているのね」

それから、暖炉に一番近いところにあった椅子に腰を下ろした。「それで、シン？ ジンに溺れて真夜中にわが家の扉を思いきりたたくような真似をするのはなぜ？ 最後に会ったときにあんなことになったのに、この家に足を踏み入れるとは驚きだわ」

「マーガレット伯母さん、謝りますよ――」彼は手で髪を梳き、震える笑い声をあげた。「ああ、謝らなきゃならないことが多すぎる」

「そう？」マーガレットは手を伸ばしてパグの一匹を膝に載せ、膝の上に寝そべったパグを撫でた。犬は毛布よりもあたたかかった。ほかのパグたちは暖炉の前に陣取っていた。炉辺《ろばた》の絨毯の上で大きな雪の玉のように丸くなっている。「たしかにあなたが謝らなきゃならないことはたくさんあるかもしれないわね。そう、誰しもそういうものよ。でも、そのなかで今あなたを悩ませているのはたったひとつだと思うわ。そしてそれはわたしとは無関係よ」

「なんの話をしているのかわかりませんね」

「あなたは酔っぱらっていて、だらしない格好をしていて、そう、たぶん、二日は眠っていないんじゃない？」

シンは首を振った。眠ろうとはしたのだった。ああ、眠ろうとはした。しかし、目を閉じるたびに、まぶたの裏にローズの姿が浮かんだ。ペルメルの勝負で彼女のうなじにうっとりするあまり、彼女が振り下ろした木槌にあたった自分を目を丸くして見る彼女の姿。川から救われて水を吐く彼女や、なくなった矢を探しに行ったときに茂みに忍びこんだ自分におもしろがるような笑みを向けてきた彼女。そんな彼女に自分は息を奪うほどのキスをしたのだった。

今も目を閉じると、やはり彼女の姿が浮かんだ。「あのとき自分がしたことをなかったことにできたなら……」シンはため息をつき、うなだれた。「でも、そんなことはできない。そうでしょう？　マーガレット伯母さん、ぼくは――ぼくは自分がどうしてしまったのかわからないんだ。ただ、ローズは……」彼は額をこすった。「ふたたびぼくの人生に現れた彼女が呪わしいよ」

「彼女を責めるわけにはいかないわよ。あなたを避けようとしていたのに、あなたのほうがそれを受け入れなかったんだから」

シンは顔をしかめた。「彼女は誰よりも生意気で、自分勝手で、人をばかにしていて、腹立たしくて――」そこで声が途切れた。シンはこぶしをにぎり、かすれたささやき声でしめくくった。「愛しい」

マーガレットは目を見開いた。「〝愛しい〟？」

シンは首をこすった。疲労から全身が痛んだ。「何もかもぼくの責任なんです。彼女を困らせるつもりはなかった――」

「ばかを言わないで」マーガレットは言った。「最初からそのつもりだったじゃない」

「でも、今はちがう……」シンは身振りで示そうとした。

マーガレットは身を乗り出した。「ちがうって、シン？　はっきり言いなさいよ」

「再会して……」彼は両手を広げ、ことばを見つけようとした。「何もかも変わってしまったんだ」

マーガレットはため息をついた。「それしか言えないの？　〝何もかも変わってしまった〟？」

「ええ。彼女が思っていたような女性じゃないとわかって何もかも変わってしまったんです。

六年のあいだ、ぼくは彼女のことをわかっていると思い、彼女を憎んでいた」

「それで、再会してみたら——」

「彼女は情熱的で、衝動的で、笑いと好奇心に満ちている女性だった。挑戦を受ければ引き下がらず、負けを認めることもできない」シンはふいに悲しげな笑い声をあげた。「ぼくたちふたりはよく似ているんだ」

「フィン様というあだ名が広まったことをもう彼女のせいにはしていないの？」

「あれも悪いのはぼくだった」彼は涙のにじんだ赤い目を上げた。「ぼくは彼女を愛しているんです」

マーガレットは口笛を吹きそうになった。ようやく気づいたのね。ようやく。「気づくのにずいぶんと時間がかかったわね」

「伯母さんは知っていたと？」

「あなたとローズ以外のみんなが知っていたわ」

「彼女にそれを告げようとしたんですが、受け入れてはもらえなかった。彼女を瑕物にするわけにはいかないと言ったんです。だから、結婚しようと——」

「ああ、まったく——」マーガレットはうんざりした声を発した。「そんなふうに言ったなら、受け入れてもらえなかったのも当然ね」

「ぼくはなんて言えばよかったんです？」

「どうやら〝愛〟ということばは使わなかったようね」

「ええ。それはあとにとっておこうと思って。あれほど張りつめた状況じゃないときに」

「そういうときこそ、そのことばを使うべきなのよ。ローズをとり戻したかったら、それが鍵となるわ。ちゃんとした女性だったら、愛ということばのないプロポーズには耳を貸さないものだから。ミス・ローズ・バルフォアはちゃんとした女性だと思うわよ」

シンはため息をついた。「ぼくもそう思います」そう言ってクモの巣でも払うように手で顔をこすった。「何より皮肉なのは、復讐のために彼女を誘惑してやろうと思っていた自分の気持ちが変わったことですよ」

「それなのに、結局、復讐をはたしてしまったわけね。ばかだわ」

「ぼくは――なぜかはわからないんだが、彼女を放っておけなかった。彼女に触れずにいられなかった」彼は混乱し、妙に途方に暮れて顎をこすった。「マーガレット伯母さん、ぼくは正気を失ってしまうんだろうか？」

マーガレットが急に笑い声をあげたせいで、足もとのパグたちが飛び上がった。「ああ、まさか。それどころか、ようやく正気に戻ろうとしているのよ。あなたは恋に落ちたの！文字どおり、まっさかさまにね」

「どうしてそんなことになったのか、わからないな」

「みんなそうよ。どれほど理想的な状況にあったとしても、それは忍びこんできて、いきなり頭を一撃するの」

シンは腰を下ろし、身をかがめて膝に肘をついた。「それで、ぼくはどうしたらいいんです？　白馬に乗って彼女の家に乗りつけ、彼女を馬の背に乗せて走り去れと？」

マーガレットは椅子の肘掛けを指でたたいた。「いいえ、それはミス・バルフォアの場合、うまくいかないと思うわ。現実的な女性だという気がするもの。どんな状況にあっても、馬の背に無理やり乗せられるのは気に入らないでしょうね」

シンもそれについて考えをめぐらした。「あなたの言うとおりだ。そんなことをされても彼女はまったく喜ばないでしょう」

ふたりはしばし沈黙した。やがてマーガレットが背筋を伸ばした。顔には畏敬の念を起こさせるような表情が浮かんでいる。「シン！　わたしがローズを冬の大舞踏会に参加させたらどう？　あなたはそのときに彼女と話ができるわ」

シンは目をしばたたいた。「できると思いますか？」

「やってみるわ」マーガレットはミーニーを床に下ろした。ほかの犬たちは即座に立ち上がって伸びをした。「わたしはわたしにやれるだけのことをやるから、あなたも精一杯がんばるのよ」公爵夫人はそう言ってドアへと向かった。パグたちがそのあとを飛び跳ねながら追った。「できるだけ立派な振る舞いをしてくれるよう祈っているわ。もっと大事なことだけど、自尊心は一旦脇に置いて、あの子に思いのたけを話すのよ。〝しなきゃならない〟とか、〝せざるを得ない〟とかより、もっとすてきなことばを使って」彼女は足を止めて振り向いた。

「こんなばかばかしいことはもう終わりにしないと。六年もかかったんだから、充分よ」

シンは思わず口をぽかんと開けた。「六年前からぼくが彼女を愛していたと思うんですか？」

「わたしにはそうとしか思えなかったわ」マーガレットは目を細めた。「さあ、もう休みなさい。まったく、そのどうしようもないひげを剃って。恥ずかしい顔だわ」

シンは顎をこすった。ひげがこすれて耳障りな音がしたが、笑わずにいられなかった。

「伯母さんを前にすると、ぼくはいつも五歳児に戻った気分になりますよ」

「あなたの振る舞いは五歳児といっしょよ。あのかわいそうな子を川に放りこんだり、山や谷で競走を挑んだり、パント舟で漂流させたり、矢にあたらせようとしたり――」

「矢にあたったのはぼくだ」

「彼女の髪をインク壺につけなかったのが驚きなぐらいね。そろそろあなたも大人にならなくては。それは心痛むことかもしれないけれど」

「その心がまえはできていますよ」シンは大伯母のことばに腹が立たないのに驚きながら答えた。

「わたしたちもそうよ。それを知ったら、あなたのお母様がとくに喜ぶでしょうね。さあ、よければ休ませてもらうわ。ロクスバラがもうすぐ戻ってくるし、二日のうちに、ミス・バルフォアを舞踏会に参加させる算段をつけなきゃならないから」

「恩に着ますよ、マーガレット伯母さん」

「最初に生まれた女の子にわたしの名前をつけて恩を返してちょうだい。自分の名前を誰かに継がせたいなんて思ったこともなかったんだけど、そうすれば、亡くなったあなたのお母様も苛々するでしょうから、きっとたのしいわ」彼女は彼にウィンクした。「ベッドにおはいりなさい、おばかさん。二日後の舞踏会で会いましょう。八時までに来てね」

二日ぶりにシンはほほ笑んだ。

23

ロクスバラ公爵夫人の日記から

名づけ親になるのは疲れるけれど、おもしろい趣味だとわかった。正直、その要領も心得た気がする。

「ローズ、もうそれ、うんざりよ」

ダリアの声に表れた苛立ちに驚いてローズは繕い物から顔を上げた。ふたりの姉妹は以前子供部屋だったところで繕い物と格闘していた。その小さな部屋はあまり石炭を使わなくてもあたためることができたからだ。

「何がうんざりなの?」とローズは訊いた。

「これよ――」ダリアはわざと深々と悲しげなため息をついてみせた。

ローズの顔が熱くなった。「わたしのため息が気に障ったなら謝るわ。自分では聞こえなかったから」

　ダリアは心配そうな顔になった。「フロアーズから戻ってきてからずっとため息ばかりよ。ローズ、何があったの？　話してよ！」

「もう全部話したじゃない」

「いいえ、話してないわ。リリーとわたしは心配しているのよ。お父様ですら、何かおかしいと気がついているわ。お父様が何かに気づくなんてこと、これまでなかったのに」

「疲れただけよ。夕食会やら、パント舟やら、馬での遠出やら、アーチェリーの試合やら、真夜中の乗馬やらで……」すべてシンといっしょにしたことだ。

　ローズはダリアに涙を見られないよう、繕い物に顔をうつむけた。

　ダリアはため息をついた。「ほら、また」

　窓の下から叫ぶ声が聞こえてきた。ダリアとローズはぎょっとして目を見交わしてから、急いで両開きの窓を開けに行った。

　下に目を向けると、リリーが前庭で興奮のあまり飛び跳ねていた。

　ダリアは窓の外へ身を乗り出した。「それは何？」

　リリーが目を上げた。「トランクよ！　ドアのすぐそばに置かれていたの。わたしが出かけているあいだに誰かが持ってきたにちがいないわ！」

　ローズはダリアの横から顔を突き出した。「手紙は添えられている？」

「ないみたいだけど、お父様がいつも受けとる花の標本よりもずっと大きな箱よ。ああ、ちょっと待って。手紙があるわ。見落としていただけ」リリーはひもでトランクの片方の取っ手に結びつけられていた小さな封筒を手にとった。封筒に目を走らせると、驚いて目を上げた。「ローズ、あなたあてよ！」

ダリアが丸くした目をローズに向けた。「何が来たの？」

「わたしが知るはずないじゃない。自分に何かを送ったりしないもの」

ダリアはまた外に身を乗り出した。「リリー、居間で会いましょう。厩舎係をつかまえて、なかにトランクを運びこませて」

「厩舎係が来るのを待つつもりはないわ。降りてきなさいよ。わたしたちでなかに運び入れましょう」

ダリアとローズは急いで階下《した》に降りた。

しばらくして、息を切らしながら、三人は居間でトランクを見下ろしていた。

ダリアが小さく飛び跳ねた。「ローズ、トランクを開けて！」

「鍵がないわ！」

リリーが小さな金色の鍵をローズの目の前にぶら下げた。「封筒といっしょにひもに吊り下げられていたわ」

ローズは身をかがめて鍵穴に鍵を入れた。誰が送ってきたのだろう？「ああ、この鍵、うまくまわらない――」

「ねえ、わたしにやらせて」リリーがローズの脇で身をかがめ、鍵をまわしてみようとした。

ローズは身を起こし、ドレスの鍬を伸ばした。

勝ち誇るような声をあげ、リリーは鍵をまわして留め金を開けた。リリーがふたを開けると、ダリアがローズを押しのけてトランクのなかをのぞきこんだ。

ローズは爪先立ち、ダリアの頭越しになかをのぞこうとした。「何だった？　トランクに何がはいっていたの？」

リリーは驚いた顔をローズに向けた。「ドレスよ！　ああ、ローズ、これを見てくれなくちゃ」

「見るわよ。でも、ダリアの頭が邪魔で」

「あら、ごめんなさい」ダリアが脇に退き、リリーが光る素材でできた凝ったデザインのドレスを持ち上げた。ローズは息を呑んだ。

空色のサテンに白いレースが何列もたっぷりつけられたドレスを、網状の白く薄い生地がポロネーズ風に覆っている。広く開いた襟ぐりに短くふくらんだ袖がついていて、袖口にはブルーのサテンを結んだ袖飾りがついている。胸のすぐ下のウエストまわりもブルーのサテンの帯で結ぶようになっていた。

「フランスの仕立て屋に作らせたにちがいないわ」リリーは畏敬のまなざしでドレスを見つ

め、シルクをそっと撫でながら言った。「こんなドレス、見たことないもの」

「わたしもよ」ローズの好奇心は刻一刻と募っていた。「誰が送ってくださったのか、トランクには何も書かれてなかった？」

「なかったわ。手紙にもあなたの名前だけで、ほかには何も書かれていない」とリリーが答えた。

「ローズ！」ダリアは敬意のこもったかすれた声を出した。ローズがはじめて見るような美しい靴を掲げて見せている。上品な子ヤギの革でできた靴にはくもった金色のニスが塗られ、まるでガラスでできているかのように見えた。

ローズは靴に手を伸ばしたが、ダリアはトランクを指差した。「隅の薄い包み紙の下にあるのは何？」

ローズがその下をのぞきこむと、そこには靴と同じくもった金色で、青と白のドレスを引き立てるようなギリシャ風のスカーフがあった。「ああ、なんてすてきなの」

「それに手袋も！」リリーはドレスを包んでいた薄い紙をかき分け、子ヤギのなめし革でできた肘まで来る白い手袋を引っ張り出した。「ローズ、あなたの髪をどんなふうにしたらいいかわかったわ！　東洋風に結い上げて、いくつか花を飾るの――」

ローズは息がつまったような笑い声をあげた。「リリー、ねえ、これがわたしに送られたものであるはずがないわ。何か手違いがあったのよ。このなかに手紙があるはずだわ。この薄い紙のなかを探るのを手伝って」

「あった！」ダリアが封印された手紙を持ち上げた。ひとめで誰の封印かローズにはわかった。

ローズがダリアから手紙を受けとるのをリリーが見守っていた。「誰が送ってくださったかわかったのね」

「ロクスバラ公爵夫人よ」

ダリアが明るい声をあげた。「これで、公爵夫人のハウスパーティーに参加してよかったと思えたんじゃない？」

「手紙を読んで、こんなきれいなドレスを送ってくださった理由をたしかめなくちゃ」浮かれた様子のダリアを無視してリリーが言った。「早く！　なんて書いてあるのか、知りたくてたまらないわ」

ローズは手紙の封を開け、窓のほうに掲げて読みはじめた。

親愛なるミス・バルフォア
このお手紙は沈む心で書いています。この家であなたをあまりよくもてなせなかったことでひどく心が痛むからです。わたしは年寄りで、体の調子もよくありません。だから、このささやかな愛情の印を受け入れ、明日の晩の舞踏会に参加してくださるとほんとうにありがたく思います。

大甥の性急な行動が悪い噂となり、今はその噂もだいぶ広がっているかもしれません。でも、六年前の不運な出来事からおわかりのとおり、逃げ出すのは噂に対処するのに最悪のやり方です。わたしの舞踏会に参加し、みんなの前であたたかく迎え入れられることで、どんな噂も打ち消せることでしょう。だって、わたしが大甥の戯れの相手をわが家に迎え入れるとは誰も思わないでしょうから。辛いことかもしれないけど、妹さんたちのためにも、あなたは噂を立てる人たちに笑顔で立ち向かわなければなりません。

あなたが舞踏会に参加できないと思うとしたら、たぶんその唯一の理由は、〝ある人〟が参加するかもしれないということだと思います。シンクレアは舞踏会には参加しないとはっきり言わせてもらいます。あなたが自宅に戻ってから、大甥とは大げんかしたので、伯母のアガサの墓にかけて、彼が参加することはありません。

明日、お会いできるといいのですが。五時に馬車を迎えにやります。

かしこ

ロクスバラ公爵夫人、マーガレット

ローズは唇を嚙み、手紙をもう一度読んだ。最後に目にしたシンはひどく苦々しい顔をしていた。彼が差し出してくれた以上のものを求めたわたしにひどく腹を立てている様子だった。ローズは目をしばたたき、涙があふれる前に払おうとした。

リリーが小声で何かつぶやき、ローズの手にハンカチを押しつけた。ローズは涙をぬぐった。「ごめんなさい。泣いたりするつもりはなかったんだけど、こんなこと、思いもしなかったから——リリー！　ダリア！　だめよ！」妹たちが頭を寄せ合い、公爵夫人からの手紙をのぞきこんでいた。

リリーは唇を動かして声に出さずに手紙を読み、何も言わないでというように片手を上げた。

「ダリア」ローズは言った。「すぐに読むのをやめて——」

「シンクレアって誰？」とダリアが訊いた。

リリーは目をみはった。「ローズ、まさかあの伯爵じゃ——？」

ローズは手紙をとり戻した。「手紙を読んでいいとは言ってないわよ」

「いいじゃない」リリーがもどかしそうに言った。「シンクレアのことを話して」

ダリアは美しい靴をつかんだまま、ソファーの端に腰を下ろした。「そうよ、話して」

「何も話すことはないわ」

ダリアは優美とは言えない鼻の鳴らし方をした。「たくさんあるじゃない。まずはどうしてこんなにいきなり帰ってくることになったのか」

ローズはため息をついた。「話すことはあまりないわ。シンクレア伯爵と彼の大伯母様の家で再会したんだけど、彼はまだ六年前のわたしの行動に怒っていたの。それで、復讐するために……」

「何をしたの？」リリーが訊いた。

「わたしを誘惑するつもりだと言ったわ」

ダリアが身を乗り出した。「ローズ！　誘惑されたの？」

「もちろんされなかったわ」それについて考えれば考えるほど、どちらがどちらを誘惑したのかはっきりしなくなった。「問題は、わたしが彼を好きになりはじめたことよ。彼がわたしを思ってくれる以上に」みじめな気持ちが喉をつまらせた。「それで、ばかな真似をして、それ以上ひどいことになるかもしれないと怖くなって……逃げたの」

ダリアはうなずいたが、リリーは疑うような顔をした。

ローズはドレスを見てため息をついた。「だから、これは返さなければ」

ダリアは靴を抱きしめた。「いやよ！」

「ローズ、舞踏会に行くのよ」リリーが立ち上がり、トランクにはいっていたものを集めはじめた。「迎えの馬車が来るときには、こうしていただいたものを身につけているの。公爵夫人の厚意をむげにすることはできないはずよ。これは公爵夫人なりのお詫びなのよ。それを断ることがどうしてできて？」リリーは肩をすくめた。「それに、シンクレア伯爵が舞踏会に来ないんだとしたら、あなたが参加しないどんな言い訳があって?」リリーはローズに目を据えた。「それとも、まだ話してくれていないことがあるの?」

ローズは顔をしかめそうになるのをどうにかこらえた。「もちろん、ないわ」目を手紙に落とし、噂を立てる人たちに立ち向かわなければならないと書かれた部分をもう一度読む。これはダリアとリリーのためにわたしがしなきゃならないことね。わたしが犯した過ちのせいで、誰よりも傷つけられるのはこの子たちなのだから。

ローズに選択肢はなかった。「行くわ」

ダリアは興奮して飛び上がった。「ペンと紙をとってくるわ。すぐに公爵夫人にお返事を出さなくちゃ!」そう言ってたちまち姿を消した。

リリーはローズの手を軽くたたいた。「行ってよかったと思うわよ。見ててごらんなさい」

24

ロクスバラ公爵夫人の日記から

恐れていたとおり、氷の彫刻にはあたたかすぎる気温だった。幸い、シャーロットとわたしはそれなりに受け入れられる別の装飾品を見つけたけれど……

馬車はフロアーズ城に到着した。美しいドレスを着て髪にバラを飾ったローズは、思い出に襲われるのを恐れて窓の外へ目を向けるのを避けていたのだった。そして今、従者に手をとられて馬車の外へ出て、息を呑んだ。

城は光に満ちていた。どの窓にもろうそくが置かれ、その炎を映す鏡に囲まれていた。マクドゥーガルが扉のそばに立っていた。彼女の恐れおののくような顔を見て笑みを浮かべる。「舞踏場と庭をご覧になるべきですよ、お嬢様。奥様がこれまで以上にすばらしく飾りつけておいでですから」

「拝見するのが待ちきれないわ」ローズは本心から言った。玄関の間はまるで温室のようになっていた。床を埋め尽くすように異国風の花が並べられ、その濃厚な香りがあたりを満たしている。いつも以上にたくさんのろうそくも置かれ、まるで魔法の庭に遊びに来たかのような思いにとらわれるほどだった。

ローズは主が客人たちを出迎える階段のそばの場所へとマクドゥーガルに導かれた。「ここでお待ちいただければ、奥様がすぐに降りていらっしゃいます。今、犬たちを閉じこめているところですので。あのちびたちが馬車のまわりを跳ねまわるのは困りますからね」

「ありがとう、マクドゥーガル」

「いらしたわね、ミス・バルフォア！」かつらの色と同じ、まばゆいばかりの赤いシルクのドレスをまとった公爵夫人が階段を降りてきた。「まあ、そのドレス、よく似合っているわ！」

「ありがとうございます。ご厚意に感謝しますわ」

「お礼なんて要らないわ。来てくれてうれしい。ロクスバラから連絡があって、十一時まで来られないそうだから、あなたがいっしょにいてくれるとありがたいわ」

「お呼びいただいてほんとうに光栄です」

「よかった。今夜はわたしたち、お役目をはたさなきゃならないわよ。一時間ほどして、ほとんどのお客様をお出迎えしたら、シャーロットが代わってくれることになっているの。そこから先は、あなたもほかの人たちに交じって、たのしんでいる振りをすればいいのよ。心の準備はできている?」

「たぶん」

「あの出来事をみんながみんな知っているわけじゃないのよ。噂はまだ出はじめたばかりで、あなたのことを知っている人もいないから助かるわ。あなたが社交界で目立つ存在だったら、もっと噂がひどくなったでしょうからね。あなたについては興味を持つ人のほうが多いはずよ。わたしたちはあなたが洗練された淑女だってことを世間に見せつけてやればいいの。そうすれば、噂なんてすぐに立ち消えになるわ」

ローズは気をおちつかせようと息を吸った。じろじろ見つめてきたり、ささやき合ったり、あざ笑ったりする人もいるだろうが、無視すればいいのだ。公爵夫人の言うとおりだ。逃げておいたら、噂は広がるだけだろう。

外では馬車が続々と到着していた。

ローズは顎を上げた。「レディ・ロクスバラ、毒を食らわば皿までですわ」

公爵夫人はほほ笑み、「よく言ったわ、ミス・バルフォア」と言って腕を差し出した。ふたりは待っている客の先頭へと向かった。

事態は公爵夫人の予想以上に悪くなっていた。ローズが思うに、彼女の名前を人々が知らなかったとしても、シンは有名だったからだ。レディ・ロクスバラが隣にいてくれるおかげで、直接何か言ってくる人はいなかったが、公爵夫人がよそに目を向けているときに、ローズに軽蔑のまなざしを向けてくる人はいた。

ローズがどこへ目を向けても、みんなに見つめられ、みんなが手や扇の陰で嘲笑や冷笑を浮かべ、噂をしているような気がした。ローズは顔に笑みを浮かべているだけで精一杯だったが、公爵夫人の支えを受けてどうにか笑みは絶やさずにいた。ようやく一時間が過ぎ、レディ・シャーロットが現れると、公爵夫人はローズの腕をとって舞踏場へはいった。

舞踏場は青や紫やバラ色のシルクで飾られ、すべてが金色のひもで結ばれていた。あちこちで金色の光が輝き、すべてのテーブルに置かれたろうそくの炎が鏡に反射していた。「ああ、レディ・ロクスバラ、きれいですわ」

公爵夫人は満足そうにあたりを見まわした。「まあまあね。冬らしさがあまりないけど」

「まるで星降る夜みたいです」

公爵夫人はほほ笑んだ。「まさにそういう雰囲気を作り出そうとしたのよ」そう言ってローズの手を軽くたたいた。「いらっしゃいな。ロクスバラの友人たちに紹介するわ」

ローズはそのことばに従って公爵夫人のそばを進んだ。後ろから追いかけてくる視線には気づかない振りをした。

三十分後、ダンスがはじまった。公爵夫人はほほ笑んだ。「さて、あなたがダンスするのを見物させてもらうわ。ハウスパーティーのときには人が少なくてダンスもできなかったけど、ここには若い人が大勢いますからね」彼女はローズの手を軽くたたいた。「このダンスが終わる前にお相手が見つかるわよ」

しかしやはり、公爵夫人の熱意は報われなかった。そのダンスのあいだ、誰もローズに申し込みに来ようとはしなかったからだ。次のダンスも同様だった。その次も。そのまた次も。

しばらくしてようやく、ハンサムでしゃれた紳士が近づいてきた。公爵夫人は彼を隣人のマックレイ子爵とひややかに紹介した。公爵夫人の〝きれいなご友人〟にダンスをお願いしたいと彼が頼むと、公爵夫人はためらったが、ローズは間髪入れずに「ありがとうございます」と言って前に進み出た。そろそろ公爵夫人も名づけ子のことで気をもむ代わりに、すわって舞踏会をたのしみたいころではないかと思ったからだ。

次のダンスはカントリーダンスで、ときたま会話をすることができた。ふたりは列に並び、天気や、城を照らすのに使われているろうそくの数や、有名な滝の美しさなどについて会話を交わした。

マックレイ子爵はからかうような口調で言った。「ミス・バルフォア、正直に言うと、今晩、あなたは話題の的になっていますよ」

ローズの顔が熱くなった。おそらく、知らない振りをすれば、彼もそれに気づいて話題を変えてくれることだろう。「まあ、今夜の舞踏会はほんとうに大きなものだと思いません?

邸内路は表の道までずっと馬車が列を成すぐらいでしたわ」

彼は目を細めたが、ローズがほっとしたことに、笑みを浮かべ、舞踏会に参加している人の多さに言及し、食事の時間には押し合いへし合いになるだろうと言った。

ローズはどれだけ人が多くても、公爵夫人がすべてうまく考えているはずと請《う》け合った。意味ありげな視線を重く感じることなく、あたりさわりのない会話を交わすのはたのしかった。

ようやく気分もほぐれてきたところで、テラスにつづく窓の近くで踊っているときにマックレイが彼女の手をとってダンスの列からはずれた。

ローズは顔をしかめた。「マックレイ様、何をするおつもり？　舞踏場から出るべきじゃないわ」

「公爵夫人がこれだけ庭の照明に凝ったのに？」

ローズはそのことを忘れていた。見てみれば、何組かほかの男女も照明に照らされた小道を見にテラスに出ていた。ローズは過剰に用心しすぎる自分をあざ笑った。「おっしゃるとおりね。ぜひ拝見したいわ」

テラスの扉へと歩み寄ると、彼が礼儀正しく扉のひとつを開けてくれた。さわやかな空気が流れこんでくる。「たぶん、月明かりのなかを散歩して涼むと気持ちいいのでは？」

ローズは肩越しに振り返った。会ったことのない若い女性が少なくともふたり、敵意をあらわにした目を向けてきた。突然、明るく照らされたテラスがさらに望ましいものに思え、ローズはうなずいた。「ええ、少し散歩しましょう」

彼女は扉から外へ出た。そのあとにマックレイ子爵がつづいた。

数分後、マクドゥーガルが大声で告げた。「シンクレア伯爵様がお見えです」

マーガレットはそばへ来たシンに顔をしかめてみせた。「今までどこにいたの？」

「いくつか避けられない用事があって」彼は眉根を寄せて舞踏場を見まわした。「ローズはどこです？」

マーガレットはダンスフロアを身振りで示した。「マックレイ子爵とダンスしているわ」

シンの顎がこわばった。「あの恥知らずな男と？　どうしてあんな男とのダンスを許したんです？」

マーガレットは怒りに満ちた目を大甥に向けた。「だって、ローズに申し込んできたのが彼だけだったからよ。予想以上に噂が広まっているわ」

「ぼくの予想には届かないな」彼は暗い声で言った。「マンローが街じゅうに噂を流してまわっていますからね。やつとはもう一度話をしなきゃならない」

「そうしてちょうだい。かわいそうなローズは表面的にはおちついた様子だけど、傷ついているのはたしかよ。それで、誰もダンスを申し込んでこなかったものだから——」

「彼女はどこです？　ダンスは二巡したようだが、ふたりの姿はどこにもありませんよ」

マーガレットは眉を下げた。「ちょっと前にはいたのよ。きっと――」

しかし、シンはすでにその場を離れていた。ほんの数フィート進んだところで、怯えたような叫び声が聞こえてきた。舞踏場の喧噪がいきなりやみ、人々はテラスの扉に目を向けた。シンは全速力で走った。ほかの人々があとをついてくるのがぼんやりとわかる。彼はローズのことしか頭になかったが。

ローズは手を振り、片足で跳ねた。「痛っ、痛っ！」食いしばった歯のすきまから声がもれる。

マックレイ子爵は両手で鼻を覆い、すでに腫れはじめた鼻からどうにか声を出した。「そんだに痛いはずはない！」

「痛いわよ！　鼻とは名ばかりの岩のせいで手の節にあざができたわ」

「ぼぐをなぐるがらだ！」

「あなただってわたしにキスをしようとしたからよ！　無礼千万だわ」

マックレイ子爵はまだ両手で鼻を覆ったまま、すねたような目をローズに向けた。「ぎみだってギズされるどわがっていたはずだ」

「いいえ、わからなかった。あなたがキスしようとしたときに飛び退いたのはなぜだと思うの？　死ぬほどびっくりしたのよ」彼女は彼に嫌悪の目を向けた。「あなたなんか、紳士とは言えない」

「ぼくがテラスに出ようと誘ったのはなぜだと思う？」

「庭の照明が見たいって言ってたじゃない。絶対に許さないわ——ああ、あちこち鼻血を垂らさないでよ。ひどいことになるわ。ほら」彼女はポケットからハンカチをとり出して彼に手渡した。

「鼻がら手を離ずわげにはいがないよ。もっと血が出でじまう」彼はどさりと噴水の端に腰を下ろした。「ぼくが手を離ずあいだ、押さえでいでぐれないどだめだ」

「押さえておかなきゃならないって——ああ、ほんとうにどうしようもない人ね」ローズは身をかがめて彼の手の下をのぞきこもうとした。「まったく、この明るさじゃ、ほとんど見えないわ」そう言って膝をついた。「少し顔を持ち上げて」

マックレイは中腰になった。

「三つ数えたら、手を離すのよ。ハンカチを鼻に押しつけるから」

「悪いね」彼はおとなしく従った。

「どういたしまして。行くわよ——一、二、さ——」

テラスに飛び出してきたシンの怒り狂った目には、ふたつのことしか映らなかった。ローズが膝をつき、子爵が彼女に覆いかぶさるようにしている。

彼はマックレイに近寄ると、恥知らずな男の襟をつかみ、こぶしを振り上げた。

そのこぶしをローズがつかんだ。「シン、だめよ！　何をしているの？」

「きみの叫び声が聞こえたんだ。この卑《いや》しい悪党を地獄に送ってやるのさ！」

「なぐっちゃだめよ。この人を見て」

シンは目を子爵に向けた。男は手できつく鼻を押さえていた。

「好きなだけ鼻を押さえていればいいさ」シンが歯嚙みするように言った。「それでもその鼻をつぶしてやる」

「遅いわ」ローズがひややかな声で言った。「すでにわたしがつぶしたから」

シンは目をしばたたいた。そこではじめて、子爵の顎やクラヴァットに血が飛び散っているのがわかった。「あれ？」シンは襟をつかんでいた手を離し、ローズのほうを振り向いた。

「でも……きみの叫び声が聞こえたんだ」

「ちがうわ、叫んだのはマックレイ子爵よ」

思い返してみれば、たしかに男の叫び声だった。しかし、ローズを心配するあまり、彼女の声だと信じて疑わなかったのだ。

ふいに、まわりに人が集まっているのがわかった。すばやくちらりとあたりを見まわすと、最悪の事態になっていた。まわりじゅうが興味津々の顔で埋め尽くされている。

シンは顔をしかめ、ローズに目を戻した。「外へ出てくるなんて、いったい何を考えていたんだ?」

彼女を責めるつもりはなく、助けに駆けつけたのだった。しかし、どうやら自分のしたことは、騒ぎを大きくして事態を悪化させただけのようだ。

「なかが暑かったから外に出てきただけよ。庭は明るく照明されていて、人も大勢いたから。でも、歩き出したら、みんないなくなって……」

集まった人々のあいだからささやき声があがり、ローズは身をこわばらせた。突然、注目の的になっているとわかったからだ。

彼女の顔から血の気が失われるのがシンにはわかった。彼は前に足を踏み出した。「ローズ、気にしなくても——」

ローズは目に怒りを燃やして振り向いた。「もうおしまいだわ。どうにか悪い噂を鎮めようとしていたのよ。妹たちにちゃんとした機会を与えてあげられるように、勇ましい顔を作ろうとしていたのに——」涙で声が途切れ、ローズはまた彼の前から姿を消そうと振り返りかけた。

シンが彼女をつかまえて抱き上げた。

ローズは濡れた袋に入れられた猫のように怒り狂って抗った。「下ろして!」

「だめだ。ぼくの言うことを聞くんだ」しかし、彼女はもがくのをやめようとしなかった。苛立ってシンはまわりを見まわし、それからにやりとした。噴水のところまで行くと、なかにはいり、中央まで歩いた。水が彼の太腿のところまで来た。

ローズはドレスが水につからないようにスカートをつかんだ。「何をするつもり？」

「少なくとも、ぼくの言うことにきみがちゃんと耳を傾けるようにしているんだ」

「すぐに下ろして！」

「だめだ。濡れてしまうぞ」

「濡れたっていいわ。何も聞きたくない！」

「ここでぼくの話を聞かないなら、きみの家で聞くことになるぞ。もしくは馬に乗りに行くときに厩舎で。それ以外の場所ということもあり得る。世界のはてまできみを追いかけなければならないとしたら、追いかけるだけのことだ」

ローズは彼と目を合わせた。彼が本気で言っているのがわかる。引きしめた顎や、噴水のなかで両足を踏ん張って立っている様子からもそれは明らかだった。

ローズはちらりとまわりを見まわした。見物人は多くなっていた。少なくとも五十人の人が噴水のまわりに集まり、ふたりのことばに耳をそばだてている。

胸がしめつけられ、ローズはせき払いをした。「シン、お願い……下ろして」声がつまり、彼女は涙を浮かべた目で彼を見上げた。「お願い」とささやく。「帰りたいの」

シンは首をかがめ、彼女の額に唇を押しつけた。「きみを放すことはできないよ、ローズ。一度そうしようとして死ぬ思いをした」

彼女は彼をじっと見つめた。「何を言っているのかわからないわ」

「愛する誰かを失うと、そういうことになるんだ」彼は彼女を大理石でできた彫像の土台の上に下ろした。

「シン、あなた何を――」

彼は片膝をついて彼女を見上げた。「ローズ・バルフォア、ぼくと結婚すると言っておいなる名誉をぼくに与えてくれるかい?」

ローズは自分の耳が信じられず、目をぬぐった。「あなた……わたしを愛しているって言ったの?」

シンは手を伸ばし、彼女の手をとった。「ローズ・バルフォア、きみはこれまで会ったなかでもっとも口答えが多く、苛立たしい女性だ――」

「ちっとも愛の告白には聞こえないわ」

彼の目がほほ笑んで輝いた。「最後まで言わせてくれ。ローズ・バルフォア、きみはこれまで会ったなかでもっとも口答えが多く、苛立たしい女性だ。そして、未来永劫《えいごう》誰よりも大切で愛しい女性だ」

「未来永劫?」

「そうだ。ぼくは世間知らずの十六歳の少女だったきみにはじめて会ったときからきみを愛していたのに、そこから逃げようとしてきたんだ。ようやくきみの腕に飛びこむことができたんだから、二度とそこから離れようとは思わない」

「二度と？」

「離れさせようとしてみてもいいさ。もちろん、うまくいかないだろうが」

「大甥は頑固なのよ」公爵夫人の声がした。「ラバみたいにね。だから、みんなの時間と手間をはぶくために、ただ〝はい〟と言ってくれたらいいわ」

ローズは笑わずにいられなかった。「いいわ、シン。あなたと結婚する」

シンの笑みは日の出を思わせた。彼は立ち上がって彼女を腕に抱き上げると、思いきりキスをした。

ローズも同じ情熱をこめてキスを返した。ドレスの裾は水に落ち、靴は台無しになってしまったが、気にもならなかった。ようやくシンのたくましい腕というよすが﹅﹅﹅を見つけたのだから。

集まった人たちから拍手が湧き起こると、マーガレットは目から涙をぬぐった。「シャーロット、ふたりがはじめて授かる娘にわたしの名前をつけてくれるといいなと思うわ。これだけのことをしてあげたんですもの、その資格はあるわよね」

エピローグ

　数週間後、マーガレットは花で飾られた馬車がフロアーズ城から出立《しゅったつ》するのを見送った。髪に花飾りをつけたローズが窓から身を乗り出し、玄関の前に見送りに集まった人々に手を振った。

　花嫁のそばの窓からシンが身を乗り出すのを見て、マーガレットの胸は誇らしさでいっぱいになった。彼にウィンクされ、真に幸せそうな笑みを向けられると、涙があふれた。シンはローズに腕をまわし、そっと彼女を馬車のなかに引き戻した。

　馬車のカーテンが閉まった。

「カーテンを閉めたら暑くならないかしら？」ローズの妹のリリーが父親に訊いた。

　ハンカチで目を拭いていたサー・バルフォアは、害のない説明を思いつこうとしてあたふたした。

「きっとあっち側のカーテンは開いているのよ」とマーガレットが言うと、リリーはその説明で納得したようだった。

マクドゥーガルが石段のてっぺんに現れ、軽い昼食がテラスで用意されていると告げた。

その場に集まった面々はテラスへとゆっくり向かった。

マーガレットは馬車が邸内路から消えるまで見送った。それと同時に意気揚々とした気分も消えてしまった。舞踏会が終わってからの数週間は結婚式の準備で大わらわだった。それが終わった今、妙に手持ちぶさたな気がした。

シャーロットがマーガレットの腕に腕をからめてきた。「あの噴水のところで彼女を見つめたシンの目は一生忘れないでしょうよ」

マーガレットはどうにか笑みを浮かべてみせた。「まっさかさまに恋に落ちていたわよね？」

「ええ、そうとわかっていなかっただけで。あなたがそれを彼に教えてあげてよかったわ」

シャーロットは唇を引き結んだ。「こんなことを言ってすまないけど、今回のことで、ひとつ気になることがあるの」

「あら？　それは何、シャーロット？」

「ミス・イザベル・スチュワートよ。どうしてあの晩、ローズの部屋の外の廊下にいたのかしら？　彼女が泊まっていた部屋はあの階ですらなかったのよ。それなのに、ガウンと上靴姿であそこにいたなんて。下手をしたら、彼女のほうが密会していたんじゃないかと疑いたくなるほどだわ」

「ええ、そのことは見過ごされていたわよね？」

シャーロットは友に目を向けた。「驚かないのね」

「キャメロン卿とミス・イザベルは結婚したいと思うようになって八年以上になるのよ。でも、彼が領地を持ってなくて、放蕩者の兄のせいで莫大な借金があるものだから、彼女のご両親が結婚を認めようとしないの」

「あら、まあ！　知らなかったわ」

「そこまで愛を貫《つらぬ》いているキャメロン卿を褒めてあげなきゃならないわね。彼の彼女への愛情は変わらないようだから」

「ミス・イザベルにミス・バルフォアとシンがいっしょにいるのをわざと目撃させたの？」

「まさか。ミス・イザベルとキャメロン卿が、その、契《ちぎ》りを交わしているということも知らなかったもの。結局、なるようになったというだけのことよ」

「でも、ミス・イザベルがあの晩廊下にいたわけはわかっていたんでしょう。シンとローズについて悪い噂が立たないようにするのに、それを利用することもできたはずだわ」

「シンがミスター・マンローをあそこまで怒らせなければそれもできたでしょうね。ああなってからは……」マーガレットは肩をすくめた。「でも、ああなって、シンとローズは力を合わせて悪い噂に立ち向かわなければならなくなったわ。いっしょに共通の敵と闘うことほど、男女の仲を深めるものはないのよ」

シャーロットは首を振った。「あなたには驚かされるわ、マーガレット。今日はとてもいい日だったわね。結婚式もとってもすばらしかったし」

「そうよね？」

「ほんとうに完璧だった。みんなとても幸せで……まあ、かわいそうなサー・バルフォアは別だけど」シャーロットはため息をついた。「気の毒な人よね。やもめで、娘たちのことを死ぬほど心配しているのはよくわかったわ。それもそうでしょうけど。まだあとふたりもきれいな娘がいるけど、これといって将来に展望はないわけだから」

マーガレットはテラスの端に立っているリリーとダリアに考えこむような目を向けた。ほかの客たちのなかで場違いに見える。「母親のいないかわいそうな女の子たちのことね」

「ええ。いい夫を見つけるのに、誰か手を貸してくれないかと天国の母親も祈っているでしょうね。どこかに親切な伯母でもいるといいんだけど」

マーガレットは背筋を伸ばした。「シャーロット、これまで考えたこともなかったけど、ローズが長期の新婚旅行に大陸へ発ってしまったわけだから、今、リリーとダリアには望ましい男性に出会う望みはないのよね」

「そう。悲しいことだけど」

「悲劇よ！」

「わかってる。だから、サー・バルフォアもあんなにしょげきっているんだと思うわ」

「誰かが、その、娘たちの名づけ親が手を貸すと申し出れば、彼も喜ぶはずだわ」

「マーガレット、なんてすばらしい考えなの！　あなたってとても寛大なのね」

「リリーのためにまたハウスパーティーを開くことにするわ。アーチェリーの試合はやらないけど。気の毒なマクドゥーガルはいまだにアーチェリーってことばを聞いただけで身をすくめるのよ」

「だからって彼を責められないわね」シャーロットが言った。「招待客のリストを作りましょうか？　急がないと、若い男性たちはみな社交シーズンに向けてロンドンに行ってしまうわ」

「ああ、そうね。すぐにとりかからなくては！」

「リリーには着るものも要るわね――」

「ダンスのレッスンもよ」

「それから、髪型も変えなくては。巻き髪がいいと思う」

「ああ、やることが山ほどあるわ！」公爵夫人はにっこりした。

シャーロットも穏やかな笑みを浮かべた。「これからの一カ月、とても忙しくなるわね」

「二カ月かかるかもしれないわ。こういうことって思ったより時間がかかるものよ」

「どのぐらいかかるにしても」

ロクスバラ公爵夫人の日記から

わたしは他人の人生に干渉する類いの人間ではない——他人は他人といつも言っている。でも、サー・バルフォアのように、見るからに手助けが必要な人を放っておけるだろうか？　わたしだけが、ドレスに夢中のリリーと内気なダリアに花婿候補を見つけてあげられる人脈を持っているのだから。手を貸してあげなくては。

そしてたぶん、熱心にリリーに求愛するであろう独身男性が誰かはわかっている

……

訳者あとがき

一八一一年から一八二〇年に渡るイギリスの摂政時代《リージェンシー》を舞台にした、いわゆる〈リージェンシー物〉の分野で、数々の魅力的なヒストリカル・ロマンスを世に送り出しているカレン・ホーキンスの『永遠《とわ》のキスへの招待状』（原題：*How to Capture a Countess*）をお届けします。

ホーキンスの作品はそのユーモアあふれる軽やかな作風から人気を集め、本国では〈ニューヨーク・タイムズ〉や〈USAトゥデイ〉などのベストセラー・リストの常連で、いくつかの作品がRITA賞の最終選考にも残るほど、高い評価を受けています。日本でも『さらわれた花嫁』（扶桑社ロマンス）をはじめとする〈マクリーン家シリーズ〉などが紹介され、大胆な設定と軽快でたのしい作風が人気となっています。本書でもそのユーモアのセンスは健在で、随所に思わずくすっと笑ってしまうエピソードがちりばめられています。

本書の舞台は摂政時代のスコットランド。ロクスバラ公爵夫人は旅先で妹から手紙を受けとります。それはお気に入りの大甥であるシンがスキャンダルに巻き込まれたという手紙でした。

若くして伯爵となり、重責を担わなければならなかったせいで、シンは世間をはすに見るようになっており、跡継ぎを作るためにも早く結婚してほしいという祖母や大伯母の思いを無視して来ましたが、祖母にうまくだまされる格好で、とある舞踏会にやってきます。そこには望ましい独身貴族をシカのような目で追う未婚女性たちが大勢集まっていて、シンはうんざりします。しかしそこで彼は、ひとりの若い女性ローズと出会います。なぜか彼女に強く惹かれるものを感じたシンは庭の噴水のそばで彼女にキスをしようとしますが、彼の性急な愛撫に恐怖を感じたローズに突き飛ばされ、噴水に落ちてしまいます。

その後、ローズは姿を消し、シンは彼女を探すも見つけられないまま、ひとり社交界の悪い噂の的となってしまいます。そして、その悪い噂を実践するかのように浮ついた女性たちと浮き名を流し、以前以上に身をおちつける気配をつゆも見せなくなります。

そんな状態が六年もつづき、ロクスバラ公爵夫人は心を痛めますが、ふとしたことでシンを噴水に突き落とした女性が自分の名づけ子であることを知ります。彼女とシンをふたたび会わせることで、放蕩生活をつづけるシンを更生させられるのではないかと考えた公爵夫人は、ふたりをハウスパーティーに招待します。

大伯母からローズがそのパーティーに参加することを知らされたシンは復讐する気満々でやってきて、突然現れた彼に驚くローズに、復讐として彼女を誘惑するつもりだと告げます。しかし、そんなシンの計画も、ローズの意外な反応や公爵夫人の横やりで思いどおりには進まず、ふたりは迷走しながらも、おかしくてちょっぴりせつない恋模様をくり広げてくれます。

明るくたのしいエピソードが満載の本書ですが、なんといってもちゃめっけたっぷりに若者たちを翻弄するロクスバラ公爵夫人がとても魅力的です。お節介とけむたがられながらも大甥とローズのためにあれこれと策略をめぐらす姿はとてもユーモラスで、真実を見抜く鋭い眼力の持ち主ながら、思いやりに満ちた彼女が、ときに迷わせながらも若いふたりを幸せな結末へと導いていくあたりには、心あたたまるものがあります。

このように摂政時代最強のお見合いおばさん、ロクスバラ公爵夫人が若者たちの恋を応援するこのシリーズは、〈公爵夫人の日記シリーズ〉と名づけられ、本国ではすでに本書のほかにローズの妹リリーとダリアの物語が出版され、人気を博しております。こちらもいつかご紹介できれば幸いです。

二〇一四年二月

ザ・ミステリ・コレクション

永遠《とわ》のキスへの招待状《しょうたいじょう》

著者 カレン・ホーキンス
訳者 高橋佳奈子《たかはしかなこ》

発行所 株式会社 二見書房
東京都千代田区三崎町2-18-11
電話 03(3515)2311 [営業]
03(3515)2313 [編集]
振替 00170-4-2639

印刷 株式会社 堀内印刷所
製本 株式会社 村上製本所

落丁・乱丁本はお取り替えいたします。
定価は、カバーに表示してあります。

ISBN978-4-576-14032-2
http://www.futami.co.jp/

恋の訪れは魔法のように
キャサリン・コールター
栗木さつき［訳］

放蕩伯爵と美貌を隠すワケアリのおてんば娘。父親同士の約束で結婚させられたふたりが恋の魔法《マジック》にかけられて……待望のヒストリカル三部作、マジック・シリーズ第一弾！

真珠の涙にくちづけて
キャサリン・コールター
栗木さつき［訳］

衝突しながらも激しく惹かれあう勇み肌の伯爵と気高き〝妃殿下〟。彼らの運命を翻弄する伯爵家の秘宝とは……ヒストリカル三部作、レガシーシリーズ第一弾！

月夜の館でささやく愛
キャサリン・コールター
山田香里［訳］

卑劣な求婚者から逃れるため、故郷を飛び出したキャサリン。彼女を救ったのは、秘密を抱えた独身貴族で!? 謎めく館で夜ごと深まる愛を描くレガシーシリーズ第二弾！

永遠《とわ》の誓いは夜風にのせて
キャサリン・コールター
栗木さつき［訳］

淡い恋心を抱き続けるおてんば娘ジェシーとその想いに気づかない年上の色男ジェイムズ。すれ違うふたりに訪れる運命とは――レガシーシリーズここに完結！

罪つくりな囁《ささや》きを
コートニー・ミラン
横山ルミ子［訳］

貿易商として成功をおさめたアッシュは、かつての恨みをはらそうと、傲慢な老公爵のもとに向かう。しかし、そこで公爵の娘マーガレットに惹かれてしまい……。

その愛はみだらに
コートニー・ミラン
横山ルミ子［訳］

男性の貞節を説いた著書が話題となり、一躍時の人となった哲学者マーク。静かな時間を求めて向かった小さな田舎町で謎めいた未亡人ジェシカと知り合うが……。

その夢からさめても
トレイシー・アン・ウォレン
久野郁子［訳］　〔バイロン・シリーズ〕

大叔母のもとに向かう途中、メグは吹雪に見舞われ近くの屋敷を訪ねる。そこで彼女は戦争で心身ともに傷ついたケイド卿と出会い思わぬ約束をすることに……!?

ふたりきりの花園で
トレイシー・アン・ウォレン
久野郁子［訳］　〔バイロン・シリーズ〕

知的で聡明ながらも婚期を逃がした内気な娘グレース。そんな彼女のまえに、社交界でも人気の貴族が現われ、熱心に求婚される。だが彼にはある秘密があって…

あなたに恋すればこそ
トレイシー・アン・ウォレン
久野郁子［訳］　〔バイロン・シリーズ〕

許婚の公爵に正式にプロポーズされたクレア。だが、彼にとって〝義務〟としての結婚でしかないと知り、公爵夫人にふさわしからぬ振る舞いで婚約破棄を企てるが…

この夜が明けるまでは
トレイシー・アン・ウォレン
久野郁子［訳］　〔バイロン・シリーズ〕

婚約者の死から立ち直れずにいた公爵令嬢マロリー。兄のように慕う伯爵アダムからの励ましに心癒されるが、ある夜、ひょんなことからふたりの関係は一変して……!?

すみれの香りに魅せられて
トレイシー・アン・ウォレン
久野郁子［訳］　〔バイロン・シリーズ〕

許されない愛に身を焦がし、人知れず逢瀬を重ねるふたり——天才数学者のもとで働く女中のセバスチャン。心優しい主人に惹かれていくが、彼女には明かせぬ秘密が…

恋のかけひきにご用心
アリッサ・ジョンソン
阿尾正子［訳］

存在すら忘れられていた被後見人の娘と会うため、スコットランドに夜中に到着したギデオン。ところが泥棒と勘違いされてしまい…実力派作家のキュートな本邦初翻訳作品

二見文庫　ザ・ミステリ・コレクション

鐘の音《ね》は恋のはじまり
ジル・バーネット
寺尾まち子［訳］

スコットランドの魔女ジョイは英国で一人暮らしをすることに。さあ〝移動の術〟で英国へ――、呪文を間違えたジョイが着いた先はベルモア公爵の胸のなかで…!?

星空に夢を浮かべて
ジル・バーネット
寺尾まち子［訳］

舞踏会でひとりぼっちのリティに声をかけてくれたのは十一歳の頃からの想い人、ダウン伯爵で…『鐘の音は恋のはじまり』続編。コミカルでハートウォーミングな傑作ヒストリカル

密会はお望みのとおりに
クリスティーナ・ブルック
村山美雪［訳］

夫が急死し、若き未亡人となったジェイン。今後は再婚せず、ひっそりと過ごすつもりだった。が、ある事情から、悪名高き貴族に契約結婚を申し出ることになって？

月夜に輝く涙
リズ・カーライル
川副智子［訳］

婚約寸前の恋人に裏切られ自信をなくしていたフレデリカ。そんな折、幼なじみの放蕩者ベントリーに偶然出くわし、衝動的にふたりは一夜をともにしてしまうが……!?

愛する道をみつけて
リズ・カーライル
川副智子［訳］

とある古城の美しく有能な家政婦オーブリー。若き城主の数年ぶりの帰還でふたりの間に身分を超えた絆が…。しかし彼女はだれにも明かせぬ秘密を抱えていて……？

戯れの夜に惑わされ
リズ・カーライル
川副智子［訳］

女性をもてあそぶ放蕩貴族を標的する女義賊〝ブラック・エンジェル〟。名うての男たちを惑わすその正体は若き未亡人シドニー。でも今回は、なぜかいつもと勝手が違って……？

二見文庫 ザ・ミステリ・コレクション

夜明けの夢のなかで
リンダ・ハワード
加藤洋子［訳］

ある朝鏡を見ると、別の人間になっていたリゼット。しかも過去の記憶がなく、誰かから見張られている気が……。さらにある男の人の夢を見るようになって…⁉

愛は弾丸のように
リサ・マリー・ライス
林啓恵［訳］
〔プロテクター・シリーズ〕

セキュリティ会社を経営する元シール隊員のサム。そんな彼の事務所の向かいに、絶世の美女ニコールが新たに越してきて……待望の新シリーズ第一弾！

運命は炎のように
リサ・マリー・ライス
林啓恵［訳］
〔プロテクター・シリーズ〕

ハリーが兄弟と共同経営するセキュリティ会社に、ある日、質素な身なりの美女が訪れる。元勤務先の上司の不正を知り、命を狙われ助けを求めに来たというが……

永遠の絆に守られて
ローラ・リー
桐谷知未［訳］
〔誘惑のシール隊員シリーズ〕

惹かれあいながらも距離を置いてきたふたりが再会した場所は、あやしいクラブのダンスフロア。それは甘くて危険なゲームの始まりだった。麻薬捜査官とシール隊員の燃えるような恋

誘惑の瞳はエメラルド
ローラ・リー
桐谷知未［訳］
〔誘惑のシール隊員シリーズ〕

政治家の娘エミリーとボディガードのシール隊員・ケル。狂おしいほどの恋心を秘めてきたふたりが〝恋人〟として同居することになり…。待望のシリーズ第二弾！

蜜色の愛におぼれて
ローラ・リー
桐谷知未［訳］
〔誘惑のシール隊員シリーズ〕

過酷な宿命を背負う元シール隊員イアンと明かせぬ使命を負った美貌の諜報員カイラ。カリブの島での再会は、甘く危険な関係の始まりだった……シリーズ第三弾！